山河映记

韦名 著

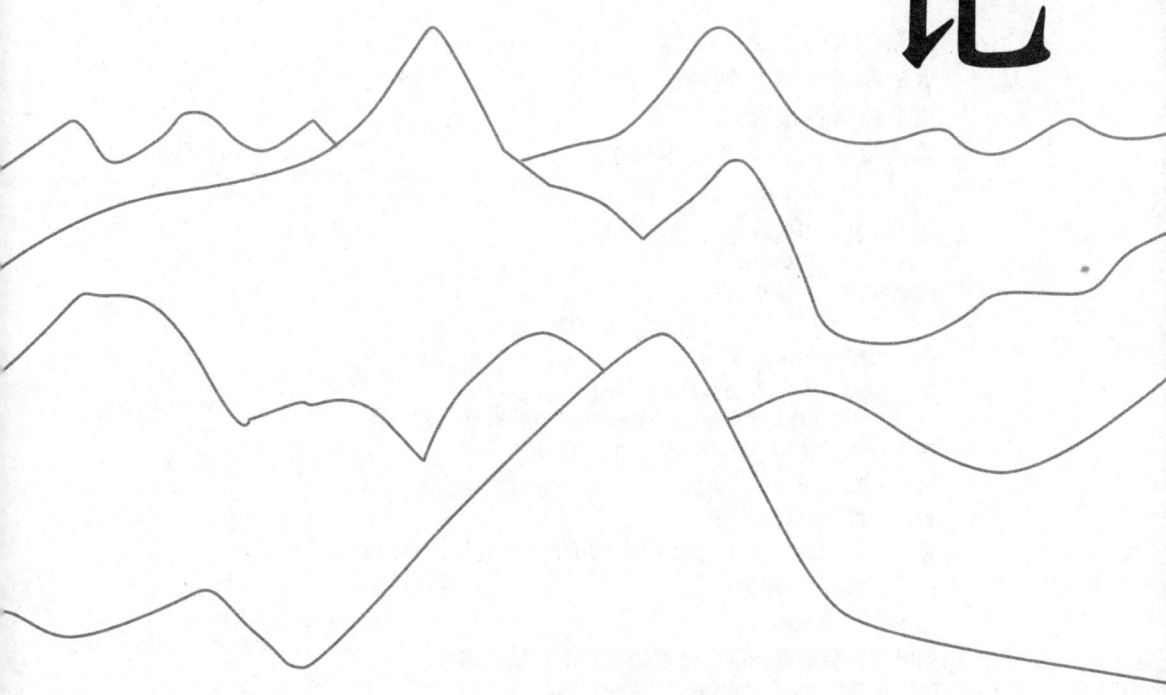

南方出版传媒 花城出版社

中国·广州

图书在版编目（CIP）数据

山河映记 / 韦名著. -- 广州：花城出版社，2021.1
ISBN 978-7-5360-9256-3

Ⅰ. ①山… Ⅱ. ①韦… Ⅲ. ①短篇小说－小说集－中国－当代 Ⅳ. ①I247.7

中国版本图书馆CIP数据核字(2020)第205932号

出 版 人：肖延兵
责任编辑：黎　萍　蔡　宇
技术编辑：凌春梅
装帧设计：李玉玺　苏星予

书　　名	山河映记 SHAN HE YING JI
出版发行	花城出版社 （广州市环市东路水荫路11号）
经　　销	全国新华书店
印　　刷	佛山市迎高彩印有限公司 （佛山市顺德区陈村镇广隆工业区兴业七路9号）
开　　本	787毫米×1092毫米　16开
印　　张	16.5　1插页
字　　数	232,000字
版　　次	2021年1月第1版　2021年1月第1次印刷
定　　价	63.80元

如发现印装质量问题，请直接与印刷厂联系调换。
购书热线：020-37604658　37602954
花城出版社网站：http://www.fcph.com.cn

目录

憨憨的天 / 1

小站乡党 / 11

爱情腰 / 19

夫人劫 / 29

清明雨 / 44

我的卖肉老爸 / 55

三哥 / 62

山河故我 / 70

山河映记 / 83

山河依旧在 / 99

左拐，直走 / 109

守水 / 117

门铃响起 / 127

半边楼 / 136

锅城战事 / 147

寻找国强　/　159

小丫的鸭鸭　/　170

鹅飞时　/　176

基地老库　/　181

寻找杜亮　/　186

大的字我的桌　/　192

总有读书人　/　198

茶乃天然香　/　203

口头禅　/　208

梦里时分　/　213

流行　/　218

科室之间　/　223

沙子正好　/　228

瓷娃娃的礼物　/　234

青藏线上的偶遇　/　239

品烟　/　244

龙须巷　/　249

橘子真甜　/　254

憨憨的天

一

媒婆张姨说，天要不耳聋，准能娶来两河两山最俊俏的媳妇。

张姨说这话是有根据的，年轻时的天，浓眉大眼，虎背熊腰，虽是整天在地里干活，脸上却一点也不糙，长得极俊。这还不算，长得高高大大的天，不凭一身孔武有力征服两河两山人，凭的是他憨憨的笑，还有他的温文尔雅。天还是地里一把好手，犁、耙、插、播、收，无一不精，无一不能。

这样的"人种子"——媒婆张姨评价男人的最高等次，不娶最俊的媳妇，谁能娶？可就因为耳聋，二十好几的天，还单着。

天倒不急，有没媳妇，照样得下地干活，回家吃饭睡觉。

天光着膀子，在水田里插秧，那利索后退的身姿，那船板般宽厚的后背，让两河两山的很多男人自惭形秽，更是让两河两山的很多女人痴迷。

男人在一起的话题永远是女人，还有男女间那点事。女人在一起也会说男人，比男人。女人们在一起说的男人，主角永远是天。女人里，于是就有了花痴甲花痴乙若干花痴。说起天，女人们一点也不顾忌，一点也不避嫌——反正天也听不到。

天自然听不到女人们在说自己，每次和女人们打照面，都只是憨憨一笑。

"你整天傻笑个啥？"主角不好当，女人们说天说多了，有些男人醋劲十足，海就是其中的一个。冬日的两河两山晒谷场，没了谷子晒，两河两山在晒粪土，为开春蓄肥。海在晒谷场上遇见了天，迎面走过去，瞪着他。

天只是憨憨一笑。

海自小习武，拳脚了得，刀棒耍得，人又凶悍，两河两山人本来老实，都忌惮海，久而久之，海就成了两河两山一霸，欺男霸女的事偶尔为之。

一物降一物，成为一霸的海，却在两河两山长得最俊俏的媳妇雪英面前服帖如猫。媒婆张姨说的。

雪英不仅是两河两山最俊的媳妇，说起天来，也最起劲、最露骨和肉麻。

醋劲十足的海，一直在找机会教训天。

"扮猪吃老虎，你再傻笑，看我打不打你？"海怒视天，拳头捏得咯咯响。

天还是憨憨一笑。

天的这一憨笑，彻底把海激怒了。海趋前一步，左手一推，右手一拳，右脚一踢，三个迅雷不及掩耳的连贯动作，把毫无防备的天重重打倒在地上。

"你干吗打我？"从地上爬起，天拍了拍衣服上的泥，憨憨笑着和海理论。

"打的就是你。"海根本不和天理论，又是一拳一脚，天再次被海打倒在地。

晒谷场围拢了好多人看热闹。

"你不要发神经。"天再次爬起，质问海。天质问海的声音很大——

虽然他自己听不到,脸上却还是憨憨的。

"打你个聋鬼,又怎么样?"海青筋暴涨,边说边出拳脚。

天这回身子一闪,右手一扳,不仅躲过了海的一脚,还把海扳了个狗吃屎。恼羞成怒的海从地上爬起,一记黑虎掏心朝天扑过来。手长脚长的天既不躲也不闪,在海还没扑到时,一回手,右手食指和拇指不仅牢牢卡在了海的喉咙上,还借势托起海的下巴。海双脚离地,痛苦万分。

被卡住了七寸的海,手脚胡乱踢打了一阵,便放弃了抵抗。

"天,快把海放下来。"正好赶到的雪英看着被托离了地面,舌头越伸越长,痛苦万分的海,比画着大声喊叫。

天看到了雪英惊恐的双眼和手舞足蹈的比画,慢慢松开了卡住海脖子的右手。

海像堆烂泥般瘫倒在地上,咳个不停。

众人一哄而散。

从地上爬起的海,看着一哄而散的众人,无地自容:"你有种,你等着。"

海气急败坏地说完,便朝家飞奔。

天还是憨憨一笑。

"不好了,海拿刀来了。"突然有人大喊。

海果真提着把尖刀,从家里凶神恶煞般朝晒谷场冲过来。

天听不见人喊,看到提着尖刀的海时,海已近在眼前。

躲是来不及了,天拔腿就跑,海在后面狂追。

两河两山晒谷场上,上演了一场生死追逐赛,天和海两个人绕着晒谷场,一跑一追,一圈又一圈……咫尺之间,多少回,海的刀子就要捅上天了。

"海,你个挨千刀的,你给我站住!海,你给我站住!"雪英在晒谷场边大喊大叫。

杀红了眼的海此时不惧雪英了,根本听不进雪英的喊叫。雪英喊叫了一阵,无果,也加入了生死追逐赛——跟在海后头追赶。追了两圈,雪英摔了两次,差距越来越大,雪英于是掉转头,迎面向天和海跑去。

海和天，生死追逐赛始终在咫尺间。

忽然，天脚下踢到了一土块，踉跄了一下，摔倒了……咫尺之间的海毫不犹豫地伸出右手，尖刀朝地上的天捅去……

晒谷场边看热闹的所有人都屏声静息，个别胆小的，赶紧闭上了眼。

就在这千钧一发之际，雪英张开双臂，整个身子扑到趴在地上的天身上。

在黄褐色的晒谷场上，雪英和天重合在一起，几乎严丝合缝——两个人重合成了一个大写的"大"字。

刀最终还是捅进去了，穿过雪英的后腰，扎破了天的皮。

围观的两河两山人惊呆了。

发现雪英扑到天身上时，海的刀已经控制不住了，刀接触到雪英的那一瞬间，海也呆了，瘫倒在地，低垂着头，目光迟滞。

夕阳下，大写的"大"字血红一片。

反应过来的两河两山人七手八脚制伏了瘫倒在地的海。

天爬起来，不理会众人，紧紧抱着浑身是血的雪英狂奔到镇人民医院。

在雪英住院的一个多月里，天一刻不离守着雪英。

海被公安带走了，受到了应有的制裁。

雪英出院回家，天经常憨憨笑着给她送去地里的收成，有时是瓜果，有时是蔬菜，有时是鱼鲜。

二

一年后，海回来了。回来的海蔫了，不仅也和天一样耳聋了，还成天气喘吁吁——据说，海在里边仗着有些功夫，人又犟，经常挑战牢头，被收拾得够呛。

天当作和海没回来时一样，经常憨憨笑着给雪英送去地里的收成。

刚开始，蔫了的海对天敢怒不敢言，每次只是恶狠狠地看着天来，又恶狠狠地看着天走。天却每回一样，憨憨笑着来，憨憨笑着走。

后来，海越来越蔫了，每天自顾自在家门口晒太阳，不再对天恶狠狠的，天爱来不来，好像跟海没关系。

那天，天提着一篮新出的豆角，憨憨笑着来到雪英家。海没和往常一样靠在门口晒太阳，门虚掩着。天推开了门，客厅里没人，天正准备走，雪英穿着宽大的衣服软绵绵地从卧室里出来。

雪英的两只大白兔就从宽大的大衣里跳了出来。

天看到了雪英白得耀眼的胸脯和生动活泼的两只大白兔，赶紧低下了头："生病了？"

雪英摇了摇头。

知道雪英没病，天憨憨一笑，放下篮里的豆角，准备走。雪英拉住了天，把天拉进了卧室。

天的脚不听使唤，一脸紧张。

"他不行了。"雪英流着泪。

天听不见，一脸憨笑。

"他不行了。"雪英比画着大声说。

天红了眼，低下了头。

雪英迅速脱了衣服，伸手拉住天。

"不要！"天像受了惊吓的小鹿，挣开了雪英的手，逃出雪英的卧室。

雪英的手拉了个空，呆呆站着，任凭泪水四溢。

泪水从雪英的脸颊流到脖子，流过丰硕的胸脯，再经光滑平缓的肚子，一路向下……

这事发生后，天好久不敢再到雪英家。

吹弹即破，红彤彤的西红柿熟了，天忍不住又摘了一篮送到雪英家。像上回一样，海不在，天没进门，把西红柿放在门口。

"你不要来了，你再来我用扫把扫你。"雪英说得恨恨的。雪英还当着天的面，扔掉了天送来的西红柿。

天愣了一下，憨憨笑着走了。

过了几天，天又给雪英送来地里的新鲜。

雪英又扔了天送来的东西，还气不过，和海吵。海和天一样，听不见，不怕吵。雪英又和海打，海居然不还手，被雪英打得鼻青脸肿。

连着几次,雪英赶天,扔天送来的东西,事后和海吵架打架。

天却每回都憨憨笑着走了。被赶了,东西被扔掉了,下回还来。

"你还是个男人吗?"那天,天又送新鲜来了。雪英气急了骂海,骂天。天和海只看到雪英愤怒的脸和一张一合的嘴,没反应。

雪英哭了,哭得地动山摇,哭得两河两山人心碎。哭过了,日子还得过。雪英不再和海吵架打架,也不再赶到家送东西的天。雪英自然也不再和女人们谈男人,变了个人般,在两河两山,该下地干活时下地干活,该吃时吃,该睡时睡。

天再憨憨笑着到雪英家,雪英不赶,海也不怒目而视。时间长了,天来了,海还会招呼天坐坐,遇到正在喝米酒,海还会找个杯子,给天倒上一杯,边喝边比画,比画地里庄稼的长势,比画两河两山的人和事。

农闲的日子,忙完了家里的活,雪英有时也会坐下,看两个聋人比画,自言自语。偶尔,雪英也拿出个杯子,倒上半杯米酒,和两个男人一起静静地喝上半天。

又长又大的第一茬青瓜熟了,天兴冲冲地摘了几根往雪英家送。天进门时,雪英和媒婆张姨正说得起劲。

天放下青瓜准备走,雪英拉住了天,示意他坐。

"你是个好男人!"雪英看着天,一脸深情。

天听不见,一脸憨笑。

"我说好男人就得找个好老婆。"雪英这回比画着说。

天脸红了一下,憨憨笑。

"我说嘛,天要不耳聋,唉!"张姨一脸惋惜。

"拜托张姨了。"雪英塞了一个鼓鼓的红包给张姨,热情地送她出门。

"我托张姨给你找个女人过日子。"送走了张姨,雪英比画着告诉天。

"我不要。"天摇了摇头。

"哪有不要女人的。"雪英瞪了天一眼。

天真的不要女人。张姨给天介绍了几个女人,有黄花闺女,有丧偶的,有离异的,天见一个摇一次头。见到第六个时,张姨火了,当着带来的女人的面,骂天:"你这个死聋子,这么挑剔,活该打光棍。"

张姨决定不理天。

雪英又拿着红包上门求张姨。

"唉,不看在你面上,让这个聋子打一辈子光棍。"张姨收了红包。

雪英在天又送来果蔬时和他郑重地比画了大半天。

张姨又给天带了三个女人过来,天居然又摇了三次头。

张姨撂下话,这辈子再也不给天找媳妇。

雪英第一次主动把天喊到家里,和天比画大半天。后来,海拿出了酒,于是三个人一起喝酒。喝着喝着,雪英掀翻了桌子,又哭又笑,弄得天和海大气不敢出,默默地看着雪英一个人表演。

从此,雪英不再管天的婚事。天乐得清净,还是常常憨憨笑着给雪英家送瓜果菜蔬。来了碰到有酒喝,就一起喝,有时两个人,有时三个人。一个女人陪着两个聋男人喝酒的场景,往后成了两河两山一道独特风景线。

这道独特风景线持续了很久。阴雨连绵的三月,地里的活少了,三个人在家安安静静地喝着喝着,海突然像被人抽去了筋骨一样,整个人软软地瘫倒在地上。

来不及送医院,海就走了。

天帮雪英把海风风光光地葬了。

送走了海,天一如既往,经常到雪英家送瓜果菜蔬,有时也会两个人一起喝酒。

三

九月秋色美。天不恋野外的秋色,摘了小半篮青翠欲滴的油麦菜赶紧给雪英送来。雪英招呼天坐下喝杯酒。天和雪英坐在之前三个人一起喝酒的桌子前,喝着喝着,天显得格外兴奋。两个人从下午一直静静地喝到彩霞进屋。

天边的彩霞像极了正在燃烧的火,红透了。进了屋的彩霞落在地上,金黄一片;洒在雪英脸上,红艳动人。

"嫁给我吧。"天看着彩霞满身的雪英,站起来,举起酒杯,想和雪英喝交杯酒。

红彤彤的雪英漂亮极了。雪英缓缓站起来,点了点头,也举起了酒杯。

霞光落在两个正在默默喝交杯酒的人身上,两个人像镀上了一层999金,一层永不褪色的999金。

那是一杯等了再等,以为再也等不来的交杯酒。多少次,三个人一起喝酒时,雪英有个幻想,幻想着和近在咫尺的男人喝个交杯酒,可那仅仅是幻想,雪英泪流满面。

天用光滑的舌头把雪英的泪一点一滴地抹干了。

放下酒杯,天猛地抱起雪英,就像当年在晒谷场一样,紧紧地紧紧地抱起雪英走向卧室。

自从拥有了天,雪英就像久旱干涸发黄的小麦遇到了及时雨,很快返青了,摇曳多姿了。

幸福的日子过了一年有余。那天,台风来袭,叫人出不了门下地干活,天和雪英在家里,坐在曾经三个人喝酒的桌前,往事如烟。想起往事,雪英眼里充盈着浓浓的爱意。

"我去炒个菜,喝杯酒吧。"雪英比画着说,然后起身走向灶台。很快,一碟炒花生米、一盘炒丝瓜端了上来。天拿出酒,摆了三个酒杯,全都倒满。

"倒三杯干吗?"雪英比画着,脸色不大好。海走后,雪英尽量把海在这个家里留下的印记都抹去。雪英告诉天,不想因海影响她和天今后的生活。

天憨憨笑着没应,递了一杯给雪英,自己端起一杯,桌上还有一杯。

"好久没三个人一起喝酒了。"天手里的杯子轻轻碰了碰雪英手里的杯子,又碰了碰桌子的杯子,"喝!"

天一饮而尽。雪英端着酒愣愣没喝。

屋外,天空像被捅了个窟窿,雨越下越大。

雨不停,天和雪英的酒一直静静地喝着。像每回两个人喝酒一样,静静地喝着喝着,雪英的眼睛就迷离了——每回到这个时候,雪英就会拉着天走进卧室。雪英永远迷恋天宽厚的肩膀。对雪英的迷恋,天永远有求必应。

雪英拉天时，天犹豫了一下，还是顺从了雪英，跟着雪英进了卧室。

一进卧室，天就像头辛勤的黄牛，在雪英身上一刻不停地耕耘着。

"有人在吗？"大雨中，大门被推开，有人喊。

"有人来了，停，停，停。"雪英听到有人叫，喊天。

天没听到，还在辛勤地耕耘。

"谁是李雪英？"来人戴着大盖帽，走进了卧室。

"我是。"雪英扯过被子盖在身上，在被窝里瑟瑟发抖，怯生生地应。

"赶紧穿上衣服跟我们走。"大盖帽勒令雪英。

雪英抖抖索索地穿好衣服，跟大盖帽出门。

天也穿好了衣服，却是十分镇定的，憨憨笑着送雪英和大盖帽消失在雨幕中。

大盖帽开棺验尸，证实海死于药物中毒。

雪英涉嫌谋杀被捕。

"你举报的？"在会见室，雪英隔着玻璃比画着质问天。

"对不起。对不起。对不起。"天隔着玻璃一遍又一遍地说。

"你……"雪英歇斯底里地喊。

"我一看到那个药瓶子，就心不安。"天十分痛苦。

天忘不了，雪英回娘家的那天，地里没活，家里没事，他一个人清理杂乱的屋子。在卧室，尽管雪英已经把之前很多该扔的都扔了，天还是从床底清理出一些杂物，包括让天后来多少个晚上睡不着的药瓶子。

天最开始也没留意那个药瓶子，上面写着英文，看不懂，只觉得挺精致的。搞完了卫生，闲着无聊，天用手机百度那一长串英文。百度完，天就不镇定了。

多少个夜晚，天在雪英丰腴的身上辛勤耕耘后，睡不着，眼里尽是挥之不去的那个精致的药瓶子。

后来，天把药瓶子带到地里，在偏僻的地方，埋了。

埋了药瓶子，每天晚上在雪英丰腴的身上辛勤耕耘后，天的眼里还是挥之不去的药瓶子。

药瓶子！对那个药瓶子，天恨得咬牙切齿。

受不了药瓶子的折磨，在一个风疾雨骤的上午，天把埋在地里的药瓶子挖了出来，带到了镇上。

"我等你。我等你。我等你。"天喃喃自语，一遍一遍地重复着。

天一直在家等着雪英回来。天把家收拾得干干净净。

羁押期间，雪英拒不认罪，案件又因证据不足，证据链不闭合，被法院多次退回重新侦查。

又是一个台风天，台风吹散了屋顶的瓦片，家里到处漏雨。天仔仔细细地收拾屋子，无意间翻出一个旧月饼盒。打开一看，里边居然有一张写满字的纸。看完那张纸，天狠狠地捶了下自己的头，冒着屋外的倾盆大雨，跑到镇上去找他曾经找过的警察。

警察根据纸上的记录闭合了证据链：药是海托狱友在市里买的，买药的人找到了，药店证实了。

海是因为出狱后感觉自己废了，自行了结的。

雪英被宣告无罪释放。

雪英走出铁门，阳光刺眼。

阳光下天憨憨笑着。

适应了刺眼的阳光，雪英对憨憨笑着的天视若无睹，径直朝前走。

天憨憨笑着紧紧跟上。

小站乡党

汽车像要散了架般摇摇晃晃穿行在山间土路上，扬起一路的黄尘，就像天上常常见到的飞机，屁股后面总拖着一条长长的雾线。

太阳刚露脸，汽车就进站了。车一停，原来跟在车屁股后的黄尘从汽车四周涌起，瞬间把汽车严严实实包围了。

这是一个乡间小站，上下的乘客不多，吃了一路黄尘的心急旅客顾不上捂鼻挡眼，拎着包直接冲进黄尘。

"教授，你回来了？"黄尘中，一个身材不高，略显消瘦，戴着毡帽，穿着还算齐整的中年男人走过来，没等我应答，直接接过我手中的包。

"多年没回家，放假了回来看看！"黄尘散去，我认出帮我拎包的是一个乡党——一个说不上熟悉，只能算认识的乡里人，"你怎么在这里？"

乡党没回我的话，拎着我的包绕过狭窄的候车室里卖鸡蛋、卖汽水、卖包子的小摊，径直往出站口验票处走。

"给她验完票就可出站了。"离验票处还有几米，乡党停下来，把包递还给我，"我不送了，你慢走。"

"谢……"我回过头，"谢"字还没说完，乡党就消失在了喧嚣的候车室里。

这人真有意思！我心里笑着，赶紧拎包朝验票处走。

"车票！"一个满脸横肉的马脸女人懒洋洋地坐在凳子上，一脚横在出站口，大声喊叫。

我冷冷地看了一眼马脸女人，心想，难怪我那个乡党不敢到验票处呢。

"看什么看，要出站，拿票来。"马脸女人的声音更高了。

我放下包，手伸进裤袋拿票。

糟了，车票呢？车上查完票，我明明把票放在裤袋里的！我赶紧翻找其他裤袋口袋：左裤袋、右裤袋、后裤袋、左口袋、右口袋、上口袋，内衣袋、暗布袋、夹缝袋……所有能装东西的袋子都找了个遍，没有！

"敢情又是一个逃票的！"马脸女人像逮住了小偷，鼓睛暴眼，大声嚷叫。

"你说什么？！"堂堂一个大学教授，居然被骂成逃票的，我感觉受到极大的侮辱，愤怒地瞪着马脸女人。

"瞪什么瞪？拿票来啊！"兴许我的愤怒镇住了马脸女人，她声音低了许多，却还是轻蔑地说，"呵呵，没有票，就是苍蝇也甭想从我这里飞出去！"

"李同志，他是读书出息人，不会逃票！"乡党不知从什么地方冒出来，站到了我身后，恭恭敬敬地对马脸女人说。

"你这个死站乞，给我滚远点！"马脸女人刚刚压低的声音又反弹回来了，而且反弹到极致，一开口，候车室屋顶的瓦片似乎都跟着颤抖，"保安，把这个死站乞给我轰出去！"

"你什么素质？这样骂人？！"我抑制不住愤怒，把放在地上的包拎起又重重放下，伸手想把我身后的乡党拉过来和马脸女人理论，乡党却马上消失得无影无踪了。

"叫你们站长出来！"我瞪着眼，逼视着马脸女人。

"你算哪根葱？要见我们站长？"马脸女人讥讽道，"你要是个女的，长得又够漂亮，兴许我们站长会见你！"

"你，你……"平生没受过如此奇耻大辱，我脸上滚烫，气得说不出话来。

在出站口,一个要出站,一个不让,一个要见站长,一个冷嘲热讽……两人一直僵持到日上三竿,车站上班的陆续回来。

"怎么回事?"一个中年男人走过来问马脸女人。

"早班车一个逃票的,在我这闹事。"马脸女人挑衅地斜了我一眼,恶人先告状,"我告诉他,车站有规定,没票,苍蝇也不能出站。"

"就这鸡巴事,吵吵闹闹的。补票后让他走。"男人走过来,用身子挡住自己的手,以为我看不见,在马脸女人的大胸上捏了一把,"赶紧处理完弄几个包子来我房间吃。"

"一早硬邦邦,敢情你家婆娘晚上没喂饱你!"马脸女人当我透明,大大咧咧回手抓了一下男人的裆部,满脸淫荡。

"快点处理!"男人在马脸女人胸上又抓了一把。

"看你猴急!"马脸女人媚笑着说。

"叶蒙?是叶蒙吗?"男人松开了女人的胸,准备走时看了看脸别一边的我,惊讶地喊。

"你是……"男人怎么知道我的名字?

"我是孔鸿,三班的!"男人惊喜起来,"大水冲了龙王庙,我的大教授!"

我记起来了,当年高一(3)班是有一个叫孔鸿的,书读得不怎么样,高中没毕业就顶父职去交通局上班了。

"你狗眼不识人,这是我同学,省城里的大学教授。前段时间还在说,小孩以后到城里读书,还要大教授多多指导!"叫孔鸿的男人骂完马脸女人,帮我拎起包,亲自送出车站。

拎着重重的包走回家,心里那堵气哼哼的墙也重重的。

小住了几天,回城的车是晚上的班车,一贯独来独往的我不让人送,一个人提前到车站候车。

一进喧嚣的车站候车室,我远远就看到了熟悉的身影——乡党斜对着我,站在一个正在呼哧呼哧吃方便面的大个子旅客后面,眼睛一动不动地盯着大个子手里的面。

闷热的候车室,大个子吃得满头大汗,不时抬手用衣袖擦汗,每抬一次手，都厌恶地瞄一眼身后的乡党。大个子的面还没吃完，班车来了，他猛咽了一大口，急急站起来。大个子想放下碗面走人，一转身看到了身后靠得越来越近的乡党，二话没说朝手里的面吐了一口口水，才放下走人。

大个子一离开，他那碗吃剩的面被眼明手快的乡党端起，狼吞虎咽起来……突然，乡党看到了正在候车室找座位的我，立即像被电击了一般，把面咽了下去，把面碗从嘴边移开，径直走到垃圾桶边，连汤带面倒进垃圾桶。

"这些人，不讲卫生，吃完乱扔。"倒了面，乡党朝我走过来，脸上讪讪的，"你回城了？"

"这么晚了，还不回家？"回乡下后我略微知晓了乡党的一些情况：其父早逝，寡母一人辛辛苦苦将其拉扯大。打小，寡母担心其受欺负受委屈，宠着爱着。寡母两脚一蹬，在家柴米油盐分不清，在外不谙农耕的乡党顿时傻了眼，年纪轻轻的只好"吃四方"——四处讨食，令乡里人不齿。

"晚点回。"乡党诡秘地说。

这时，车站广播，前往省城的班车晚点。

坐在闷热喧嚣的车站候车室，百无聊赖。乡党善解人意般地坐下来，与我聊车站里南来北往的人，聊听来的天南地北的事，就是不讲乡里的人和事。

乡党很善谈，知道的也很多——国内国际形势、政治经济新闻、军事发展、科技创新、文化娱乐、街谈巷议、奇闻趣事，信手拈来，娓娓而谈。

1979年1月1日，中美建交。2月17日，对越自卫反击战打响。邓小平为什么选择在这个时间点上来打？那是有政治考量的。你想想，当时苏联与美国在冷战，中苏关系也长期紧张，中苏边境陈兵百万。中美苏那是新三国。中美能走到一起，就是为了对抗苏联，是新的孙刘结盟。越南又是谁啊？那是苏联的马前卒，自称世界第三军事强国。打越南，就是打苏联。你中国敢打苏联，美国人就认你跟我是一伙的！

乡党讲起来，全然不像个"吃四方"的，倒像个大学学者，又像个生活百事通，令我很诧异。

从2月17日开打至3月5日撤军，短短17天，解放军势如破竹，长驱直入，攻下谅山，深入越南40多公里……

"老同学，你今天回城？"乡党正讲得起劲，站长孔鸿打开办公室的门，满面红光地走出来，见到我，走过来邀请："班车晚点了，到我办公室坐坐，边喝茶边慢慢等。"

盛情难却，我随孔鸿走。在他办公室门口，正巧那天拦着不让我出站的马脸女人走出来。同样满面红光的马脸女人见了我，迅速低下头。

"你下班走吧。"孔鸿吩咐马脸女人。

"嗯。"马脸女人应着。

"这女的……"我逼问孔鸿。

"得罪了，大教授！"孔鸿呵呵笑着，答非所问。

屋内，茶香袅袅。

"你偷听什么，还不快滚？"屋外，马脸女人在大声呵斥我的乡党。

"哎！一个可恶的站乞，多年了，怎么赶也赶不走。"孔鸿赶紧圆场。

"这人也不容易！"我望着门外落荒而逃的乡党说。

孔鸿望着我，没吭声。

坐了一会儿，我告辞出来："你回家吧，我自己再等等。"

夜深了，很多卖东西的小摊收了，喧嚣的候车室安静了下来。我在角落找了个位置坐下，顺手掏出随身带的书，边看边等车。

"识字真好！"不知什么时候，被马脸女人驱赶后消失了的乡党又出现在我面前。

我示意乡党坐下。乡党这回不再滔滔不绝地讲，一会问我看什么书，一会问我上什么课，一会还问学生怎么样，女生漂不漂亮……问个没完没了。

"你是出息人，还出了这么多书！"乡党听说我写了几本书，眼睛睁得比铜铃还大，"了不得，了不得！"

车终于被等来了。乡党送我上车,放好行李,笑着说:"我不识字,要不,送本你写的书给我读?"

我也笑了笑。兴许,钱才是他最急需的!在乡党下车时,我从裤袋里掏出钱包,取出钱包里唯一的一张崭新百元大钞——那是我当时一个月的工资:"给!"

"不,我有钱。"乡党没接。

"拿着吧!"我把钱硬塞进乡党的口袋,并催促他下车。

汽车离开车站,扬起的黄尘把车旁站着的乡党裹得严严实实。

这是我多年前回乡下老家的遭遇。若干年后再回乡下,水泥路替代了黄土路,一路黄尘不再。车站翻新宽敞了,各种摆卖却依旧在,当然,乡党也还在——我下车第一眼就见到了他,还是一顶毡帽,还是一身还算齐整的衣服,只是头发全白了。

"你送我的钱,还在!"送我到验票处附近,乡党一脸认真地说。

我怔住了。

"不信?你看,这是你送的百元大钞票。"乡党掏出一张百元大钞。

百元大钞外面过了一层塑,崭新依旧。

"哎,你这是……"我竟不知说什么好。

"他们说我偷的,我不认。我告诉每个人,这是教授送的!"乡党满脸的自豪,"教授送的,不一样,我留作念想了。"

我眼里泪花在闪。

回城候车,又是乡党送我上车。

"我学着认了些字,能送本书给我吗?"乡党送我上车时,像做了错事的学生一样惴惴不安地说,眼里却满是期待。

"嗯嗯。"看着乡党满脸的期待,我无法拒绝,打开行李包,翻找。

出门嫌书重,只带了几本,都送出去了,此刻,包里空空如也:"回去寄本给你。"

"谢谢大教授!"乡党恭恭敬敬给我鞠了个躬,搞得我甚是不好意思。

"寄到村里给你吧?"

"不,就寄到车站!"

我定定地看着乡党，看得他心里发虚。

"寄到车站我能收到。"乡党补充，"你那年回来后，站里对我好多了。"

我点了点头。

回城一忙，就把给乡党寄书的事忘了。

一年后开学前夕，孔鸿送他小孩到我所在的大学读书，我尽地主之谊接待了他。

别看孔鸿长得五大三粗，却和我一样不善酒。三杯下去，就有状况了。他居然把他和马脸女人的破事全告诉了我。完了还问我："记不记得你那乡党？"

我一下想起了戴着毡帽，穿得还算齐整的瘦个子乡党。

"这一年来，他几乎天天在车站找他的信，说是你寄给他的！"不善酒的孔鸿开始抢酒喝了，自己倒了一杯敬我，我没让他再喝。

"开始是天天问送信的邮递员，后来又天天问收发室的老头，再后来又老来办公室转悠，到最后怀疑车站私下扣了他的信，居然敢找我理论——看在你的分上，这几年，我们没怎么轰他，也没怎么为难他。

"可恨的是，有一次，他又来找我理论，我和她正办着好事，门没锁牢，被他推开了……我下不了手，暴怒的她却把他结结实实地打了一顿……之后，听说他病了，好长一段时间没来车站。

"最近，又天天来找信……"

"你是说他在找我写给他的信？"我酒醒了大半。

"是啊！我告诉他，一个大教授会给你一个站乞写信，你就睡觉娶媳妇，做梦吧！"

"真有这么一回事。我答应寄书给他！"我像做了亏心事。

"送书给文盲站乞，和对牛弹琴无异啊，大教授！"

"不，不一样！"

孔鸿回家前，我把一牛皮信封交给他，嘱咐他一定要亲手转交给我的乡党。我没告诉孔鸿，我在牛皮信封里面的新书扉页郑重地写上了"镇京兄存正"，并签名盖印——名签得端端正正，印盖得清清楚楚。

故事本该到此结束。故事却因另一事让我唏嘘不已。

读书人总有一些情怀，我也不例外。在外听闻乡下很多地方成立教育基金，以鼓励后辈学子刻苦学习，争取考名牌大学。我便也萌生了在生我养我的两河两山成立教育基金的想法。这一想法很快得到了众多乡贤的支持。经过广泛发动，半年后，两河两山教育基金募集到了较为可观的资金，筹备成立。

我心潮澎湃，放下手头的活，匆匆赶回乡下参加成立大会。

会上，主持人隆重宣读各乡贤的捐款数量，念到第一个名字时，会场突然乱哄哄的，就像菜市场。

主持人以为念错了，再念一遍时，全场顿时变得鸦雀无声，继而掌声雷鸣！

两河两山教育基金捐款最多的居然是刘镇京，10万元。

我突然记起，我这次回来，在车站没见到乡党刘镇京。

"前段时间还在，近个把月没见着。"孔鸿告诉我，把我的信当面转交给他时，他举着信，就像范进中举了一样，疯疯癫癫地大喊大叫，"大教授送书给我啦！大教授送书给我啦！"

我心里五味杂陈。

回城前，我叮嘱村干部，找找刘镇京，多关心关心他。

回城没多久，我收到一封信。信居然是乡党刘镇京写给我的。

信里很多别字，我和改学生作业一样，用红笔一个个给别字画圈。画着画着，我画不下去了——乡党刘镇京在信里说，学着看了我写的书，又认了不少字。听说我号召成立教育基金，鼓励小孩读书，他一无所有，但他想，我号召得对，教育是一个人的希望。他所剩的日子不多了，他要捐出他的所有，包括他可利用的身体……

乡党刘镇京在信最后说："识字真好！别了，我的大学教授！"

看完信，我泪流满面，立即买车票坐班车回乡下。

我希望在乡下小站，能再见到乡党刘镇京。

爱情腰

来得早的春风绿了漫山遍野，鸟鸣蛙叫，热闹极了。两河两山的人们跟春风赛跑，赶牛下地，在包产到户的田里折腾开来。吆牛声、水声、笑声，杂在一起，睡了一冬的地热腾起来。村头的田鼠却蹲在屋里蔫头蔫脑，像霜打过的茄子。

"下地了！"田鼠的二叔喊破了喉咙，田鼠还是像开了膛的白猪在开水里一样一动不动。

"这孩子没救了！"二叔瞪着田鼠。

"你才没救了！"田鼠迎着二叔无神散漫的目光，牛卵子大眼示威般几乎要撑破眼眶，活蹦蹦跳将出来。二叔的目光随即耷拉了下来，木木地扛着犁，独自出门走了。

"老东西，懂个啥！"看着二叔矮小孤独的背影越走越远，田鼠骂了一句，然后起身，脚狠狠地踢了下厚厚的木门，昂着头，跟在二叔身后往田里去。

走着走着，田鼠的头也耷拉了下来。

二叔是啥也不懂，一辈子过了大半，还是打光棍。可知道了爱情腰——田鼠和二叔抬杠时讲的"被爱情撞了下腰"，又怎么样呢？

田鼠和二叔抬了几十年杠。

田鼠五岁就跟随二叔到生产队的集体田去犁地。二叔在田里犁地,田鼠守着田埂边中午烧饭的锅。漫长的夏日,早上的两碗粥水早化成了一泡尿,肥沃了土地。守着锅,田鼠一直在吞口水。实在等不到中午,田鼠便揭开锅盖想啃一小段中午送饭的咸萝卜干。谁知,锅盖一揭开,田鼠眼睛和鼻子都移了位:锅里除了两节咸萝卜干外,还有一小块烧黑了的肥肉。田鼠捏起肉,在嘴边舔了舔,舔一口,望一眼在地里骂牛的二叔。舔着望着,一小块肉不知怎么就舔进了田鼠的肚子。这可把田鼠吓坏了,他赶紧盖上锅盖,摆好锅,装作若无其事地到另一边的田埂,趴在地上看二叔犁地。

晌午,二叔把牛交给田鼠,让他牵着牛到山坡上吃草,自个儿提着锅去烧饭。二叔揭开锅盖时,大叫起来:"肉怎么会没了?!肉怎么会没了?!"要知道,在当时,吃上一口肉是多么不容易!同生产队的人都围了过来,有的幸灾乐祸,有的抿嘴偷笑。

田鼠怕了,隔着几坎地,怯生生地说:"田鼠吃了吧?"二叔远远看着田鼠,恍然大悟,开口就骂:"狗日的,比田鼠还田鼠。"

田鼠就这样叫开了。

田鼠打小就不肯读书。

田鼠九岁被父亲硬送进学校。可田鼠不肯去,被父亲押着去了一回学校。第二天,他就将书藏到生产队的牛棚里,清早赶着牛上山了。父亲把田鼠结结实实打了一顿,再押到学校。跑不了,田鼠就开始捣乱:老师在黑板上写"a,o,e",田鼠就说老师在画石头、蝌蚪、嘴巴;老师教念"a,o,e",田鼠就说老师学乌鸦叫、牛叫。年轻的女教师气得涨红了脸,跑到田鼠父亲处告状。田鼠自然又挨了一顿打。没过两天,田鼠又偷偷出去放牛,被父亲从山上抓回来。父亲狠狠地打了田鼠一巴掌,田鼠只感到脸上火辣辣的痛,却没掉下一滴眼泪。田鼠把书撕个稀巴烂,仍然上山放牛。

父亲只好任由田鼠去放牛。

两河两山分田到户,村里人有了饭吃,很多人就张罗着盖屋砌灶。十八岁的田鼠一身蛮力,既能干,又容易使唤,很讨人喜欢。村里谁家盖屋砌灶都少不了田鼠。在帮人盖屋时,他站在泥砖铺就的墙上,要下面三个人给他抛砖,他在上边耍杂技:把双手圈在肚皮上,连接三大块砖才往上面送,看得人心惊肉跳。有人夸他,他却涨红了脸,大声嚷叫:"这算什么?五块砖都可以接住。"于是他真的要下面五个人轮着给他抛砖,他接够五块砖才往上面送。二叔在下面看到了就骂。二叔越骂,田鼠越来劲,砖头接得越欢。

经不住个"夸"字,在一次帮人家盖屋上大梁时,田鼠扛着半抱粗的大梁在墙上跑。肩上的大梁猛地碰上砖墙上泥水师傅的斗锤,田鼠整个人从二丈多高的墙上摔了下来。伤不算太重,外伤是治好了,田鼠却莫名其妙地得了癫痫病——乡下的医生也搞不清为什么会这样,只是说兴许田鼠的脑血管原本就有问题,经这一摔,脑给摔坏了。

好汉成了孬种,田鼠的婚事让人头痛。

这一年秋收后,田鼠的细婶从老家带来了一个活泼开朗的姑娘。姑娘来到两河两山,左一声阿婆,右一声大叔,脆生生的,就像两河两山的鸟鸣声,好听极了,叫得满村人心里像吃了甜番薯。姑娘见了身材魁梧的田鼠更像是田野里的苍耳,沾上农人的衣服,甩也甩不掉。

那会,台湾的电视剧《威龙假太监》到点一播,田鼠就跟着唱:

> 我被青春撞了一下腰,
> 笑得春风跟着用力摇,
> 摇呀摇摇呀,
> 我给你的爱有多好……

田鼠尽管唱得走音走调,却唱得如痴如醉。因为遇见了姑娘,田鼠着着实实被青春撞了下腰。

后来,田鼠和二叔抬杠,一急,把"青春"讲成了"爱情",田鼠就变成了"被爱情撞了下腰"。

癫痫病不发作时,田鼠生生一个好汉;一发作,神鬼都怕。姑娘和田鼠好上后,田鼠的家人担心田鼠发病吓着姑娘,千叮咛万叮咛他早晚服药。

来两河两山住了个把月，姑娘还没回去的意思，明眼人都看到了田鼠的希望。

田鼠也坚信他的爱情来了。

希望越大，担惊受怕也越多。果然，一天，好端端的姑娘串了趟门回家后就默不作声了，而后躲在细婶的小房里抽泣。

田鼠的父母你看我，我看你，心一下子哇凉哇凉的。

可谁也没料到，姑娘哭完了，抹干了泪去找田鼠的父母，抱怨为什么不早把田鼠的真实情况告诉她。告诉了你，你不就早溜之大吉了吗？田鼠的父母打掉牙齿往肚里咽，默默无言。姑娘抱怨完就笑开了："其实这没什么，咱老家就有一个跟他一样的，结了婚就好！"

父母的心一下奔上了九天云际。母亲"哇"的一声哭了，紧紧抱住姑娘，"娃啊！娃啊！"地叫个不停。

云开雾散，姑娘还和往日一样，像捡到元宝，成天乐呵呵的。田鼠一家更是笑得合不拢嘴。

姑娘每天叮咛田鼠按时服药，还常常跟田鼠上山砍柴，下地干活，亲亲热热。人逢喜事病也好了，姑娘来家后的两个多月里，田鼠原来个把月要发作一次的病，竟一次也没发作过。

转眼，临近过年，田鼠和姑娘依依不舍告别。

春节里，田鼠活在蜜罐里，逢人便敬烟。

过了初三，田鼠的父母便催田鼠跟细婶带足厚礼到姑娘家拜年，在喜庆日子里，把他们的事定下来。

初四到了姑娘家，细婶前脚刚进姑娘家的门，就被姑娘的母亲推了出来。

姑娘的母亲还把门重重地关上。

"嫂子，开开门，有话好好说。"细婶在门外脸红脸热地说。

"泼出去的水，嫁出去的女，你还嫌搅得不够？要把我女儿嫁给一个癫痫病？"姑娘的母亲在门里大声吼叫，"我没有你这个亲戚。"

细婶语噎。

姑娘在屋里抽泣，既无奈又无助。田鼠听到，便在门外喊姑娘。喊着喊着，姑娘的哭声大了起来。姑娘的父亲便猛地打开门，指着田鼠骂："去你个抽风鬼，滚！滚！滚！"

田鼠又急又气，满脸通红。一急，癫痫病当场发作，田鼠顿时倒地，全身痉挛，口吐白沫。

好好的节日就像一面镜子被打了个稀巴烂。田鼠回家，大病了一场。打针，吃药，一番折腾下来，病不发作了，田鼠却蔫了，整天在家里闷不出声，像个闷葫芦。

二叔便骂那个姑娘。不是那个姑娘来过一趟，不发病时，田鼠还是条好汉，可如今……

希望就像吹起的肥皂泡，五颜六色，绚丽多彩。可泡破了，一切都没了。

水稻插下了，分蘖，抽穗，扬花，长势一片良好。丰收在望，农户们个个笑开颜。成了闷葫芦的田鼠，发病的日子在家，没病的日子与二叔下田，丰收的喜悦似乎与他无关。

这天，田鼠与二叔到地里灌溉完水稻回家，一株参天的枫树上，喜鹊在翠绿的叶丛里欢快地鸣叫。二叔望了一眼树丛中的喜鹊："家里有人来了！"

"来个鸟！"田鼠跟二叔下地，自从得了田鼠这名后，就成天与二叔抬杠。先前，家里人总骂田鼠，二叔一辈子没结婚，凡事该让着他。现在，叔侄俩在一起抬杠，谁也不敢来搅和。

"是有人来。"二叔脚步下踢着一块小石头，加快了脚步。

"有老姿娘来找你？"田鼠鄙视一辈子打光棍的二叔。

…………

叔侄俩一路抬杠到了家门，远远地就听见屋里笑声阵阵。

熟悉的声音，令人心悸的笑声，如水漫过，如烟拂来，顷刻把田鼠牢牢拢住了。

田鼠三步并作两步赶到家门口，把锄头一扔，推开了门，冲进家。

"真的是你？！"田鼠张大了嘴，牛卵子大眼快要掉出来。

"我怎么啦？！"姑娘红肿着一双水桃眼，俏皮地望着田鼠笑。

"好了！好了！"田鼠的母亲一个劲地叫好。

田鼠的闷葫芦被揭开了。晚上，姑娘早早躲到田鼠的房间去，母亲给姑娘安排好了床铺，左等右等不见姑娘出来，只好由她去了。

屋外，春风春雨晚来急，一棵干枯了很久的树，整夜噼啪作响。

第二天醒来，枯树居然长出了新芽。

第二天起来，姑娘自个儿管田鼠的父母叫"爸妈"。

幸福的生活都一样一样的。幸福的日子也一样让人觉得过得快。田鼠与姑娘的甜蜜劲还没过够，姑娘的父母兄弟找上门来。他们进了家，见东西就砸。

田鼠拦这个挡那个，终是一个也拦不住，一个也挡不了。眼看着家里被砸了个稀巴烂，田鼠一时急火攻心，倒地，全身痉挛，口吐白沫。

…………

姑娘被硬生生带回去了。

姑娘临走时的"等我"两个字让田鼠魂牵梦绕。

姑娘走了，田鼠又成了个闷葫芦。葫芦越长越老，越长越硬，终成了铁葫芦。

铁葫芦田鼠的心里却有一粒爱的种子，那就是姑娘临走时的两个字：等我。

田鼠坚信，是种子一定会发芽。

田鼠一直在等。

田鼠等来了家里殷实。先是大哥给人开小四轮挣下点钱，接着又是妹妹从卖鸡蛋茶叶开始，后来做陶瓷生意，开公司……田鼠家一时成了两河两山首富人家。

有女人奔着家里殷实的田鼠来了，田鼠却不急了，一直在等。

"这孩子没救了！"二叔怕田鼠的牛卵子大眼，暗地里说。

让人没想到的是，田鼠真的等来了"撞了青春的腰"的姑娘。她就像一阵风一样，说来就来了，来了就毫不陌生地投入田鼠的怀抱。

当然了，姑娘已不是姑娘了，是田鼠早先嘴里说的"老姿娘"，是两个儿子的娘。田鼠喊姑娘"老姿娘"，老姿娘朗声应了。老姿娘告诉田鼠，丈夫嗜赌又好吃懒做，一家四口日子过得窝囊，讨厌死他了。

嘴里虽叫"老姿娘"，心上却还是田鼠的姑娘，田鼠何其高兴！可高兴了一段时日后，劲就没了。老姿娘三天两头回自己的家，带去这捎去那用。田鼠让老姿娘回去与丈夫离了，他们好安心过日子。老姿娘却老说再等等。

可要等到什么时候啊？！

老姿娘隔三岔五地带这捎那，然后住两天才回来。老姿娘一走，田鼠心里憋气，可是老姿娘一回来就缝缝补补，里里外外地收拾，又把他弄得服服帖帖，他的气便消了。

田鼠不断催促老姿娘离了婚再来，老姿娘每回只笑笑："这么多年，你都等过来了，不是吗？"

老姿娘回家的日子，田鼠觉得太阳都被毁掉了，天昏地暗。到了夜晚，守着空床，田鼠一坐到天亮。田鼠知道，他已经不能再次失去这个老姿娘了！

老姿娘一回来，田鼠怕她走，日夜守着她，把老姿娘拥在被窝里。老姿娘却还是要走时就走。

老姿娘又要走，田鼠哀求她别走。田鼠跪着哀求，老姿娘干脆拉田鼠上床，脱了衣服，在田鼠身上鼓捣起来。完事了，穿上衣服还走，很坚决。

那是个打狗不出门的日子，天地灰蒙，日头像在冰窟窿里存放久了，照出的阳光都是冷的。老姿娘在前头走，田鼠在后面躲躲闪闪地跟。跟过大路转小路，跟进田野入山道，从家一直跟到老姿娘的家。

老姿娘一回到家，放下东西，赶紧起火烧饭。一小会儿，一家四口，便围着台子吃饭。老姿娘像对田鼠，给男人添饭夹菜，对男人有说有笑，亲亲昵昵……

田鼠的心和他看到的太阳一样，一下掉到了冰窟窿。

田鼠没有进屋，没有打扰老姿娘一家，悄悄走了。田鼠不知自己怎么回的家！反正回到家，心里的不快结成了冰。

老姿娘隔两天又回来了。老姿娘一回来，田鼠心里的冰又化了。

再也忍不了老姿娘隔三岔五回去,田鼠偷偷拿了老姿娘的身份证,背着女人到镇民政所,哄骗民政所办证的熟人,开出结婚证。

看着红彤彤的结婚证,老姿娘的脸黑红黑红的。老姿娘一把夺过结婚证,骂了一句极其难听的话后走了,头也不回。

田鼠等了五天五夜,没等来老姿娘,却等来了老姿娘的丈夫和两个儿子。他们一来,二话不说,揪着田鼠的衣领,没头没脸地打。

寡不敌众,又挨拳头,又着急,田鼠的病又犯了,突然倒地吐白沫。

田鼠养了半个月的伤,身体才恢复好。半个月里,田鼠想的是老姿娘,梦的是老姿娘,可是老姿娘再也没有出现过。

田鼠忍不住了,病好后第二天就出门,再次来到老姿娘家。老姿娘的男人儿子都不在,老姿娘在缝补。

老姿娘没让田鼠进家门。老姿娘说,她曾经爱过他,那是十几年前的事。现在,她更爱她的两个儿子,不可能和他结婚。

田鼠跪着哀求老姿娘跟他回去,老姿娘坚决不肯,骂田鼠"玩过了头"。

田鼠赖在老姿娘家门口不走。老姿娘往外推他,田鼠往屋里挤。老姿娘推着推着变了脸,扇了田鼠一巴掌:"咱们早该一刀两断!"

"你——"田鼠捂着热辣辣的脸,愣了。在两河两山,和自家男人动口动手的,比比皆是。十几年了,老姿娘从不对田鼠大声说话,更不会和她动手啊!

"一刀两断!"老姿娘又大声嚷叫。

"你——"

"一刀两断!一刀两断!一刀两断!"重要的话,老姿娘说了三遍。

田鼠疯了,拼命朝屋里冲,老姿娘被重重撞倒在地,大声喊救命。田鼠怕了,瞪大了牛卵子大眼,双手死死卡住老姿娘的脖子。

老姿娘说不出话,手脚却没停,胡乱踢打。田鼠越卡越起劲。老姿娘的手脚慢慢老实了,头也渐渐地低垂了下来,田鼠却没有松手的意识,死死卡着。

突然,田鼠全身痉挛,口吐白沫,"咚"一声倒地。田鼠卡住老姿娘的手一松,老姿娘也像倒木头一样,"咚"一声倒在地上。

田鼠杀人未遂，被关了一段时间放出来。出来后的田鼠，爱情的种子彻底死了，心也死了。大哥看田鼠可怜，让他去看守公司仓库。经人撮合，田鼠与一个小他十岁的女人结了婚。

磕碰的日子就从田鼠娶了老婆开始。那女人虽年轻，却是少了根筋，又认死理儿，父母怎么教她就怎么做。一时要钱，一时要帮弟弟找单位，一时又这事那事。要不成就闹，家里三天两头爆发战争。战争过了头，世界就乱了套。

战后，田鼠常常独自唱《被青春撞了腰》：

> 天地我笑一笑古今我照一照，
> 喔人间路迢迢，
> 天要我趁早把烦恼甩掉，
> 痴情的最无聊几回哭几回笑，
> 喔哼首快乐调，
> 我不是神仙也懂得逍遥，
> 我被青春撞了一下腰……

田鼠一开口，还是和十几年前一样，走音走调的。

发展到后来，一和女人爆发战争，田鼠就到外面找卖肉的女人。

女人抗争过，可每回换来的是拳头。

田鼠出事就出在那天和卖肉的女人缠绵时，受了凉，回家后感冒了几天，下不了床。

那天，田鼠特别想喝排骨粥，便递了十块钱给女人，让她去肉铺买排骨。

女人买排骨，煮粥，下药，然后端了一盆给田鼠，骂了一句："食了去死。"

田鼠用牛卵子大眼瞪了眼女人，女人害怕，悄悄退出了屋子。

田鼠端起粥大口喝。

一盆排骨粥下肚后，田鼠在屋里满地打滚，口里白沫花花。

女人在屋外唱歌：

　　我被青春撞了一下腰，
　　扭得飞花随着白云飘，
　　飘呀飘飘呀，
　　我对你的爱如山高，
　　我将拥抱年轻真心到老……

女人的歌声和田鼠一样，走音走调的。

夫人劫

一

　　种田人命苦，没奔头的种田人命更苦。英打八岁起跟爹下地跟娘上山，整整耕种了三十年。前几年，身壮如牛的爹得了癌症去世后，英的生活蒙上了一层阴影，英觉得日子很苦。可就在前年，争气的大儿子以全县第一名的成绩考入了省重点中专，成了两河两山"文革"后读书人的榜样，这使英一扫爹去世的愁苦。虽然要省吃俭用每月给大儿子寄生活费，但英从没叫过苦。英的生活有了奔头，日子再苦，英也不觉得苦。

　　英的丈夫平是镇供销社里的售货员。这两年，供销社下放了，平打开始就想领几十块钱回家和英一起好好修理国家给的几亩地球皮。可平从小家境稍为富裕，上面有两个哥哥顶着，平到了十六岁又参了军，这使也是农民出身的平侍弄庄稼是个门外汉。到了地里，套牛耕地尽把木犁子折弄成几段。地里插秧，人家齐齐整整一方片插下来，他却从一方地的四周插起，成田螺形，把自己旋在中间。好多村人像看耍猴一样纷纷跑到地里去"欣赏"平插的田螺秧。英的脸黑了三天三夜，末了央大儿子一起把地里的秧耙掉，重新插。打从这回起，英不大理平了，平节假日回家，英地里再忙再累，也不会主动叫平一起去地里。急性子的英承担了家里五口人四亩地的耕种。

英的大儿子考上中专后，英的肩膀虽然比以往蜕去好多层皮，然而，英心里甜滋滋的，大儿子再过两年毕业了，可吃上皇粮，二儿子要是和大儿子一样有出息，今年也可让人高兴，小儿子还小，日子还长……

这年的暑假，大儿子文从省城回来了。文和英一样勤手勤脚，小小年纪就是地里的行家，用英的话说，要比平强几百倍。文读初中一年级时爷爷去世了，家里长孙长子的他就负起这"长"的全部责任。文没让人失望，瘦小的他和两河两山的男人一样，扶着犁把手，深一脚浅一脚在水田里来回吆喝着牛耕地。犁到了地边，比犁把手高不了多少的文力气不足，只好用肩膀去扛犁把手。犁着犁着，小公牛一使脾气，文还得跟它较劲……每每看到这些，英总偷偷抹泪。

大儿子回来的这个夏天热得人发慌。村里"预言家"老棍逢人便讲，今年立夏那一天，天上出现了两个太阳。太阳就是从前的帝王，出现了两个帝王，天下就不太平。这不，这热是预兆。上了年纪的拉长耳朵听老棍讲两个太阳，回到家千叮咛万嘱咐子女出门要如何如何小心，遇见了什么什么不要去招惹。夏天是收获与播种的季节，年轻的这一段时间与太阳赛跑，割了水稻，马上耕地，耕了地就谋划着要插晚造的秧，每天累得黑头黑面。老人们一传谣言，他们就发火，把在地里接受的太阳的火全部撒给老人们。讨了没趣的老人再也不敢吱声，甚至不再到老棍那里听预言，一心一意晒稻谷。晒着晒着，鸡上来抢吃便骂，吃了去死，没见天上两个太阳！便远远把竹子扔过去，惊起一群鸡把谷子拍得到处都是。

大儿子文回来后抢着帮英弄这干那，还一如既往挑起木犁去耕地。英怕文进了省城再也吃不了这苦，便悄悄请妹夫一起和文耕地，暗地里还叮咛妹夫多让文歇着。妹夫也觉得，文不再是种地的人，处处与文争抢着干活。

地耕好了，便要插秧。英家的地离家远，四亩地要插好几天。文便和母亲商量，他有一帮同学，好多也是种田人家，现在成了居民没田种，请他们来帮一天忙。

英赶紧阻止儿子：这要不得，咱看你累心就疼了，哪敢还去劳累其他人。

文便说没事儿没事儿，这帮同学太久没劳动了，要锻炼锻炼，况且，一大帮同学在一起嘻嘻哈哈，不觉累。

英最终说不过儿子，同意文去找他同学。英也找妹妹妹夫，让他们先停一天，这边趁着人多，一天把秧插完了然后再去给他们帮忙。

插秧那天，文的五个同学加英的妹妹妹夫和二儿子化，一共十人，在四亩地几十坎田里飘荡着欢声笑语。

英也感染了这份欢欣，可她今天脸上却提不起笑容。中午在田坎边就地烧饭，吃饭的时候，妹妹发现英吃得很少，黑红的脸也很青很惨白，就悄悄问姐姐：不舒服？

英悄声告诉妹妹：肚子一阵阵痛。

妹妹用手抚了英的前额，一手的汗和一手的冰凉。

歇会儿，下午这么多人，能干完。妹妹说。

没事儿没事儿。你们先歇会儿，我下去把秧苗盖起来，太阳毒。英说完就自个下了田。妹妹心里一阵难受，眼泪竟不自觉掉了下来：这铁人！

大伙儿吃完饭下地插秧，英已插完了一坎田。

地在黄昏前插完了。文和他的同学骑着自行车先回家，英和妹妹收拾家什，最后离开地里。

一路上，英和妹妹在瞎聊。英说，过两年，文就毕业了，在城里扎了根，咱姐妹俩一起到他那住住，看看城里楼是不是这么高？英一手往头上举。

好啊！好啊！咱也沾姐姐的光。

一路说着，妹妹开始还没觉得英走得慢，后来就发现要半停下来等她。

姐，是不是很不舒服？

还是一阵一阵痛，咱可从来不会病的。英说的时候，夕阳下，妹妹看到她眼里滚着伤悲的泪花。妹妹知道，姐姐自小是个铁人，小时候被人欺负被人打，从不叫一声。后来，她招了姐夫进来，她们几姐妹出嫁了，她和爹一同侍弄几亩地，再苦再累，也从未叫过一声。感冒发烧了，扛起锄头就到地里锄两圈，回家就好了。这回不同，妹妹感觉姐姐的肚痛一定相当严重，要不然，姐姐不会这个样的。

忙完了地，让姐夫带你去看看。

不用了，我最怕见医生，瞧那个架势，没病见了也会生病。

不行，姐，还是去看看，反正忙完了也歇着，当是散散心。一辈子守着地，有得你守。

再看看吧。姐终于让了步。

农忙结束，英总算可以歇一歇了。可她歇得心里不舒坦，肚子总时不时地痛。妹妹又来劝她去医院看看。

英觉得是应该到医院去看一看了，她肚子的痛用她以往用手压的办法已经不顶用了。刚好这一天，平从供销社回来，英就平生第一次让平带她去镇卫生院看病。

从医院回来，英一脸的不高兴，说那医生问这问那，态度极其蛮横，最后什么也没检查出来，开了些止痛药之类的就打发了。英觉得没病去看病是受了医生污辱，便说再也不去看病。

二

英知道她得了癌症是在她从市中心医院检查回来后。

初初，英老是对丈夫平及母亲说，我的病弄了这么久，不会是癌症吧？

年迈的母亲吼英：去你个乌鸦嘴！

英自己也想不到她会得上癌症，四十岁未到的人，说难听点身壮如牛，从来不得病，这样的人恶鬼见了也得让路啊。

文回学校不久，平的大哥从县里上来，说他们慢性病站购买了一台新设备，让英去检查一下，不用钱。在县城慢性病站检查确诊为肠炎后，英放下了心，可吃着那药，开始几天还有丁点儿效果，后来吃饭吃药都感觉有东西在喉咙里卡着，英每每吃得眼泪四溢。

年迈的母亲看出了不对劲，这药，女儿怎么就吃得眼泪四溢？

母亲央女儿到市里去检查一遍。

英和平还有一个在市中心医院有熟人的远房亲戚，三个人一大早带了几斤花生坐了一百多公里的车到了市中心医院。

英是第一次上市里，觉得街道特宽汽车特多楼房特高人们衣服特新。英便发了感叹：城里就是城里！

平便说，是啊！咱儿子读书的省城比这里还城里呢！平没到过省城，也不知道怎么形容城里，只好用比较。

俗话说，不怕不识货，只怕货比货。经丈夫平这一对比，英想到儿子读书的省城住一住的念头便扎下了根。

在熟人的指点下，英的检查得以当天进行。

检查后，英憔悴了好多。英问平：是不是癌症？

平和亲戚异口同声：想到哪去？小问题而已。亲戚还加多了一句：要是癌症，哪有这么轻巧放你走？

英想想也是，便轻松地对平说，到了市里后更想要到儿子读书的省城里住一住。

平说，等你病好了咱就去。

英立刻纠正了平，文没毕业不能去打扰他。英还交代平，来市里检查也不要让文知道。英还说，我不会写字，要会写，我一定要把在城里看到的都写给文知道。

年迈的母亲老早就在村口等候英他们回来，见了英，劈头就问：怎么样？

没事儿。没事儿。英说。

母亲半信半疑。

还是原来的肠炎，只是药用得不好。这回带了好药回来。平解释。

母亲心里一块石头落了地，愁眉不展的脸上终于露出了笑容。

早去检查，也可免受这么多苦。母亲心疼英，抱怨平，不用钱的检查能检查出什么？能治好？母亲对英上次到县里检查一肚子意见。母亲膝下四女，三个嫁走了，这大女儿留下继承香火。为大女儿的病，年迈的母亲到处烧香求佛，还和二女儿一起到十几公里外的山里求签，回来后自己还累倒了。

没什么大事儿，检查的医生偷偷跟我说了，放心吧。英扶着母亲一块回家。

当天晚上，平异常温柔，说是帮英放松放松。平从上到下温存英，英一身舒畅，便想到平这段时间为了自己而盘马弯弓，觉得对不起平，便鼓励他上去。平却只是点到为止，弄得英浑身像蚂蚁在爬。

任凭英怎么鼓励，平只是淡淡地说，累了，休息吧！

第二天，平起了个大早，原本是要去供销社的，却说今天请了假。平叫英多睡会，自己去给地里的菜浇点水就回来。英也觉得特困，就继续睡。英一觉起来，见丈夫在宰鸡，母亲在灶边一边烧火一边抹眼泪。

娘，怎么啦？

没……没什么……噢，平在杀只鸡给你补身子。英的一声叫把母亲吓了一跳。

你在擦眼泪？

刚刚给火烟熏了一下。母亲夸张似的擦了一下眼睛。

英觉得母亲今天怪怪的，就问平，母亲怎么啦？平说没什么又低下头宰鸡，过了一会方抬起头说，买了一个小砂锅，可用来炖东西。

接连几天，平都没去上班，在家忙这忙那，母亲却每天像城里人一样去买点肉、买点排骨什么的回来炖给英吃。

苦命的人一下子要享受，好像不知如何下手，英吃不下"小灶"。母亲便哄小孩一样哄英：吃了身体就好了。英有时便夹些肉给母亲和最小的儿子，母亲和小儿子都把肉夹回给她。后来，英觉得不对劲。有一次，她夹了一大块排骨给小儿子，小儿子把排骨夹回给她，她发火了：我又不是得癌症，死不了你。说完，英把那块排骨扔给了狗吃。

英虽说得的不是癌症，但还是对自己的病产生了怀疑。在平回单位上班的第一天，英在房间里翻箱倒柜，最后找出市中心医院的检查单子，上了街。

英找人家小诊室，问这张单写什么？穿白大褂的医生就问这是谁的，英说是自己的，医生便看了两眼后轻松地对英说：没啥事儿，不要紧！

接连问了两家，英问不出结果。到第三家的时候，英耍了个心眼，跟医生说是她妹妹的单子。

市中心医院的诊断是食道癌中期,医生看了看她,语重心长地说,这么年轻的人,可要尽力抢救……

英根本没听见医生还说了什么,连声道谢都没说就走出了小诊室。

今天是圩日,街上,小商小贩在到处吆喝。平时,英最喜欢上镇里逛圩,可她今天觉得,这一切都没她的份。

她在街上走啊走,不知走了多久,才拖着走不动的双腿回家。

老母亲在门口眺望,见英回来了便说:跑到哪里?家里到处找。

死不了。英顶了一句就进屋把门"咣"地一关,任凭母亲怎么叫就是不开。

母亲怕英在房里干傻事,便哀求她,别这样跟自己过不去。

你们骗我!英在房里哭着。

母亲顿时明白女儿知道了一切,号哭起来:都是我命苦,都是我命苦!

哭声撕心裂肺,英终是听不得年迈的母亲的号哭,悄悄开了门,抱着母亲,陪着哭。

有的病人知道了病情的真相对本人是一种好处,有的却是会加重病情。英是属于后者。如果不是看着年迈的母亲和年幼的儿子,英早就自己寻找结果了。对病人英来说,年迈的母亲的眼泪是最好的药,母亲每掉一滴泪,英的心就受到震动。

平和母亲商量着借钱让英去市中心医院做手术,英怕落下债务,以后要平和儿子们还,怎么说都不肯。母亲便发火,英最终同意了。

三

大儿子文得知母亲得了癌症即刻回家,回到家时,家里正在筹钱准备送母亲到市中心医院做手术。

文回家前几天,平又陪英去了市中心医院,医生说可以动手术,并叮嘱要尽早做手术。平送英回家后便赶到县城,征求他大哥的意见,并向大哥借钱。

大哥初初听到可以做手术，便说，倾家荡产也要把人抢救过来。他的理论是有人就有一切。可是大哥并没有经济权，他要征求子女们的意见，并向他们要点钱。

先是大哥那发了财的得意女儿劝平的大哥，不是在乎钱，而是花了钱能得到什么效果？她举例说，周总理也是得了这病，你说医治周总理咱国家没钱？可是周总理最终还是被这病夺去了生命。又如县里某局长，镇里某富人家，都是仗着有钱去做手术去化疗，最终扔了几万块钱也没能把人夺回来。

大哥便不再说倾家荡产抢救人，他安排平住了两天后，让平先回去筹借筹借，他这里有了着落赶紧送上来。

平临出门的时候，大哥突然语重心长地说：日子还长，怕是这病没得治，三个孩子还要读书，先看看。英想吃什么就买什么给她吃，只要她吃得下。大哥一句不用去做手术的话在嘴里说不出来。

平回到家的时候，母亲急得大跳：叫你去借钱，你借到钱了吗？借钱借了几天！见平真的拿不出钱，母亲边哭边骂：你的老婆你不疼，我可疼我的女儿，我女儿要有个三长两短，我跟你没完。

平脸上红一阵白一阵。平从大哥家出来就想着回来后好好买点东西给英吃，趁着她还吃得下，做手术的痛苦就免了。这不，他从县里买了一只甲鱼回来想炖汤给英喝。给母亲这一骂，平又重新下了决心，无论花多大的代价也要把英从死神手中抢回来。

妈，我哥这两天拿钱上来，我买了只甲鱼炖给英吃。

这病还能再等，你没看见英一天一天在下肉？母亲泪眼婆娑。

我这就再去打电话。

先赶紧把家里的母猪和猪栏里的猪苗卖了，再粜些谷子。母亲抹了把泪，果断地说，要抓紧。

家里正在忙活筹钱的当儿，文回到了家。英见到消瘦了的儿子，泪不自觉地掉下来。英骂自己命苦，连累了儿子。母亲却是一阵高兴，好歹长孙回来了，多个人帮把手。

家里折腾来折腾去，凑了千把块钱。等平的大哥从县里上来，再拿点钱就可上市中心医院。

文回来等了三天，还不见平的大哥的影子。文急，文的祖母也急，便一个劲地催平打电话去问。平打完电话回家，说他哥今天晚上回来。

晚上，平和文早早到了平的大哥家。平的大哥回来了，可他却只字不提送英去市里做手术，也不提钱的事。文心里着急：大伯，我妈这两天要去做手术，没钱。

平的大哥嗯嗯应着，脸青一阵白一阵一句不吭。

文终于忍不住了：大伯，我妈做手术，要向你借钱……文还没说完，就"哇"的一声哭了。平的大哥顿时急了，他掏了一百元，递给平，说几个儿女没带钱回来。平的大哥说完就匆匆去找他的另一位弟弟，说你嫂子要去做手术，咱们兄弟帮一把，另一位弟弟却说没钱。平的大哥就急得在屋里走来走去。

文见借不到钱，便哭着跑出大伯家，深一脚浅一脚摸黑赶回家，平的大哥在后面叫：别走，别走，想想办法！

第二天，平和英还有文去了市中心医院。

到了市中心医院，才知是星期天，英要先复查后才能做手术，可检查的今天不上班。

在医院挂了号后他们一家三口便在市里逛了一圈，后来三个人就在大排档吃了饭。吃饭时，英说，难得文也在，明儿三个人去逛逛公园。平和文都赞成。

可吃完饭开房时，文心想，多个床位就要多花几十元，文心疼钱。文便提议，反正明儿母亲检查不了，不如他先回学校，等母亲动了手术，他再回来。

平和英都觉得有理，吃完饭就送文坐夜班车回省城。

上车的时候，文回头望着父母亲。他忽然看到母亲眼里泪花一闪一闪，文心里一阵绞痛，流着泪想挥手却始终挥不起来。

四

英和平去了市里的公园。在公园里,两人走着,沉默寡言。逛完了公园,平提起文在学校里怎么长进,英的脸上挤出一点笑容,自言自语,今天要是文在,多好。平此时才后悔让文回学校。

第三天复查完了,医生把平叫过去了,说不用做手术了,要么化疗。

平怔了一下,当下泪流满面……平虽然不太懂医学,但他知道,到了不能手术,只靠化疗的地步,那就等于说英已在等候时日了。

平在医生的房里待了很久很久,医生走了他也不知道。后来,他听到英在叫他,赶紧擦了泪匆匆走出来。

平吞吞吐吐说不用手术,要化疗。没想到这一刻,英出奇地镇定,她坚持不要化疗。她说,她原本打算今早一个人偷偷回家,可担心平四处找她,这下好了,不用手术,就可一块回家。英说着亲昵地拍拍平,平的泪水禁不住又挂在眼角。

其实,要手术,平身上带的那一千元够不上开一刀。平和英当天就回了家。

回到家,已是黄昏。二儿子小儿子见母亲回来便放下书本,问长问短。二儿子说,祖母今天一大早就和二姨去外镇拜神,到现在还没回来。英一听说母亲又去外镇拜神,心里一热,眼泪就顺着消瘦的脸颊滚下来。

家家已上了灯,母亲和妹妹一前一后回来。英责怪母亲到处奔波会累坏了。母亲则是一进门就紧张:没动手术?钱不够?

平和英做了解释,说是不用手术,医生开了药。解释了好久,母亲怎么也不相信。这时,妹妹已把饭烧好。

一家人围着桌子吃饭,却出奇地安静。后来,英打破了沉默,说在市里逛了公园,说城市的好,说乡下的就不如城里的。英闭口不提医院的事,也不提以后要跟妹妹到文工作的城市去住一住的念头。

英的高兴,使一家人悬着的心稍稍松下来。

可赶明儿天一亮,英没好声没好气地吼着还没起床的平,说母猪不见了,是不是卖了?

平不知说什么好。母亲在屋里听见了，赶紧出来，小声说：我担心你们在外面，家里的母猪我照应不来，让你三妹牵去先养着。你回来了，让她把母猪牵过来。

英还是以为卖了：卖了母猪，家里以后靠什么？还要不要每月给阿文寄生活费？

母亲只好一个劲地说母猪没卖。其实母猪已卖了。

英就骂平心狠：在外面，伸手就要钱，可怜的阿文。英骂着骂着又骂自己：什么夫人命，这是夫人劫，是苦命贱命！

母亲只好在一旁抹泪。母亲先前给英算过命，英是在农历六月二十四日夫人节这一天出生的，所以英是夫人命。

日子一拮据，磕碰的事儿就多起来。在这个家里，多了个病人，磕碰的事儿更是没完没了。

先是英的二儿子。二儿子化因重读初三不能报考中专，心里窝火。家里又多了个病人，大人们找不到地方发火总朝他发。他先是忍，后来，他再也忍不住了，就索性不去上学，每天和一伙"铁哥们"到处游荡，夜晚还要在镇上的桌球台上作战。消息传到平的耳里，平把化狠狠地揍了一顿，父子俩几乎反目成仇。英起先一句不吭，后来她说化人小不懂事，说完化后又骂平心狠，不疼儿子。

那天英等化回家吃中午饭，可左等右等不见化回来，她自己也不吃。英一个人到化读书的房子去找，没找到人，找回了压在桌子上的一张纸条。英不识字，让邻居念，她一听化到市里去打工，就气冲冲拿了纸条回家骂平：没良心的，没良心的。他身上一分钱也没有，他要睡街头。

母亲过意不去就劝英，英连母亲也骂。

不是你生的，你当然不心疼，到市里没钱就要睡街头就要饿死。

不管平和母亲怎么劝，怎么说这浑小子灵醒着，英就是不停嘴。

骂着骂着，英踢翻了一张小凳子走出门。平和母亲怔怔看着几乎是变了样的英，默不作声。后来，还是母亲提醒平，赶紧跟出去把英拉回来。

可是，所有的房子都找遍了，所有的邻居亲朋都找遍了，就是不见英的影子。

一股不祥之兆涌上了平和母亲的心头。他们赶紧发动邻居和亲朋去找英。

英没事。她生气后走到地里，看见番薯地满是草，就自言自语，这地要荒了。便蹲下去拔草。

接着是小儿子语为了交试卷费找平要钱。那天刚好平和供销社的出纳干了一仗，支不到工资，要买药没钱，正在气头上，就骂小儿子，成天要钱要钱，老子能生钱？平说这句话的时候恰巧被英听见，英就借题大发，她不用看病，她也不会再吃药，她不会花平一分一毫。平只好一次次解释，英就骂平，没本事就不要生，那么小的孩子不找你要钱找谁要？

往后，因英的话平和母亲又吵了一架，英加进来的时候平和母亲自动平息了战火。英便嚷平，有没有给文汇钱去？汇了多少？什么时候汇的？英要是听说没给文汇钱，英又要发火。平只好哄骗英。

日子就在一吵一闹中过，天空中总是少了太阳。

五

冬天里确实很少见到太阳。文在学校里几乎三天一封信写回家，得来的是父亲半月一月的只言片语。父亲少了写信，父亲按月寄给他的钱单子也日见少了，有一张没一张的。可城市里，衣食住行哪一样少得了用钱？文没钱，可在同学面前，他即使今晚没了饭票，也撕不下脸皮说出个"借"字。

文几乎断了经济来源，他只好参加学校的勤工助学活动。那年寒假，学校宣布寒假里留校的同学每人有二十元补助。文算计着一天一元生活费，二十元就可过二十天，再加上来回的车费，寒假里若能再找点事干，不仅可度完寒假，还可养活自己一些日子。文于是留在了学校过寒假过年，在他乡写《年》：

他乡的年，被冰冻，好冷。窗檐的雨，是泪，很涩……

乡下里过年容易过日子难。一个年，三五天便过了，可日子总没完。文却希望日子长一些，再长一些，他自己也说不清是什么感受，可他隐隐有种感觉，日子过得太快了对他将是一大损失。英却觉得日子就像橡皮筋，被拉得老长老长。刚开始，英只是心情压抑暴躁，她的脚步还能跟着日子走。可到后来，她只能躺在木沙发上，看着来回为自己奔波的白发苍苍的母亲和年幼的小儿子从学校回来后的饿狼样。英没了摔碗踢凳子的勇气。只是有一天上午，平匆匆忙忙上班去，二儿子小儿子上学，家里年迈的母亲在厨房里折腾。英想有人说话，想有人陪，英想她的大儿子，想着想着就落泪，就踢倒了沙发前面的凳子。母亲眼红红地从厨房出来，看着英眼角的泪，母亲赶紧转过身擦了眼泪，极其体贴地问英哪里不舒服。英先是一声不吭，后瞧见了母亲的一双红眼睛，赶紧说，没事儿，没事儿，一只鸡要过来啄食，被我踢倒凳子吓走了。母亲便喃喃着说，没事好，没事好。然后扶起了地上的小凳子，坐在英身边。

母亲和英就这样僵坐了几分钟，母亲极力寻找不会伤着女儿的话说，英也极力想安慰母亲，可话到嘴边溜不出来。母亲坐着找不到话，又担心引起英伤心，便说，今天日头起得早。英就说，夏天的日头毒死人，想着就打战。母亲说，今天你去晒晒日头。英就说，这样好，没日头好。说着说着，母亲就说今日我还没上茅坑，我去去就回。英应着去吧去吧，抬头从瓦缝里寻找太阳。黑黑的瓦片，一片紧跟一片，几小束几小束阳光从漏水的缝里挤进来，可地上怎么也寻不着它们的影子，屋子里仍旧黑深黑深的。英呆呆望着屋顶上几束微弱的光在飞舞，看着看着自己就成了其中的一束，一会儿飞舞，一会儿隐了。看着看着英好像听到有人在哭，声音很远很远，很惨很惨。英的心便收紧了，再看那光束，已黑魆魆一片，一丁点影子也跟着哭声跑了，英便眼泪四溢。

好久好久，哭声才停下来。哭声停了一阵，母亲就回来了。英就说母亲掉到茅坑里去了。母亲声音哑哑地说哪能这么没用，母亲故作轻松地说。可"没用"两个字箭一般又刺着了英，英的泪又扑簌扑簌往下掉，母亲便劝英。劝着劝着，母女俩抱成一团在沙发上尽情痛哭。

村里投递员进来的时候，母亲说话已经听不清楚了，英也哑了。

信是省城里的大儿子文写回来的。英和母亲都不识字，让投递员拆了信念。

听完了信，英便要母亲找日历，问今日几月几号。投递员说是五月一日。英接过日历把七月一日那一页折成半，自言自语：还有两个月，还有两个月。母亲也说：是啊，还有两个月文就回来了。

往后，英每天捧着日历，一页一页地折，她把五月一日到七月一日的张数都数过了，然后每天倒计日地算。

母亲见着骨瘦如柴的女儿在算日子，每每心里滴血。她就偷偷把日历藏起来了，可女儿自数日子以来第一次发了火，把吃饭的碗摔成三片，把筷子扔到门外，把前来捡食的母鸡踢得在地上滚了几圈。母亲只好又把日历给了女儿。

六

文回到家的时候，英的木沙发已垫着厚厚的毛衣。英虽然骨瘦如柴，声若蚊蝇，可见着文的第一天精神很好。英要文拿小凳子坐在沙发边，文侧着耳朵听英说话。

英讲了城市里人多车多楼多用钱多，她说她不想去城市住。英又讲了公园，英说那公园其实不如咱屋后的山。英讲了平没用，二弟三弟小，文要帮他们。

英讲着一点也不见累，文给英倒了水喝，削了梨吃。

文就说妈你会好的，你好了我就带你去省城住。英说傻孩子，我住不了啦，以后带你奶奶你爸爸去住吧。

英后来说有一种画，听人说画里画出了城。她问文有没有省城的这种画。

文赶紧从背后取出了省城的地图，坐在英的旁边给英讲省城：这是城里最高的楼——三十六层的国贸大厦，这是动物园，这是植物园，这是游乐园，这是火车站，这是省政府……

开始英说她怎么也看不懂，文就说这是地图不是画。英叫文讲城里，文就一处处地讲，把一张地图讲了个稀巴烂。

  文讲了大半天城里，英聚精会神地听了大半天。末了文就安慰英，说等您好了我带您去城里住，英不再说去不了啦，只是双眼盯着地图出神。出乎意料地，这一晚英吃了一碗稀粥。

  第二天，文再给英讲城里，英已没了兴趣，精神也萎靡了下去。文在一旁干着急。第三天英已经坐不了沙发躺到了床上。

  到了第七天，也就是农历六月二十四日夫人节这一天。天一亮，英动了动手，文赶紧凑过耳朵，英的声音像从地底下发出来：叫弟——

  文赶紧把两个弟弟叫到床前，可英手指头轻轻指着文就断了气。

  入棺的时候，文把他带回的地图塞到英的身边。负责丧事的族人不同意，文就黑了脸，那脸比英穿的黑衣服还黑。

  临送英上山头的时候，天黑压压地下了几滴雨。送英出门的时候雨停了，天很闷。送完了英回来，文发现天空竟露出了半个太阳。

清明雨

清明时节雨纷纷,路上行人欲断魂。那密密细细的清明雨,如烟如雾,如针如织,斜织成一张硕大的网罩在两河两山的角角落落。

密密细细的雨在周丰的脸上越聚越多,周丰全然没有感觉,最终,悬在他宽宽的下巴上的第一滴雨水掉落在他面前的坟墓上。

周丰面前的坟墓很简单,没有墓碑,没有铭文,只有一方土堆。然而,这坟墓却看出是精心修葺过的:墓面,三块平坦的石头拱出一个平整的面,中间最高的石头刻了一个大大的"母"字,看得出来那"母"字是用石头一次次刻出来的。墓前,有一步宽的平地,长着绿茸茸寸把长的小草。墓身,错落有致地添着新土,齐齐整整地插着红黄绿白相间的纸。香,换了几炷还在烧,烟,袅袅而升,随风飘散……

周丰的思绪也随着那烟飘散。

"孩子,你醒醒!"

周丰依稀听到有人在喊他,声音很柔很柔,像极了妈妈。周丰想睁开眼,眼睛却像被妈妈常常用来粘报纸的胶水粘住了一般,怎么也睁不开。

水。周丰感觉嘴里有涓涓流水在滋润着，水过嘴唇，入口腔，进喉咙……水所到之处，如枯木逢春，迸发出强烈的生机。

周丰终于睁开了眼睛。那是一双充满疑惑与不安的眼睛。周丰看清了，眼前一个和妈妈一样年轻漂亮的阿姨正在给自己喂稀饭。

"孩子，你终于醒了。"周丰依稀听到的很柔很柔，像极了妈妈的声音清晰了起来。

"谢谢阿姨！"

"你叫什么？怎么会晕倒在这里啊？"见周丰醒来了，年轻漂亮的阿姨问。

周丰睁着一双充满疑惑与不安的眼睛，一个字也不说，站起来随时想溜开。年轻的阿姨伸出手想拉周丰，周丰身子一扭，转身想跑却回过头来又说了一句："谢谢阿姨！"

年轻的阿姨心猛地被揪住了，一把拉过周丰抱到怀里。望着清秀、整洁、美丽，像极了妈妈的年轻阿姨，饱受人间凄苦的周丰伏到阿姨怀里叫了一声"妈"就哭了……

那时的周丰叫朱丰，在省金属材料研究所当工程师的父母都被戴上"右派"的帽子。母亲被打倒在地后又被踩上一脚，回家就断了气。父亲越交代越不清，在一个伸手不见五指的夜晚上吊自杀了。

成了孤儿的周丰，从此到处乞讨。他乞讨到两河两山周秀真老师家门口时，昏倒了。

周老师收留了周丰。为了不暴露周丰的真实身份，周老师把朱丰改名周丰，对外称周丰是她的侄子，因家乡发洪水来这里避难。周老师白天上课，就将周丰带到学校旁听，晚上辅导他。

幸福的日子总是短暂的，周丰在两河两山住下不久，各种谣言就来了：周老师年过三十岁没结婚，在两河两山里外，她一个亲戚都没有，哪来的侄子？周老师先前在城里读书有恋人，莫非是和人家生下了娃，如今找上门来了？这么多年，周老师没结婚，就是一直在等待城里的把她接回去。

谣言就像洪水猛兽，来得势不可挡。

如果有人硬把一个屎桶往你头上扣，你又没能力挡住的话，你就只有接受。无数次苍白的辩解，只会让人越描越黑。年轻的周老师终是抵挡不住洪水猛兽般的谣言，只能瞪着一双迷茫的眼，任人去说。

在那个把人们的思想禁锢在一个全密闭的铁皮桶里的年代，人们怎么能让一个有私生子的老师上讲台？

周老师是村里唯一上过高中的，断断续续当了十年教师。教育学生，闭门读书，原本一切多么平静。虽然派与派之间经常斗来斗去，可不起眼的周老师引不起人们的关注，她把心血花在学生身上，把青春投注在教育事业上。这几年不平静，可只要有一个学生来学校，她就讲……日子虽然平淡、单调，甚至是枯燥，可周老师觉得幸福，觉得满足。可是，这一切，这一切都将化为乌有……周老师被勒令回生产队务农。

生活就像一把大铁犁，它犁乱了周老师的日子。除了读书教书，周老师从没干过第二样活。如今，她得下地挣工分养活两个人。

这天中午，太阳烤死人，周老师回到家，原来清秀的脸苍白得吓人，嘴唇又干裂成一道道口子，一双先前大而美的眼睛眯缝着几乎睁不开……周老师倚着桌子动弹不了。

"都是我连累您，阿姨，我走吧。"周丰倒了杯水递给周老师，眼泪不自觉掉下来。

周老师一听周丰说要走，苍白的脸涨红了："你要走趁早，免得大家受苦受累。"

骂着骂着，周老师就把周丰拽到怀里，紧紧地，紧紧地，生怕有人会抢走般抱住哭了。

小周丰再也不敢提走的事。

周老师虽然天天上工，并且有什么重活脏活抢着干，可人家一天一个工分她却只得零点六个——记工分的说她干得少。工分少，周老师的生活非常拮据，每天的稀饭稀得照得到人影。可看着周丰一日日长大，周老师心里还是暖乎乎的，她将稠的捞给小周丰吃，自己喝稀汤。

可就连这样的日子，周老师也难过下去。一天，一群红小兵闯进周老师家，要周老师交代周丰是哪个牛鬼蛇神的黑儿子。

周老师起先不理，红小兵就打周丰。

看着周丰挨打，周老师心痛。后来就编故事，满足红小兵。

"周丰是谁的儿子？"

"是我儿子。"周老师苍白的脸显得异常宁静美丽。

"周丰的父亲呢？"

"三年饥荒时饿死了。"

"周丰的父亲是干什么的？"

"一个农民的儿子，读了高中后回家务农。"

"叫什么名字？"

"周吴。"

"你们怎么好上的？"

…………

每次，只要周丰不被挨打，周老师的故事就可以一直编下去。

既然周老师亲口承认周丰是她的私生子，谩骂之声便铺天盖地。

谩骂不要紧，你骂我，我尽可出门低下头，把一顶破斗笠压低挡住脸。要紧的是，村里每次批斗，原来不起眼的周老师成了主角，有时还要搭上周丰。批斗时，周老师总低着头，眼睛却一刻也没离开周丰，生怕周丰有什么闪失。挨打时，周老师总喊：孩子是无辜的！孩子是无辜的！把棒打周丰转移到自己身上。每次挨打，周老师都一声不吭，一滴眼泪不掉。

转年，"永远健康"摔死了，批斗的事少了，学校也陆续组织学生上课，周老师虽然还在生产队干活，却想把周丰送去读书。为了不让周丰被人辱骂，周老师把周丰带到镇上另一所学校去寄宿。

生活，给周老师出了难题。弱小的周老师一个人挣工分连养活自己都不容易，又怎么能供得起周丰在外读书呢？

黑了，瘦了，憔悴了，周老师不再是周丰见到的原先那个像妈妈一样美丽慈爱的周老师了。每次，从学校回来，周丰见到周老师，总要偷偷抹眼泪。周老师没穿布鞋，光着脚，脚上沾着黑土，有时还流着血；她的手，一点也轻盈滑腻不起来，摸在他脸上像把刷子在刷。

有一天黄昏，周丰偷跑回来看周老师，一进门，把周老师弄得又惊又喜，一会儿抹眼泪一会儿笑。周老师拉过周丰，把他从头到脚，仔仔细细地捏摸。

周丰轻轻伏在周老师怀里哭泣，周老师呜咽了一下，变得异常宁静："男孩子要坚强，懂吗？"

周丰点了点头，母子俩就这样相互依偎着。

突然，周老师叫了一句"该死"，就匆匆起来提了篮子出去。她告诉周丰她去弄点吃的。

可去哪里能弄到东西吃？周老师提着篮子到处转。家里要是有东西多好！后来，周老师下了决心，摸黑走到生产队的番薯地。她转了一圈又一圈，后来在一块偏僻的地方猫下身挖番薯。

挖开干裂的土块，露出杯子大的番薯。周老师双手一扭，番薯从藤子上掉下来了，来不及擦掉土，就把番薯扔进篮里。

"够了，够一餐了。"周老师已摘了六条，手却还在地里摸索，"给他带两条回学校。"

周老师又摘了两条番薯，才把挖开的土堆回原来的样，又用脚踩了踩，还把藤子拉了拉，见确实看不出什么破绽了，方在田坎上拔了些青草放进篮里，趁着昏黑回家。

番薯的香味把周丰诱出了口水。当周老师把番薯送到他手里时，他迫不及待地轻轻撕掉一点点皮，大口啃起来。

周老师看着周丰的狼吞虎咽相，脸上现出了很复杂的神情。

"妈，你吃呀！"周丰递了一条给周老师。

"我吃过饭了，我也不能吃，吃了会酸心。你把它吃完，我还留两条给你带回学校呢。"

周丰也知道周老师胃酸过多，经常酸心，也就不推让，一下子把六条番薯扫个精光。周老师让周丰去洗手，她来收拾桌面。周丰洗了手回来，竟发现周老师把他撕下的番薯皮塞进嘴里，有滋有味地咀嚼，一看到周丰，马上转过脸。

泪不知不觉顺着周丰的脸颊流了下来！

苦难的日子终于有过去的一天。

学校重新按正规上课，周老师又被请回去当民办教师，她的生活问题因为周丰这几年不在两河两山而被淡忘了。周丰，也因成绩优秀连跳两级上了高一。

全国恢复高考第一年，周丰以优异的成绩被广州一所重点大学录取。拿到通知书那一刻，周丰绕着学校球场一圈一圈地跑。回到两河两山，看到周老师伛偻的背，周丰远远就拉长声音叫了一声："妈——"甜蜜的泪水交织在了一起。

上学那天，周老师伛偻着背，一定要为周丰背最重最大的包，周丰哪能忍心？

周丰知道，这包装着妈的一颗心——周老师先前织给他上学的一件书包，还有新近周老师织成的羊毛衣。书包里又包裹着钱和粮票。

周丰清楚地记得，他在上小学的时候，有一次周老师送钱送粮票给他，也送了这个书包，那天，周老师显得有点不好意思。

"阿丰，妈以前没织过东西，这个包是妈刚学着织的，织得不好。"

那是一个用毛线织成的小书包，看上去很粗糙，线与线之间的结打得大小不一致，书包口绳的边也粗细不一。

周丰从周老师手里接过包，紧紧地，紧紧地抱住周老师。

后来，周老师陆续给周丰织袜子，织手套，织毛线衣，周老师的三件毛线衣就慢慢地织到了周丰身上。

"孩子，你长大了，有力气妈知道，可妈帮你背这个包，也是妈的一番心意啊！"

是啊，这是妈的一颗心，妈的心都装到包里去了……周丰不再吭声，默默望着周老师伛偻的背和背上鼓囊囊小山般的包，眼睛模糊了。

上车的时候，周老师告诉自己不能哭，可泪还是唰唰唰地流淌……良久，周老师举起右手，无力地摇了摇，千言万语化作无语凝噎。

周丰看见了周老师的手，猛地又从车上下来，牢牢地，牢牢地抱住周老师。

周丰还一个人坐在坟墓前,任凭密密细细的雨在他身上、脸上针织。

天快黑了,雨越来越大,周丰用手捋了一把脸,跪下对着坟墓拜了五拜,便缓缓下山。

周丰来到周文家。周文是周丰的高中同学。那时,周文同情周丰的遭遇,周文一直替周丰保守秘密。周丰考上了大学,周文没考上回两河两山。

自从周老师去世后,在两河两山,周丰也就找不到可以落脚的地方,每年清明节,周丰扫了墓,总到如今已是村主任的周文家里歇歇脚,第二天才回省里。

"去的去了,活着好好活。周老师在天之灵不会喜欢你现在这个样子。"

"周老师会为你感到骄傲的。你如今已是省内最大的民营企业家,拥有十几家工厂。冲这一点,你就该高兴,为周老师高兴。"

周丰怎么能高兴得起来?!

周丰幸运地上了大学后,周老师定时寄粮票寄钱过来,每每信上总鼓励周丰认真学习,刻苦钻研。每收到一封信,都化为动力,每收到周老师寄的钱,更是一种鞭挞。周丰知道,周老师的钱来之不易,自己如果不好好读书,那将对不起周老师,对不起自己的良心……

大二寒假,周丰下乡实习调查。周丰发现,那里的人都很憨厚,可那村的人对神灵却顶礼膜拜。那种痴迷,让人费解。

学社会学的周丰决心弄清楚村民对神那般虔诚的心态。在一天全村祭神时,周丰偷偷躲在一间茅屋里,静静地观察,静静地记录,全然忘记了自己。茅屋门楣上插着的香,不知什么时候被周丰不小心碰掉了,香火慢慢引燃了屋里的山草,大火燃烧了起来。

"火——"周丰大声喊叫有火的时候,他身上的棉袄已经着火了。

村里人赶来扑灭了火,周丰已被火烧得黑糊糊的。

村里的医疗站对着烧得黑糊糊的周丰无计可施。

周丰被送到了市医院。周老师磕磕碰碰赶来时,周丰又是发高烧,又是贫血、酸血,其中每一个症状都可能置他于死地。

周老师一步也不敢离开周丰,握着他没烧着的手,轻轻说:"阿丰,要挺住,阿丰,要挺住。"

几次,从迷糊中醒来,周丰见周老师站在床边,他想哭,可眼泪含在眼眶里掉不出来。

经诊断,周丰属大面积深三度烧伤,医院提出要送省烧伤整形医院,采用目前全国只有几家医院能成功完成的微粒植皮术。

周老师带着周丰辗转到了省烧伤整形医院。诊断的医生对周老师说,微粒植皮手术停了多年,现在要动手术没有多大希望,况且,手术需要的皮肤源还得去上海采购。

"只要有一线希望,就要做!"周老师拉着医生的手,拼命地摇,发狂般地叫。

医生被感动了,答应为周丰做手术,他要周老师先去交钱采购皮肤源,大约要六千元。

钱?!周老师傻了眼。哪来那么多钱?

周老师捏了捏身上,口袋里那一千元是用房子去抵押借来的,再去哪里筹钱?

"要怎么样的皮肤?我的行吗?"周老师一天一夜没合眼后小心翼翼地问医生。

医生瞅了她半天,不置可否。

"把我的皮肤,移植到他身上!"见医生没反对,周老师恳求医生。

沉默。

年老的医生挤出了几滴眼泪,点了点头:"可以。"

周老师给医生鞠了一躬便急匆匆跑回病房,轻轻对周丰说:"阿丰,有希望了!有希望了!"

三天后,医生提前在周老师身上取皮,把她两条大腿膝盖以上的前后左右皮肤全部割下,割下的皮肤占她全身皮肤的百分之十三。

那天,医生说要给周老师打全身麻醉,周老师得知全身麻醉对切出的皮肤有影响，她拒绝了。整个手术过程，周老师清清楚楚地听见刀的碰撞声、切皮声，她一声也没吭……手术进行了五个钟头，结束时，周老师满嘴鲜血，嘴唇被咬破了，可一滴眼泪也没掉下！

操刀的医生和护士震惊了，几个年轻小护士还跑到外面偷偷抹眼泪。

在周老师腿上取了皮后第二天，周丰的手术开始。

手术开始前，周丰没见到周老师，问护士。护士谎称周老师是出去买东西，要周丰听话接受手术。手术结束出来后，周丰还是没见到周老师，他似乎预感到了什么，脸全煞白了，歇斯底里地叫："妈——妈——妈——"声声带泪，声声带血。

住在隔壁病房的周老师拼命抑制着，泪水却像开闸的阀门，奔涌而出。

"妈——妈——妈——"周丰一直在叫唤。

周老师再也忍不住了，央求护士把她的病床推到隔壁周丰的病房里。

"妈——"

"阿丰——"

一声声呼唤，叫人心裂肠断，在场的护士都"呜呜"地哭了。

周老师和周丰的病床并拢到了一块，他们谁也没再叫过一声，谁也没再出过一滴眼泪。

"阿文，我要给妈建一座庙，一座盖世界大的庙来报答我妈的恩情。"

酒后吐真言，给周老师建一座庙是周丰的心里话。难怪，周丰一直没给周老师寒碜的土坟修座墓。

"喝，阿文，你说，我妈是不是世界上最最好的母亲？可我连我妈的一点小小的心愿都完成不了啊！"周丰一口喝下去，泪不知不觉在眼中打转，映着红红的脸，那泪也血一样红。

在医生的精心治疗下，周老师和周丰相互鼓舞，手术后两个月，他们俩基本痊愈出了院。周丰回学校，周老师强撑着皮包骨的身子回两河两山。

她再也不能到地里劳动了，手术使她原本就非常病弱的身体彻底垮了。

周老师的房子被人领走了，她只好把厕所填了土当房子。

转眼到了大三暑假，母子俩在一起过了一个短暂而又快乐的幸福假期。周丰回学校那天，周老师拖着瘦弱的身子送周丰去车站。

"阿丰，日子过得真快，明年这个时候你就毕业了。"

"是啊，妈。这几年把您带苦了。"

"傻孩子，尽讲这些干什么？"周老师用慈爱的手轻轻拍着周丰的头，心里感慨万千，总算把这孩子带大了！

"妈，我毕业了，要把您接出去一起住。"周丰眼里闪着光芒，好像自己马上就毕业了。

"敢情好了，刚出来，自己还料理不过来，哪能照顾得了妈？"

"不，妈，我一定要把您接出去。"

"孩子，你有这份心，妈就满足了。妈没图什么，妈只要求你好好干，别让妈伤心就行了。到时，等你结婚有了孩子，带回来叫一声'奶奶'，我就心满意足了。"周老师忽然满脸飞金，一下子，她似乎觉得不好意思，就转了话题，"等你毕业安定了，妈倒想到省城里看看你，顺便看看城里变化大不大。"

"妈，我一定要接您出去。"

车子"唧"的一声从身旁擦过，周丰上了车，周老师目送着汽车消失在远处的山坳上。汽车不见了，周老师还怔怔望着……

一学期一晃而过，放寒假，周丰没给周老师写信，想给她个意外惊喜。这不，他还买了几片周老师喜欢吃的云片糕呢！

下了车，周丰小跑着回家，到了茅屋，静悄悄的。周丰心想周老师肯定是外出干活去了，他用力推了下门，门没锁，开了。屋里黑黑的，一股腥臭腐烂的味道迎面扑来。周丰揉了揉鼻了，这厕所改的房子，长时间有这种味道。一想到这些，周丰就鼻子酸楚，眼泪差点掉下来。

周丰进了屋，感觉不对劲，味道令人作呕。他借助门外的光线，发现母亲躺在床上，身边苍蝇嗡嗡叫。周丰快步冲上去，叫了一声"妈——"就昏死过去了。

周丰醒来后，紧紧抱着周老师，想哭却哭不出来，任凭嗡嗡叫的苍蝇落满身子。

"喝。"头耷拉下了，杯子也掉了，躺在床上的周丰一直不停地叫。

周文鼻子酸酸的。多少年了，周丰一直都这样，每回来一次都用酒来麻醉自己。生意做得很大的周丰在酒桌上可从来都是以茶代酒的。

夜里，周丰老讲梦话，开始是叫着"喝——喝——"，后来就又喃喃地叫"妈——妈——"。

第二天，周丰让周文陪他一起在村里各个角落走走，一路上问个不停。

"阿丰，你怎么比检查团的还检查团啊！"当基层干部的周文，最怕的就是检查团，"你昨晚说过要给周老师建座庙，我替你想过了，山地由我来弄，你选地方，让周老师风风光光，了却你一桩心事。"

"是啊，我想建座庙，建座盖世界大的庙。"周丰笑了，从地上捡起一块石头，扔得远远的。

周丰和周文一前一后，在村里走走停停。走得周文都纳闷了，好端端的说好要建庙，周丰走时却又没提建庙的事，瞎走了大半天。

可半个月后，周丰突然又回到了两河两山。周文弄不明白，十几年了，他每年只在清明节回来一次，这次怎么这么快就回来了？

没多久，周老师的坟墓不见了，周老师坟头上的山和邻近的几座山都用铁丝网围了起来，种上了水果。一块白底黑字的招牌写着"周妈果业总公司"挂到了山脚下入口处。

我的卖肉老爸

晓风残月。上坡路。

"哎！出力！哎！出力！哎！"

父亲双手压着自行车车把，弓着腰，身子一起一伏，叫唤着。我顶着车后的竹筐，猫着腰，深一脚浅一脚和着父亲的叫唤声使劲。

父亲是食品站的下乡卖肉员。往时，父亲下乡的那个村，村里人舍不得光顾父亲的猪肉铺，三五十斤猪肉父亲得守上一整天。今天是农历七月十五"鬼节"，父亲执意从站里多要了一百斤猪肉，并拉上我一起下乡，我只好向学校请了一天假跟父亲出来卖肉。

父亲说，从食品站要一百斤猪肉下乡，卖的时候不算错数的话可以挣八元。父亲拉我出来主要是看中我会算数，而且算得快，并且人多的时候，毕竟多了一双眼。父亲下乡卖猪肉的最大烦恼是经常算错数和找错钱。人家递上五元，明明要收八元，父亲却找回给人家七元。那个村的人几乎都得到过父亲的"好处"。平时，父亲守了一天的三五十斤猪肉，往往连一餐饭的钱都挣不到。

"歇一歇，热死了。"过了半山坡，父亲停下来叫道。我松开手用袖子擦了擦额头。

"哎！车子在后退。"我一松手，自行车往后滑，父亲急了，马上压紧自行车车把，我赶紧又顶回竹筐。

稳住车子后，我发现父亲黄渍斑斑的白布衫已被汗水湿透，一阵阵的汗酸味和着猪肉的腥味直呛得我头昏脑涨。

好不容易才走完几里山路到村里。这时，天已蒙蒙亮，残缺的月亮不见了。父亲停下车忙开了：开店铺门，摆肉，开肉……

陆陆续续有人来买肉了。他们围着父亲，看父亲开肉。

"阿吉，今天的肉怎么这么肥？"

"三百多斤的猪，不肥？"父亲用胳膊肘擦了擦头。

"今天的肉红得要死，你卖死猪肉？"

"你他妈的把骨头削得这么干净，骨头卖给谁？"

"好了，别削了，卖肉吧。"

这时，肉铺外已围了十几个人等着买肉。

"我要五块钱半肥瘦，朝这切。"

"三块钱瘦的，朝那切。"

父亲的刀刚拿起，十几只手都指向了肉，十几个人也几乎同时在叫喊。

"谁呀？你，多少？"父亲指着站在最前面的一个问。

"五块，瘦一点，这，靠这。哎，妈的，这么肥，我不要，我不要。"

父亲默默地从切出的那块肉里切掉一点肥肉。那个人还嚷着不要，要父亲再切下一半肥肉。父亲的刀压在肉上，移了几次，可就是没切下去。

"切呀，愣着干啥？"

"切出这么多肥肉卖给谁？"父亲又把刀往肥肉移了移。

"别切了，别切了，给我。"站在后面的等得不耐烦了，要了那肉。父亲迅速抽出一根草捆起肉，眼里流露出几多感激。

…………

最热闹的时候过了。父亲卖肉收钱，我数数，配合得还算默契。父亲给我一块钱："买几个包子回来，别饿着了。"

我买了包子回来，远远听到父亲和一个中年女人在说话。

"你可要足秤！"

"包你足秤。"

父亲抽出两根草捆肉。

"你连草卖？捆这么多草？"

"没有的事，秤足了，我怕捆不牢半路上掉了不好。"父亲一脸的好心，我却发现父亲抽掉了一根水浸开了的草，捆好后还切了一点点肉夹到草上去。

"这一下肯定超秤！"

那女人走后，我问父亲是不是每一秤都连草也算上。

"差不多。不过，我都预足秤了，每一秤连草都稍稍超点，去了草就稍稍弱点。"

这时有个人来买肉，父亲止住了话。那人走后，父亲又说："其实，我捆肉的草很少，其他下乡的，一天捆了十几斤草，而且每秤都是连草才平秤。"

那一天，结算的时候，发现挣了十块钱，父亲拍拍我的肩膀："行，儿子还行！"

父亲原本不是食品站的职工。父亲刚从部队复员回来在县财政局当炊事员。结婚后，母亲在乡下种田，父亲要求下到镇里，于是父亲就成了食品站的炊事员。其实，凭父亲虚弱的身体，干炊事员这一行还是蛮适合的。可父亲看着下乡卖肉的都很吃香，他也想去。那时是分组下乡，没有一个组愿意多要人。后来分点卖，父亲才得以到一个小山村去卖肉。

没去卖肉时，父亲一个星期回两趟家，他每回一次都跟母亲说："宏林到镇里卖了几年肉，楼房都盖起来了。"

母亲每每一笑置之："人家有本事挣钱。"

到了我读小学五年级的时候，我哥还有妹妹都在上学。这下，我发现父亲的脸色经常很难看。学校一开学，找父亲要学费，父亲常常不吭声。要买作业本，父亲给上一两毛钱叮嘱半天："去街上买几张白纸切开用。"要买什么书，父亲更是说："大哥用后给你，你用过的给妹妹，书不会过时。"

当然，只要不是伸手向父亲要钱，他回家常常会说："父亲没文化吃亏,再艰苦也要让你们三兄妹读上书。"

那时,我们一天天长大,日子却越过越窘,尽管母亲拼命地养猪,每天早出晚归地干农活。母亲的脸色常常变得难看。

有一天,父亲回来了,大哥说要买运动服。大哥话没说完,父亲就说:"今天买运动服,明天买练习本,哪有那么多钱?"

在一旁的母亲忍不住了,冲着父亲说:"你整天叫着没钱,哪一天有钱过?"

导火线引燃了,很少脸红的父母亲大干了一场。父亲把碗、碟都往地上扔,母亲却抱着小妹大哭。过后,我们都很少向父亲要钱,并尽量避着他,可他就像影子,每次回来,便查这看那,煤炉门关了没?水龙头有没有关牢?电灯有没有关?

有一次,我正在屋里写作业,父亲进来了,远远就叫:"你瞎了,大白天开什么灯?"

"我写作业看不清。"

"你不会开窗?"父亲猛地把灯关了。

过了几天,我发现屋里的电灯都由四十瓦换成了二十五瓦。

一直到后来去卖肉,父亲的节俭习惯也没改。我发现变化的是父亲一回来,我们偶尔能吃上零星的猪骨头。

父亲人老实,下乡卖肉经常要受气。在食品站,父亲因为老实而成了人家欺负的对象。早上分肉称肉时,人家总会把最肥的肉分给他,还会给他夹上杂七杂八卖不出好价钱的猪下水。当然,分肉的时候,父亲也会挑这挑那,要这要那,可轮到自己称肉时就不是他挑的那些。为此,父亲对负责过秤的耿耿于怀。

"死卓强,每次都不给我先过秤,过秤时还要往重里报。"父亲说,有一次,他看见卓强给前面的宏林过秤时,明明超过一百零五斤,他只报一百斤。到了父亲的猪肉过秤时,父亲咳了两声。

"五十三斤。"

"五十二斤才过一点点,哪有五十三斤?"父亲脸涨成猪肝色。

"你说五十二斤想挣一斤？"

"你刚刚给宏林过秤，超过了一百零五斤，你都只报一百斤。我的就报这么重？！"父亲这一回底气足了很多。

"你说话要有证据！"卓强跳下秤台，指着父亲吼。

这一吼，屠场里的人和值班领导都围了过来。

父亲不敢再吭声了，是啊，要有证据，宏林把猪肉车推走了，拿什么当证据？

值班领导压了压秤，顺手从地上拾起一个猪膀胱扔下去："五十三斤够了。"

父亲只好憋一口气走了。过秤的卓强事后却变本加厉地对付父亲。父亲每次过秤，甭想从卓强那里要多一两。卓强还和宏林等人多次到领导那里说父亲卖猪肉少秤多草。食品站后来专门派人到父亲卖肉的村调查情况，弄得满城风雨。父亲最终没办法在原来的那个村待下去了，便一而再地要求调到另外一个村去卖肉。

记得第一次跟父亲到另一个村卖肉时，父亲已不再用两根草捆肉了，过秤的时候，也是称尾高高翘起。

那一次，卖了一大半肉后，有一个满脸污垢，头发蓬乱的女人来买肉。她把肉左掀右翻。

"怎么这么肥？"

"肉红红的是不是死猪肉？"

"皮上的毛都没刮光。"

父亲一言不发，笑着问她要多少。

她黑黑的拇指压着肉，要父亲横着切下去，最好不带肥肉不带皮。

父亲支吾了一下："这样不行。"

那女人却硬要这样切，父亲只好切了一块稍瘦的肉。

"我不要，我不要，把皮切了。"

"皮切了谁要？你不要，我再给你切一块。"父亲提起刀又切了一块。

"还不是一样肥，把皮和肥肉切掉。"

父亲一言不发，切掉了一部分肥肉。那女人还喋喋不休。

年轻气盛的我终于忍不住:"你怎么这么挑剔?"

那女人顿时成了发怒的母老虎:"我哪里挑剔了?我哪里挑剔了?"那女人说着,伸手要把我从肉铺里揪出来理论。

"小孩子不懂事,别理会他,我给你切。"父亲一个劲地赔不是,忙把我推进肉铺里,然后拿起刀,一边切去肥肉,一边连声说:"小孩子不懂事,小孩子不懂事。"

父亲出事也是出在卖猪肉上。

下乡卖肉久了,赊账也就多。刚开始,父亲不大愿意赊账,赊了账当月收不回来,父亲的工资就要被扣,也就是说父亲没办法拿钱回家支援母亲。可在乡下,个个嚷着没钱,你不给赊吧,几十斤猪肉在那里晒太阳,不仅会消损,而且夏天肉还会变质。久了,父亲就给一些熟客赊账。那些人赊账的时候,口口声声说:"卖了猪就还给你。"可猪不知卖了多少回,账还没结,又继续来赊。父亲只好经常在卖完肉后挨家挨户追收赊账。

"老人家,我这个月要结账,帮帮忙把账结了。"

"大哥,凑凑数让我把账结了。"

"大嫂,你儿子回来,一定让他找我,行行好。"

催久了,赊账的人一点也不脸红,好像赊账的是父亲而不是他们。

有一年生猪供应紧张,食品站到处捉拿偷宰生猪的。

那天,父亲挨家挨户说好话讨要赊账款。到一个姓黄的家时,黄正在里屋偷宰猪。黄心虚,误认为父亲是来捉拿他的,便气冲冲跑出来把父亲堵在门口。

"大哥,把你欠的猪肉款结一结,我好结数。"

"什么猪肉钱,"黄满脸横肉,"你不要进来。"

黄是赊账大户,父亲好不容易才找到他,哪肯轻易放过。

"你再走前一步,我踢死你!"黄恶狠狠地说。

这个村的人见父亲平时老实,老吓唬他。父亲没在意,向黄走近了一步。就在这时,黄抬起脚,对着父亲心窝踢了一脚。

父亲被踢断了三根肋骨,住了半年的医院。

出院后,父亲结束了卖肉生涯,回到两河两山。

结束了卖肉生涯的父亲俨然成了老头子。在家里,关煤炉门,关电灯、水龙头和整天像看牛一样看紧我们,要我们读书几乎成了父亲工作的全部。

三 哥

一

第一次见三哥生气是在公社黑伯伯办公室。

黑伯伯是公社的大干部。他整天黑着脸，比潮剧里头那奸臣还黑还恶。起初，我们远远见了他就绕道走，生怕他马步一站，伸手一抓，把我们送到派出所去。后来有一次，小萝卜头在公社门前的一条小巷里拉屎，把头仰得高高的黑伯伯差点被绊个狗吃屎。那一刻，小萝卜头吓得僵立在地上，裤子也不晓得提。可黑伯伯却只说了一句："嗤嗤，嗤，他妈的，吃疙瘩。"说着，黑伯伯把右手高高举起，手指蜷成个疙瘩。眼看一个大疙瘩就要落下来，小萝卜头赶紧用双手抱住大大的萝卜头。可是黑伯伯的大疙瘩没有落下来，黑伯伯倒是撕开了一烟盒子给小萝卜头擦屁股。从那以后小萝卜头不怕黑伯伯了，我们就在小萝卜头的带领下，对黑伯伯一步步入侵。先是在公社门口，后是偷偷跑到他的办公室玩他金闪闪的钢笔。

那天，我们正围着黑伯伯，玩他的钢笔。小萝卜头趁黑伯伯不注意还偷偷地在桌上画上两笔。三哥进来了。三哥进来后恭恭敬敬地向黑伯伯问好。三哥管黑伯伯叫大姑丈。三哥是我们两河两山唯一上过中学的"秀才"，他懂得的东西可真多。三哥白白净净的脸虽然永远挂着微笑，可又带着一股威严。三哥问了好后，笔挺挺地站在黑伯伯的办公台前。良久，黑伯伯问三哥有事。三哥吞吞吐吐说有事。黑伯伯问什么事，三哥站了半天说不出一个字来。黑伯伯就拉下脸，挥手赶我们出去，然后大着嗓门问三哥究竟什么事。

屋里沉默了很久，才听见三哥说话。三哥说公社有四个保送读大学的名额，大队里拼命争取三哥参加考试，可三哥考完试后自我感觉不好。

三哥又说，他找了公社文教组长。文教组长让三哥找公社党委委员，又管文教的大姑丈说一下，问题不大。

我们一直躲在黑伯伯的门外，听不到黑伯伯说话，小萝卜头便偷偷地探出了头看屋里，随即他缩回了大脑袋。我们问他怎么样，他只是吐了吐舌头。我也探了头，看到面对着门的黑伯伯拉长着黑脸，找不到一丝笑容，我也缩回了头吐舌头。

终于听到黑伯伯说话了，他在教训三哥，"考多少算多少，不要拿姑丈是管文教的来唬人"。黑伯伯又说三哥平时不努力，自己活该！小萝卜头再要探进头的时候，三哥刚好冲出来，小萝卜头被三哥撞了个四脚朝天。

三哥最终没有去上学，要不，三哥就不是现在的三哥了。三哥先是在大队里当农技员，后来大队有了一台碾米机，三哥便整天猫在碾米机房为大家碾米。那时，三哥白白净净的不仅是他的脸，还有他的全身。三哥在碾米机房猫了三个月后，上面给了大队两台手扶拖拉机，三哥便第一个去学开拖拉机。三哥第一次把拖拉机在大队的晒谷场上开起来的时候，我们简直把三哥当成了英雄。

三哥从不让我们坐到他的车座上，连后斗也不让。三哥不让，我们只好远远看见他开车过来，便冲上去，一边跟着车跑，一边攀车后斗。三哥一发现，便把车停下来，骂我们，追我们。我们便作鸟兽散。三哥一开车，我们又追上去攀车。那天，三哥的脸涨得通红，他停下车从地上捡起一小棍子，狠命地追赶，追得小萝卜头脚软，被三哥打了两棍子。三哥还在那天晚上一家家告状，害得我们都挨了棍子。

我们再也不敢攀三哥的车，小萝卜头有一天看见三哥开车过来，气愤不过，躲在田坎里朝三哥扔了一块泥，便跑开了。

三哥开了一年拖拉机后升任拖拉机组组长，负责给其他三个拖拉机手记工分，安排任务。那时，找三哥要拉东西的人也多起来。找三哥的人往往会买几包飞鸽烟塞给他，希望三哥晚上记车数的时候少算上一车半车省点运输费。三哥这段时间的人缘因此特别好。

当三哥参加县拖拉机比赛拿回一等奖时，三哥的母亲便为三哥找了个媳妇。三哥的媳妇瘦瘦弱弱的，从来不敢坐三哥的手扶拖拉机。

二

三哥真正出名是在结婚后的头一年。有一天，他和他的组员失踪了。

这在两河两山，无疑是一个爆炸性的新闻。公社也知道了，派人来大队了解情况。三哥的母亲红肿着眼睛哭哭啼啼，说大前天晚上三哥还说得好好的，去县里拉一批货，第二天就回来，三哥出门也没带多少东西，只是拿了自己的换洗衣服。

公社和大队到处去找人，后来在县城供销社里找到两部拖拉机。供销社的车队长说，三哥托他们看管几天车，他们出去办点事。

一个星期过去了，没有拖拉机组四个人的消息。三哥的母亲却在三哥的屋子里找到了一张纸条：

爸妈：
我出去外头一段时间，不要挂念。

三哥的媳妇看到纸条后大骂三哥是个没良心的。

全大队的人都知道三哥他们不是失踪，而是外逃。一时间，四个人中人缘最好的三哥成了口水最重的人。

三哥他们出走是早有预谋的。三哥拖拉机组的四个人中，两男两女。两男结婚了两女还名花无主，一个叫琴一个叫英，都是村里的一枝花。其中琴还是三哥的同学,自小就常走在一块。两部拖拉机刚组合时,琴和三哥合开一部,可三哥结了婚,琴便不愿和三哥合开。

四个人中年龄最大的琼,已有了两个孩子,他和英合开一部车的时候,老婆到处跟。琼很窝火。那天,四个人到县上拉化肥。半路吃饭的时候,琼说了一句:"他妈的,活得没劲。"没想到这句话在四个人中起了反响。

"确实他妈的没劲。外人眼里咱们四个最吃香,到处跑,可谁知道……"平时不说脏话的三哥说了脏话,令一旁的琴脸红。

"咱们不如一走了之,省得受这么多气。"琼大口喝汤,没盐没醋地说了一句。

"走。好办法。"三哥悻悻地说。

"别扯远了,赶紧吃了饭回家,你老婆还在等你哩。"琴酸溜溜地说。

三哥顿时红了脸,甩了筷子上车。一路上,三哥白净的脸像是蒙着一块黑布,一言不发,狠命加油,把琴和英的车远远甩在后面。

第二天上县城拉化肥的时候,三哥便叫着他的车坏了,今天不回了。琼其实知道是怎么回事,并不揭穿他。

住了供销社的旅店,三哥叫两个女的先睡,自己一个人开车出去修。其实车一点都没事,他只是开车出去买了一瓶竹叶青酒和两斤咸花生。

回到旅店,三哥拿了两个大杯,将一瓶酒倒成两杯,递给琼一杯。

"开了几年车,一杯也没喝上,今晚喝个痛快。"

琼接酒就喝。其实,琼比三哥更需要以酒解忧。三哥回到家,至少还有热馒头热身子,还有温柔等待他。琼回到家里却只有冷屁股黑脸孔。

半杯酒还没下肚,三哥就开始乱说了,说四个人一起走,走到没人认识的地方,他和琴,琼和英。

琼乍听见这一句,半杯酒差点儿掉到地上。琼也曾经这样想过,可那只是一刹那的念头。如今,三哥竟如此赤裸裸地讲出来,他怎能不吃惊?

长久的沉默后,琼对三哥说:"要走就去江西,那里有咱大队的人。"

三哥酒醒了大半,反过来眼睁睁地盯着琼。

良久，三哥便打了退堂鼓："琴和英愿意跟咱们走吗？"

沉默。琼喝了一大口酒："说服她们。"

"怎么个说服法？"三哥不敢再喝酒，怕自己糊涂。

"老子就不信说服不了她们。"琼一脸的自信。

"可去江西干什么？"

"车到山前必有路，去了再说，我有通信地址，照着地址去找。"

"哪有钱去？"

"亏你还灵醒，不会挣？"

三哥正想说怎么挣，琼就说每月有三十元工资，每月还可以多报几张餐票，多报几次修理费，多报几块钱油费……

三哥眼前顿时一亮。三哥在学校里数学读得最好，他一下子就算账来了。他把酒杯狠狠地撞向琼的酒杯。

"干！"

"干！"

那一夜，一瓶竹叶青被两个男人干了个底朝天。第二天，琴和英擂叫了大半天门，三哥才睡眼惺忪地拖着人字鞋开了门。

"怎么回事？现在还不起床。"琴急匆匆机关枪一样发了话。

"想你想得睡过了头。"三哥不知道哪来的胆，一本正经地说。

琴脸红红的，嘴巴动了动差点就骂他"流氓"，可话到嘴边又换成了："美死你去吧！"

英拉开一脸窘态的琴走近三哥："都几点了，还开玩笑，琼呢？"

"他想你也想得睡过了头。"

"你这嚼舌根的，看我打不打你。"英举起手便要打下去。

折腾到十点钟，两部车才从县城出发。琼硬是和英合开一部拖拉机，把琴赶到三哥车上。

以后每天出车，又和先前一样，琼和英开一部车，三哥和琴开一部车。空闲时，琼便开三哥和琴的玩笑，三哥自然也开琼和英的玩笑。久了，琴和英也自然而然地互相开玩笑。玩笑里，四个人俨然成了亲密的四口子。

这期间，三哥发挥他的人缘优势，找公社文书开了几张证明，又多要了几张空白介绍信。

当琼将准备外出江西的消息郑重宣布后，琴和英先是反对。三哥冷落琴，琼冷落英。同在一部车上，就像和一个有着危险的人坐在一块。英终是忍不住琼的冷战，主动说跟琼走。琴开始挂念她的母亲，却也经不住英和琼的劝说和三哥的冷落，偷偷地哭过一场后算是做了决定。

三

一场轰动两河两山的集体外逃事件就这样发生了。

那天，车开到县城的半路，三哥有点后悔：不该这样走，况且，两部拖拉机怎么办？三哥不敢说出来。三哥故意把车开慢下来。琼老是停下来等三哥，琼便发火了："你他妈的不想走，想回去是吧？"琼说着把车停下来，一脸的凶狠。三哥看了他身边的琴，琴一双红眼睛里满是蔑视。三哥便发狠，加大了油门，赶到琼的前面去了。

"乌龟王八蛋才不去。"三哥歇斯底里地叫着。

他们四个人到供销社停了车便坐上广东开往福建漳州的车。在漳州车站一人喝了一碗粥，就坐车上了江西井冈山。

他们按信上的地址去找两河两山老乡时，老区的人说他两个月前已死了。投靠的希望落了空。三哥想到了那空白介绍信。他背着一个老乡迅速写下了"兹有广东农技员黄某某等四人自愿支援老区人民发展农业生产，请接待"等字样，央老乡带他们去找大队书记。

当三哥忐忑不安地把介绍信递给姓肖的书记时，他递上的也是一颗忐忑不安的心。肖书记看完介绍信，热情地和他们四位握了手，连说谢谢，然后又让老乡去腾房子安置他们。

老区人民永远是憨厚朴实的人民，老区的土地永远是火热的土地。

四个人两对"夫妻"有了两间不大的房。饮食起居，肖书记都做了详细的安排，他还按规定每个月给技术员们多少生油、多少工资。

四个拖拉机手只好装模作样地当起了技术员。若干年后，三哥回忆起来，满脸的惭愧。他们熟悉了环境民情后，便在那个不懂得撒谎、不懂得欺骗的年月里撒下弥天大谎。他们振振有词地告诉老乡，本土长的西瓜不宜种，种了，结出的果小而不甜，要用广东培育出来的良种。纯朴的老区人民相信了三哥他们，委托他们购买良种。三哥他们便到别的公社以低廉的价钱买来西瓜子，全面耕种。他们又托人从广东购得一些菜籽，以高出几倍的价钱卖给老乡。

三哥和琴住下来后，第二年便生了个儿子。生儿子那阵，老乡络绎不绝送鸡蛋上门。三哥跟我讲这故事时，几次说愧对老区人民。三哥说他是觉得愧对老区人民，才决定回家的。

三哥在他的儿子出生一年后，便说服了琼和英回老家。

三哥他们出去两年多，他们的爆炸性事件渐渐被人遗忘了。三哥他们回两河两山时，正好赶上分田到户，各家各户都忙着自己的地，谁也没心思理生产队的奇闻逸事。三哥回来并没有引起轰动。三哥先是在母亲的周旋下与妻子办理了离婚手续，然后才和琴登记结婚，给儿子入户口。三哥的事办得妥妥当当。琼和英却因为琼的妻子不愿离婚而告吹，琼托人做了很多工作没见效后再也没有回大队。英回到大队后嫁到很远很远。

四

三哥的故事本该就此打住，可三哥是个不甘寂寞的人。他在包产到户的头几年平静了一阵后，市场一流通，他便思想起挣钱。先是外出打工干活，几年下来，虽略有盈余却也只能眼睁睁地看人发财。这阵子的三哥，比外逃时更有干劲。他看到省、市、县在争先恐后地引进外资办实业，便动上了这根弦。三哥通过找熟人、找华侨，不厌其烦地为他们介绍本县的引进外资政策、本县的地理优势。他的不厌其烦，终于感动了一位台湾商人："你一个平头老百姓，对发展本县的经济如此尽力，我也是本县人，怎能袖手旁观？"这位本县台湾商人变更了他在上海的投资，转来本县兴办大型陶瓷厂。

台湾商人在投资签字仪式上对县长说，县里多有几个这种人，将大有可为！台湾商人选中三哥作为他在县里兴办的大型陶瓷厂的负责人。

三哥不负众望以最快的速度建成厂。

厂建起来了，三哥开始物色各类人选，三哥也为自己物色了一名年轻漂亮的女秘书，女秘书终日陪伴三哥出出入入。

三哥在工厂正常运作一年后毅然向老板辞职，这无疑又在小小的县里荡起涟漪。事后三哥悄悄对我说，工厂一正常，一切都要循规蹈矩，见好就收是英雄。

三哥辞职后到市里去为一家官办企业弄批文。按三哥的说法是企业是国家的，他也是老板。三哥把原来的女秘书带到市里，为她买了一套房。我见到他时，他带着他的女秘书，当我问他哪来那么多钱时，他只是笑笑，"鼠有鼠路，蛇有蛇洞"。我又问他有了女秘书怕不怕媳妇知道，他一手揽着女秘书，拿起手提给他媳妇打电话："琴啊，我今天约了个老板，回不来。过两天又要出差，哦，嗯。"打完了电话，三哥说，没有这个，他指着女秘书说，就落后了！三哥说完得意地笑，笑得很贼。

后来我再也没有见过三哥，有人说他发了，跟他女秘书结了婚；又有人说他天天跟琴吵得不可开交；还有人说他女秘书把他的一切卷走了，他老婆又跟他离了婚，只剩下他一个人守着市里的一套空房子……

一切都是传闻不可信。我总感觉三哥的一生多少有点贼，要说怎么个贼法，我又说不清楚。

山河故我

红姐

  红姐带着男人和女儿回到两河两山的娘家时，娘坐在屋子里，阳光洒在娘身上，满身灿烂。

  "想好了，真不走了？"三叔出出入入，进了几次屋子，再三向红姐确认。

  "好好的，回来干吗？"二婶进屋后说得恨恨的。

  "嫁出的女，泼出的水，还能回来？"三婶嗓门大，在门外嚷叫。

  屋里屋外，吵吵嚷嚷。

  红姐却像无事一样，指挥男人，把肩上背的、手里提的，一一放置好。

  收拾妥当，红姐不慌不忙，从屋子角落里找出炭炉，放上木炭，点火，烧水，洗杯。完了又指挥男人从行李袋里取出一个小铁罐，打开，倒出珍藏的茶叶，沏茶：悬壶高冲，刮沫淋盖，关公巡城，韩信点兵——娘早年爱喝工夫茶，红姐早早学会了泡茶，动作熟练优雅。

  瞬间，三个工夫小杯装满了黄澄澄的茶水，顿时茶香盈室。

  "三叔，喝茶。"

红姐端了杯茶给三叔。三叔犹豫了一下，接了，端着却没喝。

"二婶，喝茶。"

红姐又端了一杯茶给二婶，二婶不想接，红姐端着的茶却已到了跟前，二婶只好讪讪地接过茶杯。

"烫死我了。"茶杯刚碰到嘴，二婶就喊叫。

"红啊，你既然回来了，叔就要给你立些规矩……"三叔看着红姐，说。

"娘，你也喝茶。"

红姐没接三叔的话，端起最后一杯茶，递给娘。一直没吭声的娘，颤抖着手接过红姐的茶杯。

"三叔，二婶，我和男人商量好了，我娘没人养，我们回来养。丫头的姓也改过来啦，随我。"红姐站起来，算是商量，更像通报，"你们放心，我只要娘名下的东西，其他的，我一概不要。"

茶很香，满头白发的娘却喝得泪水涟涟。

"至于规矩，三叔，你慢慢立吧，我要干活去了。"红姐拉着男人，出门下地干活去了。

红姐是独女，父亲早逝，从小和娘相依为命，凄苦。二叔早年过番，家里却人丁兴旺。三叔三婶无后，却守财。

为了娘，红姐一次次推迟出嫁，可女大不中留，最终还是嫁出去，离开了两河两山。

女儿嫁了，娘更凄苦。看着腰日益弯下去，眼睛日益模糊的娘，红姐和男人做了无数次的斗争，最终决定一起回两河两山来。

原本想着红姐的回归会有一场风波，却不料在红姐四两拨千斤的巧力下，轻松化解了——三叔立下的规矩，用红姐的话说，"你守就是规矩，不守，啥也不是"。

红姐一家回归后，尽管娘的眼睛很快啥也看不见了，出不了门，尽管一家人的日子过得十分艰辛，但娘每天都是幸福的。

"幸福嘛，很简单，有家有爱。"娘说这话时，红姐蓬头垢面，忙完地里的活后，正在厨房里给一家人料理晚饭。

红姐听到了,咧了咧嘴,笑。

四个女儿四张嘴,还有一个在家的白发老娘,红姐和男人不管怎么勤快,每年生产队分的口粮总是寅吃卯粮。

"把三丫送人吧,人家日子好,不饿肚子。"在最艰辛的日子里,红姐和男人商量,"大丫二丫能帮忙干点活了,不舍得送人。小丫太小没人要。就三丫,人家也喜欢。"

"不行,要饿一起饿。"男人不舍得女儿送人,"我不卖女儿。"

一个"卖"字,把红姐的泪说出来了。说是送,说穿了是卖——女儿送出去,不再来往,人家只给两担番薯一担谷子。

"那会饿死人的。"红姐抹了抹眼泪,"娘已经三天只喝粥水了。"

一说到娘,红姐的泪如珠般掉。

男人不吭声了。

"让他们明天把三丫带走吧。"红姐果断地说。

三丫走了,番薯和谷子来了。

"红,今天的粥怎么这么稠,还有番薯块?"娘久不见天日,骨瘦如柴,斜靠在床上,红姐把一碗稠粥端给娘,娘吃得高高兴兴。

"娘,有稠粥不好吗?"红姐故作轻松,"你吃完我再给你盛。"

红姐离开娘的床边,泪流满面。

娘吃了三大碗稠粥。

"饱了吗,娘?"红姐问。

"……"娘咂了咂嘴,想说还想吃,却改了口,"饱了,饱了,要天天这样多好!"

天天有稠粥喝,确实好。可去哪里找啊?在那艰难的日子里,红姐每天第一个给娘盛粥,每次都把稠的捞给娘。

在到处饿死人的岁月里,原本骨瘦如柴,每天看着撑不过第二天的娘,不仅活过来了,脸上还有了血色。

娘活过来了,男人却落下了病根,几年后走了。

大丫十八岁时,红姐和娘商量:"好花趁时开,好果赶紧摘,得给大丫找户好人家了。"

"你今后怎么办?"娘忧心忡忡。

"不是还有二丫小丫嘛!"

"二丫小丫也会嫁人走啊!"

红姐没吭声。

"再说,你这病身子,要有个三长两短,我咋办?"娘吓唬红姐。

"大丫二丫,还有小丫,都有孝心。"红姐何尝没想到,自己这破身子,要是万一走在娘前头,可咋办?但红姐对三个女儿心里明镜似的,相信她们孝心满满。

"姥姥老了,你身体又不好,我不嫁人。"大丫听到了红姐和娘的话。

"傻丫头!"红姐笑着骂。

"我要娶人家进门。"大丫跟着父母从外面回来两河两山,有自己的想法。

"好人家不上门,大丫。"红姐一把揽过大丫。红姐说这话的时候,恍惚回到了当年,自己在挑人,人家在挑她,酸甜苦辣。

"不会的。"

"大丫长大了。"红姐把大丫揽得紧紧的,心里却是又喜又愁。

正如红姐所愁,好人家一个个托人上门提亲,但一听大丫要人家上门入赘,又一个个没了下文。

"你还是挑一个,走吧。"红姐劝大丫。

"娘,我不嫁人,没人上门,我一辈子不嫁,我给你和姥姥养老。"

那一刻,红姐一如当年,自己带着男人和大丫回来时的娘一样,泪流满面。

十八岁的大丫一直坚守到二十五岁,终于守来了姻缘——同村一退伍老兵回乡后,苦于兄弟多,屋无一间,瓦无一片,又欣赏大丫的聪慧能干,答应上门,"反正小孩一个姓!"

大丫结婚那晚,操劳了一天的红姐来到娘的房间,和娘一直在唠嗑,鸡啼了好几遍,还在唠。

"幸福嘛,很简单,有家有爱。"红姐把娘当年说过的话又搬了出来。

红姐确实是幸福的,大丫结婚后,二丫小丫相继找了好人家,出嫁了。大丫结婚后第二年，就给这个家带来了久违的男声。

男孙落地第一声啼哭，红姐当即泣不成声，急忙张罗着拜祭先祖。

几年间，争气的大丫连着给家里添了三个男孙，让红姐每天笑得合不拢嘴。常年病恹恹的红姐也像吃了灵丹妙药，身体一日日好转，带孙子从不疲倦。娘却日渐油枯灯灭，终于在那年隆冬腊月，闭上眼，安详地走了。娘走时，享年八十八岁。

大丫和红姐说，要给姥姥风风光光地办丧礼。

"厚葬不如好养。人死如陶瓷罐碎了，扔了就是。"红姐止住了大丫，"姥姥很知足了，姥姥不计较。"

送走娘的那天晚上，红姐等大家都睡下，独自一个人在娘睡了几十年的床边，坐了一夜。

第二天，大丫起床煮早饭，发现红姐还坐在姥姥的床边。

太阳出来了，金黄的阳光从窗户洒进来。

红姐一身灿烂。

数星星

阿公爱干净，下地干活回家，必先沐浴更衣，穿戴齐整，理梳须发，才上桌吃饭，再晚再累，也是如此。

阿嬷骂阿公这是怪癖，穷讲究，阿公只是憨憨一笑。

阿嬷说，三年大饥荒时，每家每餐分的粥几乎不见饭粒，个个饿得绿头青。就是在这么艰苦的日子里，阿公还穷讲究。

阿嬷说，有一天，她从大队食堂里打回一家三口的晚饭——一盒清可照人的粥水。阿嬷把粥水分成了三份，因心疼阿公干活累，悄悄捞了几颗饭粒到阿公的大碗公里。人大嘴阔的阿公把碗公一端，碗就见了底。阿公发现碗底的几颗饭粒，赶紧拿起筷子扒给五岁的女儿和阿嬷。阿嬷不接，一颗饭粒掉到了地上。

饭粒掉到地上，这要是村里其他人，保证立马连尘带土捡起送回嘴里。阿公却不然，看着地上的饭粒愣了半天，直到看到阿嬷准备蹲下，才赶紧抢着捡起饭粒。

阿公捏着饭粒，不是马上送进嘴里，而是小心翼翼地放到嘴边，轻轻地吹了又吹，确信饭粒没了灰尘，才送到阿嬷嘴里。

"都是穷讲究！"阿嬷说时一脸幸福。

阿嬷是幸福的。阿嬷的幸福不只是阿公一辈子没大声呵斥过她，一辈子对阿嬷呵着护着爱着疼着，更重要的是阿公让她在村里赢得了所有人的敬重。

话说阿嬷是独女，阿嬷三岁时阿父去世。阿嬷和阿母孤儿寡母，相依为命，受尽欺侮，一肚子苦水。

阿嬷的叔伯早盼着阿嬷嫁出去——阿嬷一嫁，这一房的便从此断了根，祖产祖屋可归叔伯家。叔伯婶母尽催阿嬷早早嫁人，而且嫁得越远越好。阿嬷担心自己一嫁，可怜的阿母更受欺凌，因此任叔伯怎么催促，阿嬷迟迟不肯嫁人。

"妮，走吧！迟早都要走！"阿母担心女儿成了大姑娘，嫁不出去，也劝阿嬷。

"陪多阿母一天是一天！"阿嬷说，"大不了不嫁！"

阿母拥着阿嬷哭泣："阿母会照顾好自己的！"

"阿母！"阿嬷抱着阿母哭泣。

秋日的橘子好价钱，箩底的橙子无人寻。这一来二去，阿嬷真变成了大姑娘，少有人问津了。

"阿母命苦，阿女的命咋也这般苦呢？"再抱着一起哭泣，阿母便哀怨。

"阿母莫哭，自古姻缘一线牵，五百年前月下老人早牵好线了！"阿嬷安慰阿母，从此不再哭泣。

不再哭泣的阿嬷和村里男人一起下地干活，犁地、耙地、插秧、割稻、施肥、打药、除草、排水样样干。

阿嬷是在二十八岁这一年，在地里干活时遇到来村里走亲戚、高高大大的阿公的。

阿公是邻村人，大阿嬷整一轮十二岁。阿公兄弟多，生活苦，个赶个,赶来赶去,就被落下了,四十岁还未成婚。

阿嬷看中了阿公的高高大大和兄弟众多。

"兄弟太多,生活凄苦。"阿母担心阿嬷嫁后生活苦。

"竹笋多,易成林,不受欺。"阿嬷自有想法。

阿嬷的想法是对的,阿公家生活苦是苦,却是兄弟多,势力大,无人敢欺。

阿嬷嫁后,阿母却更受欺负了。阿嬷每次回家看阿母,走时都是一把鼻涕一把泪。

一年,两年,三年,年年次次如是。

那次,阿嬷只身回来照顾摔断腿在家卧床的阿母,却是人在曹营心在汉——阿嬷出门时,不满周岁的女儿正发着烧。

三天后,阿公带着退了烧的女儿过来,和阿嬷一起照顾阿母。

月光下,窗外星退云隐,虫鸣蛙叫。拥着阿公和女儿,躺在做姑娘时睡的床上,幸福着的阿嬷却不时涌过忧伤:"阿母老了,怎么办?"

一想到阿母会老,阿嬷的心就揪紧了,就紧盯窗外数星星,像小时候一样,和阿母一夜一夜地数。

阿公带着女儿回家了,阿嬷一个人睡在床上,还在数星星,整夜整夜地数。

星星永远数不完。

"妮,别数星星了,睡吧!"夜深了,隔壁屋的阿母知道阿嬷还在数星星,轻轻敲着墙喊。

"阿母,我还想和你一起数星星呢!"阿嬷知道阿母也还没睡着,也在数星星。

"你自己数吧!阿母不数!"阿母说得十分决绝。

…………

数不完的星星把阿嬷的心里话捎给了独自带着女儿,夜晚同样在数星星的阿公。

最后还是阿公捅破了那层窗户纸:"你定吧,我和女儿随你去!"

那一刻,阿嬷眼含泪花。

阿公说到做到，带着阿嬷一起跪在了父母面前，郑重地磕了三个响头："阿父阿母，我们下去过活！"

尽管阿公的阿父阿母千万般不同意，但阿公阿嬷去意已决，只好放虎归山——阿公的阿母说，这一去就没了一脉！

阿公成了村里唯一一个姓黄的男人——村里除了嫁进来的女人外，清一色姓林。

"娘，我和阿蝉回来陪你晚上一起数星星！"穿着齐整，须发干净的阿公端稀粥给卧床的阿母。

阿母老泪纵横。

阿公却从此很难有机会再数星星。

"忙里忙外，又穷讲究，每晚头落枕就呼噜不断，哪有空数星星！"说起阿公后半辈子爽约，没再陪阿嬷和阿母数星星，阿嬷说得恨恨的却又幸福满满。

阿嬷说，阿公最后一次数星星是阿母走的当天晚上。那天晚上，星星满天，爱干净的阿公把自己收拾得干干净净，和阿嬷陪阿母数了一个晚上。

星星好多好多，永远也数不完。

阿嬷说，她和阿公辛苦了一辈子，最大的成就就是建了两间房子。建房子时，从做泥砖到下地基，从起墙到上梁，阿公无不亲力亲为。每天干活时，泥一身水一身，但只要回到家，必先沐浴更衣，穿戴齐整，理梳须发，干干净净了才上桌吃饭。

房子建起来了，阿公把自己的床——和阿嬷分开睡后把一块旧门板当床，直接扛到新房子里，重新搭起，开始在新房子里守夜。

"那时日，他应该可以天天数星星了！"阿嬷嫉妒地说。

阿公一个人在新房子里睡了几年，忽然有一天，自己把门板扛回来，又自己清理老屋侧面一间堆柴草的小屋，又重新搭了个床。

"好好的新房子不住，折腾什么？"阿嬷不解，质问阿公。

"人要干净，新房子也要干净！"阿公说得云淡风轻，"新房还没入伙，要干干净净留给儿孙。我老了，还是回来住吧！"

阿嬷瞬间明白了阿公的用意，泪流满面。

阿公搬回小屋住了十二天，无疾而终，和他平日里一样，干干净净地走了。

更干净的是，阿公走前，交给阿嬷一本账本，那是阿公建房时就开始用的：欠东家十块钱，已还八块；借阿叔三块砖，已还；借大伯杉木一根，折算六元，未还……

"你阿公说，账如尘，要一点一点还清，人才干净！"阿嬷说。

阿嬷陪着干干净净的阿公，独自一个人数了一个晚上的星星。

村里小芳

那时的两河两山，还没有那首令无数人心潮澎湃的歌：村里有个姑娘叫小芳。

柴子的恋人就叫小芳，长得好看又善良，一双美丽的大眼睛，辫子粗又长。

虎背熊腰的柴子尽管黑黢黢的，但是黑得恰到好处，怎么看怎么英俊潇洒。

恋着的柴子和小芳是村里令人羡慕的一对，走到哪儿都让人眼直口歪。可就这么如胶似漆恋着的两个人，却迟迟不结婚。柴子的弟弟和小芳的妹妹们又都忍不住冒了头，该娶的娶，该嫁的嫁了。

那时的柴子想结婚，小芳却一听结婚就无缘无故地紧张发抖。小芳像吐丝结茧的熟蚕一样把自己包裹起来抗拒着结婚，就像抗拒着别人触碰她纯洁的身子一样。

夜晚的田野，月朦胧，鸟朦胧，微风吹拂，有青草的淡香，有瓜果的甜香。柴子一次次向小芳求婚，小芳一次次把头靠在柴子的肩膀上，把柴子的手攥得紧紧的，一脸焦虑，始终不答话。

柴子幸福并痛苦着。

幸福并痛苦着的柴子想尽办法解开包裹着小芳的重重丝茧。

夏日的田野，月明星稀，虫鸣蛙叫，水稻正在抽穗扬花，清香一片。

柴子突然掏出几张画——那是柴子费了九牛二虎之力才弄来的,递给小芳。月下的画,灰蒙蒙一片,小芳啥也看不清。柴子这时不知从哪儿弄来了一只小手电筒,往画上照。

"啊——"刚刚还含情脉脉的小芳借着亮光,瞄到了画上的裸身男女,像被凶狠的大黄蜂蜇了一下,惊叫着扔掉了画,站起来拔腿就跑。

哄了好几天,小芳才答应和柴子晚上出来走走。

冬天,水稻收割后,田野一派萧瑟,村民也早早上床睡觉。几只野狗在田间地头晃荡着,偶尔还有两只屁股对着屁股在痛苦地嚎叫。

那天晚上,看着那两只痛苦嚎叫的野狗,小芳心里拧着不肯去田间。柴子只好带着小芳在村里晃荡,却有意无意朝田寡妇家门口走去。

在田寡妇家门前,柴子和小芳听到了厮打和叫唤声,柴子怂恿小芳看个究竟。

"啊——"小芳刚把眼睛对着门缝,便尖叫着蹲下身子,浑身发抖。

小芳的尖叫声惊吓了门里两个光着身子,正在快乐厮打和叫唤的男女。

柴子只好把浑身发抖的小芳赶紧抱走。

柴子尝试了各种办法,想抽开包裹着小芳的茧丝,让小芳同意自己的求婚,却没想到把丝越抽越乱,越抽越严实。

柴子一日比一日痛苦。

春日的家猫、野猫在尽情地叫春和追逐玩耍,那天晚上送小芳回来,痛苦着的柴子没有和往常一样和小芳磨蹭半天才告别,而是把小芳送到家门口就闷闷不乐地走了。

就在那天,小芳出事了。据事后小芳讲,小芳刚睡下不久,就听到有人从窗口朝屋里扔了一包东西进来,东西落地的声音很响,像是砸破了什么东西。小芳起床开灯,立即晕了过去——小芳自小晕血,地板上有包血淋淋的东西,溅了一地。这时,一个蒙着头的黑衣人迅速进屋……半晕半醒中,小芳隐隐约约感觉到黑衣人在剥自己的衣服。小芳想反抗,却浑身无力……黑衣人最终把小芳欺负了。黑衣人走时,小芳隐隐感觉到,他似乎还温柔地摸了一把自己的脸。

小芳完全清醒过来后,顿时感觉下身隐隐作痛。又羞又怕的她便放声大哭。哭声把小芳的家人吵醒了。

入室强奸,这在乡风淳朴的两河两山,是天大的事。小芳的家人赶紧报了警。

比警察先闻讯赶来的柴子,看着梨花带雨的小芳,心疼不已,紧紧攥着小芳的手,寸步不离。

哭了一晚后,小芳平静了下来,下身也不感觉到痛了——她哭得那么伤心,除了受辱外,还有其他担心……看着给自己喂饭,对自己不离不弃的柴子,小芳顿感对不起柴子。

"你走吧!"小芳还是梨花带雨,气若游丝又痛苦不堪地对柴子说,"我脏了,配不上你。"

"不,我们结婚吧!"柴子紧紧地攥着小芳的手。

…………

历经风雨,终见彩虹。有情人柴子和小芳结婚了。那天,他们的酒席一直从中午吃到下午,纯朴的两河两山人把心里的祝福话说满了两河两山。

婚礼结束,脸上洋溢着幸福的柴子和小芳牵手步入洞房。

柴子看着小芳,永远看不够般。

小芳抱着柴子,紧紧不肯松开。

"哥,我给你讲个故事吧。"小芳娇羞着在柴子耳边说。

柴子嘴巴噙住了小芳的唇。

小芳腾出嘴巴讲故事:

很多年前,有个小姑娘和一帮婆姨上山割芒萁。漫山的芒萁,黄绿一片,随风起伏。割着割着,突然,大家听到小姑娘大叫一声。几位婆姨停下割草,循声跑过去。阳光下,小姑娘雪白的屁股亮得晃眼,啥事也没有。小姑娘却蹲在地上,泪眼婆娑。

婆姨们问明了原委,哄然大笑。原来,小姑娘蹲下拉尿时,不小心被割断了的芒萁柄刺到了私处,痛得叫起来。

"这么小的小东东都受不了,男人的东东可有镰刀柄那么粗,今后怎么办？"长着两个布袋子奶的一个婆姨夸张地比画着割草的镰刀，满脸坏笑。

山上，婆姨们笑成了一团。小姑娘瞬间羞红了脸，钻进草丛里割芒萁。

回家后，小姑娘被芒萁刺到的地方红肿起来，连着好多天，小姑娘拉尿龇牙咧嘴，痛苦无比……往后，小姑娘留下了心理阴影，抗拒男人，恐惧男人——哪怕是挚爱的男人。

"那个小姑娘就是我。"小芳羞红了脸。

柴子嘴巴又噙住了小芳的唇，不让小芳说话。

"哥，你就是有钢管，我也不怕了。"遭遇了不幸，反倒让小芳的心里没了阴影。小芳绯红着脸，挣脱出嘴巴，喃喃自语。

柴子动手解小芳的衣服……红彤彤的新房，红艳艳的衣服一件件在飞落。

"嘭嘭……"急促的敲门声响起。

两个脱得只剩下最后一件衣服的新人紧张地抱在一起。

"开门，警察！"急促的敲门声再次响起。

一听警察，柴子抱着小芳的身子在抖，接着，腿也在抖。

"什么事啊？"还算镇定的小芳松开抱着柴子的手，迅速穿衣服，问。

门开了，穿着草绿色衣服的警察出示证件后，把柴子带走了。

在派出所，柴子很快承认，小芳强奸案的主角是他。

那年代的强奸罪可是大罪，尽管柴子强奸的是自己当时的恋人现在的老婆，还是被判了重刑，到遥远的地方去服役。

故事本该到此结束，却因柴子和小芳的真爱而不断延续。

十年后，柴子从遥远的地方回到两河两山。尽管物是人非，但令柴子感动的是，小芳对柴子的爱没变，情不减——十年来，小芳对柴子不离不弃，一个人苦等柴子回来。

青春不再的柴子和小芳赶紧去民政部门补办结婚证——当年，柴子和小芳只是按两河两山的规矩办了酒席，没有领证。

在精心布置，虽不浪漫，却也温馨的新房里，十年前，最后一件还没脱完的衣服在相互颤抖着的手中，如剥开了的笋落到了地上。

满怀期冀的小芳还是和十年前一样娇羞着躺在床上，轻轻拉过柴子的手。涨红着脸的柴子走近躺着的小芳。在小芳期待的目光中，柴子突然腿发抖，就像十年前听到警察敲门时腿发抖……

腿抖得厉害的柴子懊丧地捶打着自己的头。

一次两次……柴子每次腿都会发抖。

柴子说他病了。

小芳没有责怪柴子，柴子却不断懊丧地捶打自己的头。

突然一天，柴子一声不吭走了。

面对在家不断懊丧地捶打自己头的柴子的突然离开，小芳没有责怪，和从前一样，静静地等待柴子的回来——小芳坚信，柴子会回来的。

三个月后，柴子果真回来了。回来的柴子脸上写满了自信。

"我病好了。"是夜，在那温馨的新房里，柴子一边褪去小芳的衣服，一边兴奋地对小芳说。

衣服又如剥开了的笋落满了地。

"嘭嘭……"急促的敲门声又响起。

门外站的还是警察。

警察以涉嫌嫖娼罪又把柴子带走了——警察在扫黄时抓获了一批人，在一个失足者那里，发现了柴子嫖娼时落下的证件，警察顺藤摸瓜找上门。

看着又一次被警察带走的柴子，小芳泪水四溢。

山河映记

牛叔牛婶

两河两山，顾名思义，两座山夹着两条河。

两河两山的男人，就像两山一样，肆意不屈，狂妄粗粝，个个血性十足。男人和男人之间，三句不合，拳脚相向。打完了，各自擦擦嘴角的血，输的赢的，都倔着头。两河两山的女人，就像两河，温暖、清澈、柔顺，个个柔情似水，天天笑靥如花。

两河两山的公牛和男人一样，在路上走着走着，在山上吃着吃着，就犄角相向，打得难分难解。两河两山的母牛也和女人一样，温温顺顺，如绵羊如家猫，只会发嗲发情。

从没见过母牛打架的两河两山人却在那年春天见识了一场轰轰烈烈的母牛打架——多年后，很多人还记忆犹新。

那是两头初次发情的小母牛，一黄一灰。黄的黄得纯净，似乎多一根杂毛都让人不舒服。灰的灰得彻底，就连尾巴也是灰的。两头小母牛个头相当，口齿相当，发情的时间也相当。

说也怪，那天，两头小母牛一到山上，就较上劲了。先是相互对瞪，像人一样，斜着眼瞪；继而用前脚向对方踢土，踢着踢着，两头小母牛以令人猝不及防的速度冲到了一起，犄角相撞，嘎嘣嘎嘣响。

两头小母牛你进我退，你退我进，犄角始终缠绕在一起，谁也不松开，谁也不服输，从山上顶到山下，从山下较劲到村里，从早晨僵持到中午……见惯公牛凶狠打架的两河两山人这回大开了眼界。

在村里，两头小母牛又从中午鏖战到了傍晚。

牛的主人牛叔着实看不下去，用长竹竿绑上一捆稻草，点上火，远远伸到两头连在一起的小母牛头上。

火把惊吓了两头小母牛，它们瞬间分开了。让人想不到的是，两头分开的小母牛，一头扭头猛跑，一头狂追不放。村里的小路，顿时险象环生。两头小母牛追赶到村头时，所有人都吓呆了：狭窄的小路上，一小女孩在蹒跚学步。

"啊——"有的吓得喊叫，有的干脆捂着脸不敢看。

两头疯狂的小母牛瞬间就到了小女孩的跟前！

所有人都蒙了。

然而，让所有人不敢相信的是，跑在前面的小母牛前蹄将要踩着小女孩时，突然前脚一抬，纵身一跃，从小女孩头上跳过去了，后面追赶的小母牛也学着前面的，纵身一跃……

小女孩得救了！前面的小母牛重重地摔倒在离小女孩不足半米的地方，后面的小母牛则重重地摔倒在前面的小母牛身上。一头小母牛断了腿，一头被砸破了肚子，当场死了。

两河两山破例为那头死去的小母牛举行了隆重的葬礼。

葬礼过后，牛的主人牛叔一心一意照料摔断了腿的小母牛。

那时的牛叔，年纪不大，还不到二十岁。日复一日，年复一年照料小母牛，牛叔就成了真正的叔。

牛叔对小母牛照顾得一丝不苟。

入冬了，漫山枯萎，爬了一天山吃一天草还不够消耗，眼见小母牛和两河两山的其他耕牛一样落膘，牛叔便把番薯刨成丝，加入大米，熬成番薯粥，三天两头给小母牛加餐。当然，小母牛每晚的干稻草是永远吃不完的。

天又冷些了，牛叔把牛栏清理得干干净净，再给牛栏垫上厚厚的旧被子旧衣服。

小母牛不小心着凉感冒，打喷嚏了，牛叔比自己感冒了还着急，买来中药，熬好放凉，装进斜口竹筒里，轻轻撬开小母牛的嘴，把汤药一点不剩灌进牛肚。

数九寒冬，打狗不出门的日子里，两河两山人大都不出门，窝在被窝里。牛叔却早早起来，用番薯和木薯酿酒，曰牛酒，给小母牛喝，自己也喝……一个寒冬下来，又苦又辣的两大罐牛酒被牛叔和小母牛喝了个底朝天。

许许多多罐牛酒把牛叔喝成了顶天立地的两河两山牛叔。牛叔却一直没找女人。

许许多多罐牛酒把小母牛催成了柔情似水的两河两山牛婶。牛婶一年一头小牛犊地生产。

就像一家子一样，一年到头，两河两山都能见到牛叔、牛婶和小牛犊三口之家。不同的是，牛叔的小牛犊年年在换——小牛犊长大了就被牛叔卖掉——就像两河两山的女儿出嫁了一样，新的牛犊又降临了。

牛叔快乐的三口之家成了两河两山一道亮丽的风景线。

两河两山的枫叶绿了红，红了绿，红红绿绿，就像女人的衣服，不断在变换。牛婶怀了生，生了怀，就像男人的胡须，铰了长，长了铰。胡须铰着铰着就变成了灰色，变成了白色。

就在牛婶又生下小牛犊的那天，昔日牛蹄下死里逃生业已长成女人的小女孩，一脸柔情地来到牛婶的牛栏，依偎着牛婶，一遍又一遍轻轻地摩挲着牛婶的残腿，就像女儿依偎在母亲怀里，"我想和牛婶在一起！"

牛叔看着细细嫩嫩的女人，就像老牛看着春天山上的嫩草，反刍得嘴里口水津津。

"我想和牛婶在一起！"

"牛婶是我老婆。"牛叔把嘴里的津津口水咽了下去，望着高大巍峨的两山。山上，云起云涌，如牛如马，如楼如城，如人哭如人笑，一阵风过去，又全不见了。

"我想和牛婶在一起!"女人把重要的话说了三遍。

"我和牛婶相亲相爱了十八年。"牛叔不知道牛婶生的第一头牛犊现在何处,牛叔坚信,那头牛犊一定和他一样,必定是个汉子。

女人哭着走了。

女人哭着嫁了。

女人出嫁的那天,牛叔没回只有一锅一瓢的家,和牛婶、小牛犊在牛栏里相守了一夜。

枫叶又红了绿,绿了红。牛婶又怀了生,生了怀。

牛婶怀不动时,牛叔开始感叹岁月的无情:"小偷一样,一不留神,就给偷走了。"

那年枫叶开始红时,天还不太冷,牛婶却天天冻得瑟瑟发抖,喷嚏连连。喝了牛酒,瑟瑟依然,喝了牛药,感冒依然。

"喝吧!"牛叔把牛酒灌进牛嘴,牛婶喝得泪水涟涟,牛叔喝了一口,也泪水涟涟。

枫叶正红时,牛婶走了,享年二十五岁。

赶着回来送牛婶却未能见牛婶最后一眼的女人,哭得泪水涟涟。

牛婶和早年去世的小母牛一样风风光光地葬了。

葬完了牛婶,早已离了婚的女人执意留下来陪伴失去了牛婶的牛叔,赶也赶不走。

"牛婶走了,你走吧!"失去了牛婶,牛叔就像丢掉了整个天空,不见了太阳月亮。

"我就是牛婶。"女人收拾着牛叔的一锅一瓢。

在女人的坚持下,牛叔带着女人去看了牛婶和小母牛的坟。牛婶埋葬的地方,枫叶正艳,风景如画。

猪爸狗嫂

在两河两山,我一辈子记恨那男人,一次又一次,每次都恨得牙齿咯咯响,恨得胸涨奶水流,恨得坐不得躺不得。

我又一辈子惦记那男人。我到男人家时，才出生三天，完全是懵懂的。是那男人一口汤一口水把我养大，是那男人让我成了亭亭玉立的姑娘、风姿绰约的女人、放荡多情的狗嫂——女人只有生养，才能成为嫂。

俱往矣，从前的事像门前的沟渠水，一去不复返，都不说了。我只说我成了女人后的事。

那是一个草木发芽身体裂变的季节。我那些日子特别兴奋，特别需要温存。我知道，我终于要变成女人了。

那男人似乎早就洞悉了一切，对我特别好，用长满老茧的粗糙的手，轻轻地抚摸我，一会儿额头，一会儿后背，一会儿前胸……我的每寸肌肤都不放过，温柔极了。

男人的温柔，只消解了我片刻的狂躁。男人的手一离开我，我就像抽刀断水一样，水流不止，狂躁不安——男人的抚摸根本解决不了问题，我要出去找自己的男人，我终究要成为一个女人！男人却不让我出去，让我待在尽管收拾得干干净净，却是局促逼仄的家。

我要成为一个女人！我差点和男人变脸了。

在我抗争最强烈的时刻，男人在边上好言安慰我，轻轻抚摸我——一遍又一遍。

你不让我出去，要么你亲自上。在我最狂躁的时刻，我几乎丧失了廉耻，不再接受男人的抚摸，把头拱到男人怀里，不争气的泪流了出来：求求你了！

在我几乎要疯了的时候，男人终于像良心发现了一样，打开家门，拍了拍我的后脑勺："去吧，去吧！"

我像箭一样射出了家，一下消失得无影无踪。

我找到了我的真爱，爱得轰轰烈烈，爱得昏天暗地，爱得鬼哭狼嚎，爱得天崩地裂，爱得死去活来。

那场爱，我不仅成了真正的女人，数个月后，我就成了狗嫂。

第一次生养，是女人一辈子也无法忘记、刻骨铭心的事，我也不例外。生产后，看着刚出世的可爱的三胞胎在我怀里乱拱，我痛并快乐着。

说实在的，第一次生产，我得感谢男人。是男人寸步不离守着我，让我顺利地生下三胞胎,让我初尝当母亲的幸福滋味。男人忙完我的生产,又像一个称职的爸爸,把刚出生的三个娃抱到我奶头上,让三个娃一个个学吃奶——三个懵懂的娃居然弄了半天吃不上一口奶。

是他,是我又记恨又惦记的男人不厌其烦,一遍又一遍地教我那三个娃吃奶。

对了,对了,就这样吸,娃。用力,用力!涨痛的胸就像堰塞的湖突然被掘开了个缺口,我的奶水飞流直下——一下,一下,鼓涨的胸就像泄气的皮球,随着三个娃的一顶一啜而瘪下来。

看着吃奶吃得欢快的娃,男人,守了我整整一个晚上的男人,微笑着走回自己的房间休息了。

谢谢你,好男人!目送男人离开,我眼里一定是充满柔情蜜意。

幸福地当了三天妈。第三天早晨奶水鼓涨醒来,我发现身边只剩下一个娃,另外两个娃不见了。

这一发现,吓得不轻。我赶紧爬起,四处寻找,床上地下,窝里窝外,门边角落……找遍了整个屋子,就是不见我的另外两个娃。

我的娃哪去了?!

我跌跌撞撞去推男人的房间门。门没锁,男人不在,可男人的房间也不见我的两个娃。

我的娃哪去了?!大门紧闭着,娃不可能出去啊!

我失魂落魄地在屋子里寻找,床上地下,窝里窝外,门边角落……可哪有娃的影子!

男人,男人又哪去了呢?男人要在,他肯定能帮我找回娃——这也是男人心爱的娃啊!

男人整整一个上午都不在家。

我急得哇哇大哭大叫。

哭着叫着,我感到从未有过的难受——胸发闷,奶鼓涨,坐着闷,站着涨,躺着痛,一时间,就像涨尿又尿不出,像涨肚子又还在撑东西,像门口的沟渠被污泥堵了,水越涨越高,马上就要决堤了……我感觉,我的奶头正在一寸一寸被涨大,奶头皮正在一厘一厘被涨薄,就像街头的气球,风吹即破!

天啊,救救我!

我侧躺着,抱过还在睡觉的独娃,硬生生把奶头塞进娃的嘴——奶水就像加了气压一样,嗞进了娃的喉咙,直嗞得娃连连咳嗽。

娃啊,娘求你了,赶紧吸一口吧!

娃不给力,被呛了一口后,闭嘴不吃。

讨厌的奶水却泉水般源源不断地往奶头上涌,让我痛苦不堪,生不如死。

娃啊,娘求你了,你再吃一口吧!

娃无动于衷。

男人,男人你去哪了?你回来救救我吧,我要死了。

男人就像那两个丢失的娃一样,音信全无。

泉水般不断涌出的奶水让我想哭不敢哭了——我生怕一哭,我薄如纸的奶头就破裂了。我吁吁喘气,侧卧、斜坐、半蹲……

来吧,来吧。只要能把我的奶水吸出来,谁我都感谢,想让我干什么都行!

我感觉浑身发烫,脸红气短,像一个垂危病人,耷拉在地上,那烧红的鼓涨的奶头抵在地上,溢出的奶水把冰冷的地板嗞得冒烟。

我晕死过去了。

就在这时,男人回来了,男人轻轻抚摸着我的头。我痛苦地闭上了眼睛,泪却像断线的珠子般掉下来。

突然,我堰塞了的奶像决堤了一样,奶水一泻千里。

还是我这既记恨又惦记的男人好——我感动了,闭着眼睛又流下了泪,那是幸福的泪!

堰塞的奶水疏通后,我累了,在男人的抚摸下,美美地睡了一觉。

感谢男人!这是一场从生死边缘上夺回来的觉,是我平生睡得最甜最香的觉。

美美睡完觉醒来,我伸展了胳膊腿,心情特别舒畅。转身爬起,我却惊呆了——和我娃一起酣睡的居然是两头白色的小猪苗。

难道刚才喝我奶水的也是这两头蠢货？这是对我的极大侮辱！我忘记了刚才涨奶时的苦痛，羞红了脸，站起来，用头狠狠地撞击身边两头蠢猪——我还想一口就咬死它们！

"叽——"两头蠢猪惨叫一声，可怜巴巴地四处乱窜。

"干什么？干什么？"蠢猪的惨叫把男人叫到了我跟前。

我恶狠狠地瞪着男人——为什么这样羞辱我？我的奶水宁愿让你喝，也不要给那愚蠢的小白猪喝——毕竟，我跟它们不是同类啊！

男人赶紧把两头小白猪抱起来。

在小猪被抱走的半天里，我那贪婪的独娃再怎么吸也吸不完我的奶水，我的奶头又开始鼓涨，我又开始痛不欲生了。

饿得前胸贴后背的两头小白猪也痛不欲生了。

生活就是这样，在男人一手调停下，两个痛不欲生的苟合在了一起，都生了。

三天后，我认命了——把两头全身洁白的小猪也当成了我的娃——毕竟，它们也是吃我的奶！我开始带着不同类的三个娃出门玩耍——常常，男人也和我们一起出门。

男人，自从我把另类当娃带后，就被两河两山人亲切地叫成了猪爸，我呢，则成了狗嫂。

我和猪爸相互记恨，也相互惦记了十五年。十五年来，我年年生三胞胎以上，猪爸年年把我的亲生孩子在出生三天后抱出去送人，然后抱回两头小白猪回来，当我的孩子。

这是我后来才知道的，为此，我记恨男人一辈子。

小白猪吃我三个月奶后，就被男人圈进猪圈养。吃我奶水长大的小白猪都长得很好，断奶后，头头膘满肚肥，为猪爸一家在艰苦的岁月里，解决了诸多的难题，送去了无数的希望。

十五年，猪爸娶了猪妈，生了三个儿子，猪爸一家对我敬重有加，叫我狗嫂——前面必加前缀，我家的！

后来，我生养不动了，猪爸不嫌弃我，依然每天给我好吃的，依然对我敬重有加，说这是礼遇恩人——显然，猪爸把我当成了他们家的恩人！

再后来，我知道我快不行了，我不想让猪爸伤心，独自一个人跑了出去，跑了很远很远……猪爸为此找了我三天三夜，最终在两河交汇处找到了我——我那时身体已经僵硬。猪爸哭着把我抱回家，并风风光光地把我葬在了两山交界处——猪爸家族的墓园里，那里风景如画，算是对得起我了。

快手七婶

那时的两河两山，没有医生。一般人家头烧额痛，不算病；肚疼拉稀，忍忍过；大病大痛，卧卧床。不到万不得已，是不会用板车把病人拉到镇上卫生所的。村里人担心，人从家里拉出，却拉不回家——人死在外面，晦气，是不能进村的。一般人因此一辈子没上过卫生所和医院。

七婶那时是大姑娘一个，手快脚快，嘴利索，胆大又泼辣，是村里的团支部书记。

团支部书记当得好好的七婶，却因最高指示"培养农村也养得起的医生"一句话，到镇上集训了四个月，回来后就成了村里的赤脚医生。

虽说只学了四个月，但回村后，胆大的七婶却像模像样地当起了赤脚医生。每天，她拎着印有"十"字的红药箱，一袭白衣，风一样疾走于村里。七婶到谁家看病，往往人还没到，利索的话就到了："让开，让开，我看看。"

一进病人家，七婶给病人摸头，把脉，看舌，问话，然后给病人递药打针，一点也不犹豫，一点也不含糊。

七婶看过的病人，一般病总会好的，只是时间长短而已。七婶看病，用七叔的话讲是"无马使唤驴"。

七叔是一队队长。七叔一次拉肚子，亲自体验了七婶的医术。

七婶第一次给七叔看病，固定模式，摸头，把脉，看舌，问话后，拿了几片黄药片给七叔："吃了这个就好。"

"丫头，行不行啊？"平日里匪气十足的七叔，此刻忘了自己是病人，对七婶嬉皮笑脸。

七婶白了七叔一眼,拎起药箱就走。

吃了黄药片,七叔拉肚子没止住,反而拉得更欢了。七婶再来给七叔看病,又一次摸头,把脉,看舌,问话后,冷冷地说了一句:"得打针了。"

"丫头,你可得轻点哦。"七叔还是一副嬉皮笑脸样。

七婶头也没抬地打开药箱,取出铝质针盒,开盒取针筒,接上银晃晃的针头,放下,划开一小瓶药水,插入针筒,吸药,对七叔说:"脱了。"

七叔看着七婶让人眼花缭乱又一气呵成的动作,没反应过来。

"脱了!"七婶再次冷冷地说,"难不成要人帮你脱?"

七叔难为情地解开裤带,褪去长裤,拉开方布裤头,露出半个黑魆魆的粗糙屁股,紧张得整个人都僵硬了。

"人放松!"七婶一句放松,让七叔更加紧张了。

"哦!"蘸了酒精的棉花团子,一碰上七叔的屁股,那一刹那的凉意,让七叔怔了一下。

说时迟,那时快,七叔的"哦"声还未完,针已扎下。

七叔痛得"啊"的一声大叫。

"大老爷们,啊啥——"七叔"啊"的一声又还未完,快手七婶已把针筒里的药水迅速推进了七叔的屁股,拔出针,"好了。"

七叔痛得张不开口,浑身大汗淋漓。

"一天一针,三五针就好了。"七婶说完,已收拾好东西,风一样出门离开了。

七叔却痛得半天回不过神来。七叔从此忌惮打针,忌惮七婶,再见七婶,再也没了原先的匪气和嬉皮笑脸。七婶去打第二针时,七叔紧张得说不出话,七婶问啥,七叔只是"嗯嗯"应着。

这一次,快手七婶打针的动作从容了许多。

到打第五针时,七婶打针的动作在七婶自己看来已是十分轻柔,针扎进去,药水不仅推进慢,不用扶针的右手中指和无名指还会轻柔地挠一挠,减轻七叔的疼痛。

也正是这五针,把七叔和七婶扎在了一起。

"你扎了我五针,我要扎你一辈子的针。"新婚之夜,七叔压着脸红如花的七婶说。

婚后的七婶，还是一袭白衣，一手拎着红药箱，风一样疾走于村里。一个村只有一个赤脚医生，七婶是"全科"医生，感冒发烧，割伤拉肚子，男人治痔疮，女人生小孩……啥病都看。看多了男人病，七叔心里有微词，但因忌惮七婶，不敢说。

一次，七叔下地回家，发现小儿肚子痛得在床上打滚。七叔急忙出去找七婶，打问了几个人，得知七婶在三队队长家看病。

三队队长是七叔的患难兄弟，两家人亲如一家。

七叔火烧火燎赶到三队队长家，发现大门虚掩着，推门进屋，眼前的一幕，让七叔惊呆了：三队队长躺在床上，裤子褪到膝盖，那根东西红红的直挺挺竖立着，七婶正小心翼翼地用一团棉花球擦拭着……

"死老三，你耍流氓！"七叔反应过来后，一脚踹在了三队队长身上。

屋里，端着水守在床边的三队队长老婆，吓得整盆水都倒在了床上。

水淋了三队队长一身。

"你干吗？"反应过来的七婶一手还拿着棉花球，涨红着脸质问七叔。

"你干吗？！回去！"忌惮七婶，婚后从不大声对七婶嚷叫的七叔，大声吼叫着一把拉过七婶，出门。

事后，三队队长和他老婆双双来家里向七叔解释道歉，七叔差点就和三队队长动手。

"下流坯子，早晚剁了你的手！"事后，七叔不让七婶去给人家看病，并威胁七婶。

"你再不让我出门，我晚上剪了你的命根子！"七婶也不是省油的灯，手里拿着明晃晃的手术刀，对堵在门口的七叔轻蔑地说。

望着明晃晃的手术刀，七叔怵了。但从此，七叔和七婶别扭上了，七叔和患难之交三队队长结了梁子成了冤家，两个人莫名其妙打了很多次架，每回都打得你死我活。

三队队长的老婆怕事情闹大，多次找七叔解释。

"你老公的东西让我老婆看了，你也得看我的！"一次，七叔威胁她，"要不，这事没完。"

三队队长的老婆流着泪，在两河两山东面的小树林里，按七叔的要求做了。事情做了就做了，偏偏七叔像得胜的将军，生怕没人知道，逢人便讲这事。

三队队长的老婆羞愧难当，在一个月明星稀的晚上，跳了水塘。

"杀人偿命！"闹出了人命，三队队长带了家伙，把七叔堵在了家里。

看事情闹大了的七叔，吓得躲在屋里不敢出门。七婶不得已开门出来，朝三队队长脆生生一跪。

三队队长扔掉了家伙，没要七叔偿命，却把七叔打了个结实。七叔卧床三个月，不起。

七叔病好后，七婶不理会七叔的苦苦哀求，毅然决然和七叔离了婚。离婚后的七婶独自带着五岁的儿子，一心一意在两河两山当赤脚医生，治病救人。

离婚后的七婶当任何事没发生一样，主动上门给三队队长医治他的难言之疾。没了三队队长的老婆在旁边端水，快手七婶索性把盆子放在床上，洗净棉花团子，仔仔细细小心翼翼地给三队队长擦拭那根命根子……

三队队长的难言之疾，在七婶的精心治疗下，痊愈了。

七婶因出色的工作被调到了镇卫生所、县医院，后来成了全县有名的全科医生，找她看病的络绎不绝。

出名了的七婶却执意和三队队长结合在一起，就像当年执意和七叔离婚一样，毅然决然的。这是后话。

乌头姑爷

二叔身材魁梧，长得黑乎乎的，人前一站，黑铁塔般，人称乌头。

长得黑的二叔逢人便讲，别看人长得黑，心不黑。

二叔讲这话时，正是一个红心向太阳的年代，二叔自然长着一颗红心。

长着红心的二叔在公社行走。"行走"一词是二叔的自称。二叔自个儿解释说，古时朝廷有行走一称，行走者，无官无职、无编无制也。二叔说自己就是公社里无官无职的闲散打杂人员。

那年，二叔被公社下派到两河两山大队去"割尾"——割资本主义尾巴。好去不去，偏偏是去其岳父所在的大队。

对二叔的到来，岳父一个劲地摇头。读过几年书的岳父虽当过几年大队干部，却因上两代才从外面来两河两山落户，属于外来户，在大队里辈分低根基浅，典型的人微言轻的一类。

姑爷进屋，舅爷最大。一大队男人都是二叔的舅爷辈，一到大队，二叔就备感压力。果不其然，对二叔的到来，大队里大老爷们没一个把他放在眼里，干完生产队的活，该干吗还干吗。这让二叔十分着急。

这不，当岳父的幺叔在二叔眼皮底下，大摇大摆地挑着自家偷偷蓄起来的私肥——两半桶尿水到开荒地，给私种的番薯苗浇肥时，二叔立即带着工作队员赶了过去。

"叔公，你这是搞资本主义，必须马上停下来！"二叔的脸像包公一样，黑得吓人。

幺叔看都不看二叔一眼，自顾自不急不缓地给绿叶正长的番薯苗施肥。

"把苗都给我拔了！"是可忍孰不可忍，幺叔的不理不睬把二叔激怒了。

"谁敢？"幺叔把浇肥的粪勺子横亘在胸前，俨然一个横刀立马的大将军。

伸出的手全都僵住了。

"尿包！都是尿包！"二叔的脸更黑了，乌漆漆的像块炭。二叔弯下腰，伸手去拔跟前的番薯苗。

说时迟那时快，二叔的手还没够着番薯苗，幺叔的粪勺子已经挡到了二叔的手前面，差点打在二叔的手背上。

"你竟敢打工作队长？你反了？"二叔有点恼羞成怒，用手指着幺叔，大声质问。

"啪"的一声，幺叔没示弱，右手重重地击打二叔指着自己的手，"我打的是两河两山的乌头姑爷，龟孙姑爷！"

一句"姑爷"把人黑心不黑的二叔的气焰灭了下去，二叔尽管黑漆着脸，却不敢还手。

场面僵住了。

还是闻讯赶来的岳父打了圆场。

僵持事件之后,二叔改变了策略,避开难啃的硬骨头幺叔,一家一户上门说亲情讲政策,软硬兼施。可每到一家,回他的全是一句话:"把李老幺的番薯苗拔了再说!"

李老幺就是岳父的幺叔。

幺叔的一片绿油油的番薯苗像面旗帜,一直在工作队的眼皮底下,迎风飘扬,见风就长。

"都是茅厕里的石头,又硬又臭!"二叔的办法不奏效,全大队的尾巴一条也割不掉,他急得嘴上起泡,气得大骂。

"爹,看来我这行走也走到头了!"公社"割尾"日期临近,一条尾巴也割不下来的二叔,烦恼极了,跑到岳父家。

看着长吁短叹的女婿,岳父倒了两杯水,和他嘀咕了大半天。

离开岳父家,二叔不再唉声叹气,直奔公社。再回大队,身后跟着三个全副武装的干警。走在最前面的二叔手持大喇叭,边走边大声喊话。那架势,让全大队的人看花了眼。

在干警的保护下,幺叔的番薯苗被拔了,地被夷平了。

幺叔的番薯地被铲平的那一刻,幺叔三个如狼似虎的儿子在幺叔的阻拦下,只能在家里干跺脚骂娘。

幺叔的"尾巴"被割后,大队里其他的私种菜地、私养禽畜,在全副武装的干警的震慑下,就像冬天里大队池塘边的那株垂柳,一夜北风,枯叶全都不见了。

"尾巴"一割,全副武装的干警自然没理由再待在大队里。干警一走,很多人又蠢蠢欲动,准备到田边地角私种东西。

能不能阻挡住卷土重来的"尾巴",这对刚刚受到公社书记表扬的二叔来说,是个极大的考验。

二叔时刻警惕着。

果然,就在干警走后第三天,岳父的幺叔又去平整被夷为平地的荒地。

二叔到地里拦幺叔。

"叔公，政策不允许，你就别瞎整了！"二叔递根烟给幺叔。

幺叔恶狠狠地瞪了二叔一眼，没接烟，继续平整土地。

"再种，干警还要过来。"对幺叔，二叔心里发怵，见劝不住，只好用干警来吓吓幺叔，"干警再来，就不是只拔苗，那是要抓人的！"

"来啊！让他们来抓我啊？"二叔一说干警，幺叔显然十分畏惧，停了停手里的活，却又虚张声势。

"叔公，该说的我都说了，你不怕被抓，你就继续吧！"二叔继续唬幺叔，而且说完故作若无其事地走了。

"你这个龟孙乌头姑爷，你吃饱了吗？你能吃饱吗？"幺叔扔了锄头，跟在二叔身后，骂骂咧咧，"你狗吃屎好坏不分，种番薯填肚子，错了吗？……"

二叔加快了步伐走回工作队。

幺叔回去后老实了几天，见干警再也没来过，又偷偷地去平整土地了。

吓得了一时，吓不了一辈。地平整了，幺叔见没什么动静，肯定就会重新种上东西！二叔着急发愁却又无计可施——派出所长上次说得清楚，只此一回，下不为例，要再请干警来是不可能的！可除了干警，谁也震慑不住幺叔啊！幺叔震慑不住，割掉的"尾巴"肯定全都回来了！

二叔嘴上的泡起了破，破了又起。

那天晚上，愁眉苦脸的二叔在大队里走着走着又走到岳父家——哎！其实，二叔心里不愿找岳父诉苦。

没茶没酒，岳父又倒了两杯水，和二叔关门喝了大半夜。

二叔离开时，岳父和二叔脸上都悻悻然。

就在第二天，两河两山发生了一件轰动全公社的事。那天中午，二叔带着两名队员，押着一个人在大队游街。

被押的居然是二叔的岳父。岳父胸前挂着一块牌子，上面写着"资本主义尾巴"，还打上了大大的红叉叉。岳父肩上挑着两个屎尿桶，低垂着头，神情悲戚。

岳父是当天上午一个人偷偷摸摸跑去开垦荒地，准备私种番薯，被二叔和工作队员抓现行的。

二叔六亲不认把自己的岳父押去游街，一下子震慑住了两河两山所有人。不用干警再来，幺叔平整完的地不敢动了，慢慢就荒了。

两河两山的尾巴割得干干净净，再也不反弹了。两河两山大队一下由全公社的落后变成了先进。

二叔也因公社书记一句"铁面无私，可堪大用"，走运了：先由公社"行走"转成正式干部，又由一般干部变成了拥有一官半职的主任，后来成了公社书记。

当了书记的二叔常常回两河两山当姑爷。姑爷来了，尽管乡里乡亲不待见，岳父却不计前嫌，开瓶酒和姑爷慢慢品——姑爷知道岳父好酒，带酒来替代昔日的水。

那日喝多了，二叔流着泪对岳父说，"爹，这么多年了，大家还是不理我！"

岳父看着二叔，欲言又止。

那次喝酒没多久，二叔调到了县里当领导。调到县里后，二叔再也没回过两河两山当姑爷。

岳父弥留之际，托人到县里找二叔回来见最后一面。

去的人没找到二叔，只听说当了县领导的二叔慢慢地，不仅人长得黑，心也黑了，大概犯了什么事，栽了进去。

没能见着姑爷的岳父在病床上，老泪纵横，久久才说了一句："当初真不该……"

岳父没说完就断了气，眼睛却一直没合上。

谁也不知岳父当初真不该什么！

山河依旧在

两山各有一条河,两河在两山间交汇。流动的是水,永驻的是山,逝去的是芸芸众生,传下的是重重故事。

牛屎桥

左边的是牛屎桥,右边的也是牛屎桥。

牛屎桥原是御史桥,相传是一御史所捐建。其时,河水清洌,几块黑石头铺在河中央,就是桥。桥下,村姑成群在浣衣,又曰浣衣桥。夏日雨后,水漫桥石,桥就不存在,过往行人蹚水过河。水退桥出,人们踩着长满青苔的黑石一摇三晃过桥,村姑成群在桥下浣衣嬉闹。

一日,一书生肩背行李,远远朝桥走来。

"有书生来了。"顿时,桥下浣衣的村姑们收敛了泼野。

"嘻,背着那么多东西干什么?"

"上京赴考。兴许还是个状元爷呢!"

"小翠,你爹不是要给你找状元爷,得来不费工夫哦!"

叫小翠的村姑红着脸朝说话的村姑泼水,一时,水珠乱颤,笑声乱颤。

书生来到了桥边，躲闪迎面泼来的水，背着行李一脚高一脚低蹒跚过桥……

"咚"的一声，书生落入水中。

村姑们哄然大笑。水中书生的脸比小翠姑娘的还红。书生挣扎着爬上石头桥，却是一身湿漉漉。

"唉，他日功成，必建桥。"书生到彼岸，口里念念叨叨。

一晃十年。有一苏姓御史衣锦还乡，到昔日浣衣桥，驻马观望，喝令随从掉头回府。

随后，来了一伙匠人，在浣衣桥边叮叮当当。三年零三个月，一高大石拱桥建成。桥成之日，苏御史与州府官员、随从一行浩浩荡荡由桥而过。

时人感苏御史之德，叫此桥御史桥，然村人不知御史为何物，只每日与猪粪庄稼打交道，故一传二讹就成了牛屎桥。

日月如梭，光阴似箭，转眼到了公元一千九百九十年。

两河两山人在两河两山建楼办厂，一派热火朝天。两河两山人也通过牛屎桥走向两河两山外更广阔的地方，甚至走向港台，走向世界各国。两河两山的地方官更是到处奔走，引资引技。

时地方官听人言，香港有一巨富，与两河两山有瓜葛。地方官遂央与巨富相识的人牵线搭桥，到港省亲。

原来巨富从前随其父来两河两山教书，在反右的大噩中，其父被批斗，然两河两山人皆善良，念其教书育人，只是随着叫叫口号，并没有真正打倒他。巨富正读书，有一伙至交同学，他东躲西藏，也免了一难。然运动升级，巨富之父被押，不知去向。一日，恰有一两河两山人到邻镇省亲，路上村民发现失踪了的中学老师、巨富之父——奄奄一息的右派分子被绑在一大树上。村民当即解绳，背他逃走。村民将其藏匿于山中，每日送吃送喝，使他躲过大难。过了风头，巨富之父早已心力衰竭，便偕巨富到香港省亲定居，随后巨富先打工后经商又搞房地产，几经折腾，成了香港赫赫有名的巨富。

时地方官至香港，亲手交上巨富昔日同学的问候信。巨富甚感动，宴请地方官一行，并应承回两河两山看一看。

巨富回两河两山，从下飞机到抵达两河两山，巨富颠了上百公里泥土路，不由感叹不已。

到牛屎桥时，地方官讲述牛屎桥的历史。巨富自小在两河两山长大，当然知道牛屎桥的历史，当即默不作声。

巨富在两河两山看了地方名胜，又看了两河两山的工业开发区，末了对陪同的地方官说："路通财通，路不通则财不通。"地方官极言是。巨富又说，建一水泥路通县城何如？地方官当即拱手作揖："两河两山的人民忘不了您。"

巨富当即表态，建从两河两山到县城的五十公里四车道水泥路，工程费用由其全包。

"您是两河两山人的恩人。"地方官又拱手作揖。

路修到牛屎桥时，工程人员要拆桥重建。

巨富得知，提出不拆旧桥建新桥。

工程人员照巨富的意思加固了牛屎桥，并在牛屎桥侧又修建一座四车道的新桥，仍叫牛屎桥。

新桥建成，新旧两座牛屎桥一高一低，一大一小在两河两山对峙着。只是小辈的两河两山人没人知道牛屎桥就是御史桥。

大庵口

早先，风水先生看过大庵口后说："好地好地，只可惜……"

但凡风水先生、算命术士都爱卖弄，又故作玄虚。任凭陪风水先生看地的两河两山人怎么问，都未能从风水先生口里撬出半点"可惜"。

两河两山的人信风水，大庵口既是块好地，个个都想占有一角抑或是一寸见方的地，可风水先生的"可惜……"又让两河两山人心悸。于是，谁也没占大庵口一寸地，大庵口任野草狂长，任两河两山的放牛娃随意折腾。

一场暴风雨掀开了大庵口一段令人毛骨悚然的历史。1949年，中华人民共和国成立前夕。其时，两河两山是县城所在地，城内待毙的战俘和反革命分子成批。这可苦了两河两山的地方官，这么多的待毙者，两河两山没有打靶场，怎么解决？

地方官最终相中了大庵口这块荒芜之地。

据说那阵子，一天在大庵口枪毙十几二十人，血从狂长的草里向外流淌……

一个人死了，到了地狱里就是一个鬼。两河两山人都坚信。大庵口，有多少野鬼，谁也说不清啊！大庵口，两河两山人谈之色变。

解决了战俘罪犯，两河两山人建设百废待兴的两河两山。大庵口没了血流，但大庵口在人们的印象中，却只有血，只有子弹，只有面目狰狞，只有令人毛骨悚然的心悸。

草仍然在大庵口狂长，放牛娃却再也不敢上大庵口。"好地好地。"风水先生的这一论断人们早记不得了，人们记得的是风水先生高深莫测的"可惜……"。

历史就像两河两山的河水一样悄悄流着。有一天，一个西装革履的人悄悄地走进了大庵口。

随后，两河两山的人发现更多的人到了大庵口，这当中还有当年陪伴风水先生走过大庵口的两河两山老人。

人们猜测，也有人问："大庵口又要作靶场？"

"大庵口是块好地，风水先生说是青蛙地啊。"

"可是……"

"大庵口是块活的青蛙地，只可惜四只脚被四根石柱钉住了。如今，钉松了，青蛙就活了。"

人们半信半疑。

忽一日，人们见大庵口开进了推土机。不到一个月，大庵口没有了狂长的草，没有了四周高高低低的土岗，大庵口成了一片平地。

又一日，人们发现大庵口的四周都砌上了围墙，围墙的里边，有人在建楼房，高高低低，有烟囱。人们才恍然知道要在大庵口建工厂。

听说建工厂的是先前穿西装的第一个在大庵口察看的人，有人还认出那人是地方官在城里当老板的儿子。

大庵口围墙内的烟囱一根一根竖了起来，两河两山人也逐渐由观望到进大庵口的工厂里做工。

一年后，大庵口正对马路的围墙门口挂了一块匾，上书"大庵口工业开发区"。

大庵口，好不热闹，好不兴旺。

只可惜，开发区这块牌匾挂出去不到三年，大庵口原先热火朝天的迹象没了，楼还是那楼，烟囱还是那烟囱，只是出出入入的车辆锐减。

有人说大庵口里的企业很多偷税漏税，一批老板被抓了，地方官在城里当老板的儿子也不例外。也有人说大庵口不再搞工业，地方官在城里当老板的儿子要把大庵口搞成一个商贸城。

两河两山人半信半疑。

拦河坝

两河交汇的地方挺狭窄，先前，两河两山人就在交汇处筑下坝子，顺河而下，一连三道，全是用两山上的巨石砌成。所谓的坝，并不把整条河拦住，而是留下一大缺口，让河水虽有坝挡仍长流。坝的缺口处用竹子编成一张大竹网，水经坝的缺口流进大竹网。于是，大竹网每天就能网到很多鱼，大小不等。

三道坝各是两河两山的三户人家的。每户人镇守一坝，在坝缺口的山脚下搭竹寮，日夜守着坝，日夜源源不断地从坝里收鱼送鱼出两河两山。

守首道坝的是古。先前，古与兄弟几个和儿侄几十人生生把坝拦住，收获下鱼。可后来，古就被生产队长叫去训了一通。再后来，事情闹大了，割资本主义尾巴，古和兄弟几人胸前各自挂着一串鱼，被推去游街。古的小儿子鹤看着白花花的鱼在竹网上成排成排被太阳晒死，不忍心，趁着黑夜偷偷装了一桶鱼回家。路上鹤被民兵逮个正着。鹤被勒令提着那桶鱼连续游街三天。鹤游完街回家时，好好的一个后生满脸蜡黄，呆头呆脑，躺在床上不吃不喝。没几天，鹤就双脚浮肿，越肿越厉害，后来脸也肿了。再后来鹤就被古用一张破席子裹住埋到了两山的右山上。

那年的冬天没有洪汛，人们却发现拦河坝中央溃了口，水白白流走了，网鱼的竹网不出水了。

竹网不出水，自然网不到鱼，拦河坝也就真的像资本主义尾巴一样被割掉了。

夏天洪汛，冬天干枯，年复一年，拦河坝，除了几块大石头隐隐让人看出是先前的拦河坝外，已经面貌不存了。

分田到户时，两河两山人有的种田有的承包山林有的出外做工，有的办厂有的经商，日子逐渐好了起来。古一家人除了耕种一人七分责任田，什么也没做，几兄弟扛完锄头在家眼对眼。后来，古提议重修拦河坝。

经三个月的修砌，拦河坝又成了昔日的拦河坝。第一天就收到一担鱼。古吩咐弟兄们一条鱼都不留，全都送给左邻右舍尝尝鲜。

收了冬天的鱼，又收了春天的。夏天来了洪汛，拦河坝就没在水中，什么鱼也收不了。一过汛期，古就和兄弟们修砌拦河坝，捕获鱼儿。

三年下来，古一家人建起了三幢三层楼。

好景不长，如今水还是那水，鱼可精多了，一天下来，不要说像从前一样能网到一担鱼，就是能网到三五斤像样的都难。

古的兄弟于是疏于侍弄拦河坝，汛来汛去，拦河坝终于像老了的牛一样趴下了。

如今，拦河坝的踪影都难寻了。

鬼子埠

两河两山人说，人是个符号，活着是个精灵，死了是鬼魂。

顾名思义，鬼子埠就是死人埠。

有了两河两山人，就有了鬼子埠。鬼子埠的"人口密度"异常大，一代人压着一代人，重重叠叠，叠叠重重。

鬼子埠不大，方圆只有十几亩。不高，土丘子一个，宛若一顶官帽，不偏不倚，放在官案上。

夜幕来临，鬼子埠光斑闪闪。两河两山人说，那是先人们聚在一块儿开会。

两河两山的先人们夜晚在埠上开会，两河两山人在埠对面的村子里闲聊，几十年、几百年相安无事。生死只一口气之别，阴阳只一纸之隔，两河两山人坚信。

"人有多大胆，地有多大产"的日子，两河两山人在鬼子埠大炼钢铁，大搞梯田。两河两山人含泪为先人迁"居"。

梯田开垦出来了，鬼子埠四周的柳木被一扫而光。两河两山人在梯田上种水稻引不上水，种地瓜只长叶不长瓜，一锄头锄起三五个脚趾大的地瓜连带几根白骨几块棺木。

被开垦成了梯田的鬼子埠渐渐被两河两山人遗忘。风吹日晒雨淋，鬼子埠的黄沙土流到两河两山的角角落落，鬼子埠上的棺木被放在两河两山的沟沟壑壑做木桥，鬼子埠上的白骨散到两河两山的坑坑洞洞。两河两山人对棺木虽然能视而不见，对白森森的骨头却打心里发怵。

两河两山人总担心灾难就在前头。

灾难终于来了，先是村里的病弱老人小孩饿死，接着是中壮年人得了水肿，平日里能挑一两百斤的肿着一双腿穿不上裤子，下不了地。两河两山死了不少人。

两河两山人说是先人在惩罚。

灾难过去后，两河两山人对鬼子埠顶礼膜拜，两河两山人不希望灾难重演。

没了树木，没了瓜果水稻，鬼子埠就像是摘了帽的秃头官，光秃秃一片。

黄沙土继续往外流，官帽似的鬼子埠日益变矮。

包产到户，分自留山后，两河两山人勤快耕种，日子一日日红火起来。这时，年轻的村支书提出把鬼子埠承包给村民种果树。

承包鬼子埠？这无疑是在两河两山人的伤疤上再揭一下。

"再穷也不能动鬼子埠！"两河两山人愤怒了，把鬼子埠开垦成梯田后两河两山出现的惨状历历在目。

村支书姓林，土生土长的两河两山人，他不为两河两山人的愤怒所动，挨家挨户找村里的年轻人，鼓动他们承包鬼子埠，改变鬼子埠水土流失的现状。

没人来响应村支书。

村支书最终自己承包了鬼子埠。

村支书承包下鬼子埠后辞去村支书的职务。他一个人在鬼子埠上搭起了竹棚，住进了鬼子埠。

买来橘子苗，支书在整个埠上种了近一半的橘子。

浇水，施肥，除草，种下的橘子树却不见长势，黄不拉叽的叶子耷拉着。

村里人也把对未来灾难的恐惧迁怒于支书，先是背地里咒骂，尔后是黄昏早晨时摘去鬼子埠上橘子树的心，折断橘子树的梗。

半年里，风不调，雨不顺，人不和。

眼看着橘子树一日日失去长势，支书心里在流血。支书最后走进了镇农技站的大门。

农技站的技术人员来了，一看二摸三化验，告诉了支书一个不幸的消息，鬼子埠的土质不宜种橘子。

要亲手挖掉自己花了全部家当种上去的橘子，支书没哭，却病了。

病好后支书又直奔农技站。

"橘虽不能种，但可种竹子。"

支书回鬼子埠后亲手挖掉自己种下的全部橘子树。

信不信？邪不邪？村里人把支书挖橘子树说得危言耸听。

支书把自己的两耳塞上报纸，然后从外地运来一批竹子，东一根西一根插满鬼子埠。

"那个傻×鬼上身，在鬼子埠上摆八卦阵。"

支书两耳塞着报纸，听不见村人的话。

支书插下的竹子成活率几近百分之百。竹子长新叶抽新枝，不到一年就把整个鬼子埠点缀得青翠欲滴。

承包下鬼子埠的第三年，支书砍伐了第一批竹子。三年来，夜幕降临，鬼子埠少了点点光斑，两河两山却也出奇地风调雨顺，种了粮食收粮食，家里吃了小粮仓还有大粮仓。

砍伐了几批竹子后，支书在两河两山里建起了村里第一栋三层楼房。后来，支书还胸戴红花被两河两山人敲锣打鼓送到县里开万元户表彰大会。

塔山

山不高，论海拔，仅有三百来米；论险峻，平平坦坦，长就一个土丘丘；论奇，论怪，更是无一能言。山却有塔。

塔更无奇，不巍然屹立，不纤巧精致。塔七层，古朴，随处可见。塔却有史。

相传，两河两山设为县城时，风水先生断言，山水相映出能人。首任县令姓曾，工于风水地理。县令畏惧两河两山人，为找两河两山人的"气门"，到任后竟半月不入县府。半月后县令入府办官事，第一件事即是令人在两河两山的东边山头建一座塔。

原来，县令入两河两山后，遍察两河两山的山山水水，发现两河两山有"旗岭山"而无"旗鼓架"，"鲤鱼潭"水则往外流——鲤鱼顺水溜，"虎地"无虎威，"狮地"不开眼……唯有两河两山一林姓村祠为"蟹地"，祠前有一池塘，有水则灵，蟹几欲成仙。

县令为镇住两河两山人，于是修塔，塔高七层，位于城东。日出东边，塔影倒入林姓村祠前池塘，犹如一把明晃晃的利剑，直刺蟹仙。

塔由是有名。

山也由塔而闻名。

福建僧人闻山名而来半山腰建庙立寺，名唤双流寺。寺建成，日日香火鼎盛。

两河两山人则对塔对寺憎恨。大毁大砸的岁月，两河两山人上山砸塔，演绎了一部悲壮的村史。

塔终是没被砸毁，半山腰的寺庙却被夷为平地，僧人逃难。带领大伙冲上山的大成后来也被剃光了头吃了几年"免钱饭"。

后来，两河两山修了通往外界的水泥路，两河两山的牛屎桥旧颜新貌，两河两山外的人惊讶两河两山人的质朴和塔的名气，纷纷涌入两河两山旅游。

时两河两山地方官报请上级，将塔列入省重点文物保护单位。

上级批准，拨款修塔。款子批下来时，昔日砸塔的大成找到地方官，揽下塔的修缮工作。

塔于是重放光彩。

公元一千九百九十年，两河两山地方官又报请上级，修缮早已被夷为平地的双流寺。

自然又是大成揽下双流寺的重建任务。

叮叮当当，几年后，一座几可乱真的双流寺在半山腰迎风而立。

"南无阿弥陀佛……"

双流寺恢复了往日的鼎盛香火。大成，砸过塔毁过寺的大成如今发了，有人说，光修塔和建寺，大成就挣下好几十万元。

发了的大成开小车用大哥大。可不知怎么的，大成和两河两山地方官都被请进了局里。在局里，大成感叹："唉！真不该！"

谁也不知道大成真不该干什么。

左拐，直走

一

就像前世的冤家，赵庆和刘莉在两河两山第一次见面，就对上了眼，来电了——相互的。

赵庆是两河两山一家企业的老板，企业前店后厂。店在深圳，专事外贸出口。厂在两河两山，负责生产。这些年，赵庆的企业不管办到哪，都不忘两河两山这根基。这不，企业在深圳新招了一批外贸人员，赵庆立即让人事部经理带着这批人，到两河两山熟悉工厂——赵庆打心里想让新加盟的员工来两河两山寻根。

刘莉是赵庆企业新加盟的员工。

新员工在两河两山的三天里，赵庆眼里只有刘莉，目之所及，乃刘莉也。刘莉在，心则在，刘莉不见，心不宁。刘莉也像人事部经理说的："看老板的眼是直的，如花痴，似狐媚。"刘莉自己也坦陈，第一眼见赵庆就有种非常特别的说不清楚的感觉，就像婴儿看见父母，心一下踏实了；又像学生见了老师，觉得他可亲又可敬；还像初恋的女生见到了日思夜想的男友，心被牢牢抓住了。总之，无关赵庆是老板。

自诩见惯世面的赵庆自见了刘莉后就不淡定了，在新员工到两河两山的第二天晚上，一个人在村子里转悠了很久很久，最后进了三舅——村里"预言家"老棍的家。

老棍是赵庆企业发展的顾问，又是赵庆个人的导师——赵庆逢人便讲。这些年，赵庆一遇上困惑之事，必请三舅点拨。

"三舅，我要娶刘莉。"这回，赵庆不是请教三舅，而是通知他。

老棍没吱声。

"孩子他娘，我会安排好。"赵庆显然经过深思熟虑。

老棍还是没吱声。

"三舅，你帮忙操弄操弄。"赵庆一脸坚毅。

老棍看了看赵庆，问了一句："为什么？"

"一见钟情！"赵庆有点着急，"见不着她，心被揣走，空了。"

老棍看着赵庆，又不吱声了。

"我知道，论年龄，我四十多，她才二十出头；论学识，我初中未毕业，她留过洋；论成长，我是披着商人外衣的农民，她是城里知识分子……"赵庆看来做了不少功课，"可我们也有相像的地方。"

老棍还是不吱声。

"我见她第一眼就发现了我们有夫妻相，眉眼、鼻子、嘴巴都很像。"赵庆说，"今后，我和她看的一样，闻的一样，吃的一样！"

老棍不看赵庆了，抬头望着天花板。天花板上一只蜘蛛一动不动潜伏着，准备捕捉一只正往网边靠近的绿头大苍蝇。

"三舅，你不吱声，表示你同意了。"赵庆站起来准备走。

"你姓赵，名庆，意则边走边出刀，披荆斩棘，道路越走越宽广，事业越做越大。"老棍脸上波澜不惊，"她姓刘，名莉，名曰文文弱弱藏有刀，人生路上只见钱（两河两山人把钱叫作草）见利。"

"三舅，都别说了，我必须娶刘莉！"赵庆脸上红一阵白一阵，急忙打断老棍的话。

"不，你听三舅讲完再做决定！"老棍脸上依然是波澜不惊，"谚曰，人到中年，妻乃家中梁，换妻如换梁……"

第一次，老棍的建议还没讲完，赵庆就起身走了。

二

从老棍家出来，赵庆就把刘莉从工厂招待所单独唤出。

黑夜下的两河两山虫鸣蛙声一片，两只手紧紧地钳在了一起——一双细细嫩嫩，一双干瘦粗糙，但都滚热滚热的。

田野里，刘莉的双眼闪闪发亮，如同两盏灯，照亮了赵庆。

历经曲折，赵庆和刘莉在深圳幸福地结了婚。

幸福着的赵庆把刘莉当女儿一样呵护着，缠绵过后，赵庆问："我长得又老又丑，都能当你爹了，你喜欢我啥？"

"一见钟情！"刘莉说，"第一次见，就有心悸的感觉，心像被你揣走了，空的！"

赵庆摸摸自己的心窝，笑。

"你眉眼像我。"刘莉吻着赵庆的额。

"你的嘴巴也像我！"赵庆说着牢牢吸住了刘莉的唇。

…………

幸福的两个人滚到了一起。

走在街上，赵庆和刘莉两个人却常常被误认为是父女俩。

"父女好啊，女儿是爹的前世情人。"赵庆幸福地抚摸着刘莉光洁如玉般的身子。

"我不做前世的，我只做今生今世的，让你永远呵护我！"刘莉一脸幸福，撒娇道。

幸福的两个人又滚到了一起。

幸福的赵庆和刘莉迎来了他们的爱情结晶——女儿出生。

然而，女儿的出生却让赵庆和刘莉的幸福打了折——女儿天生残疾。

打了折的幸福还是幸福，赵庆和刘莉为了爱情结晶继续战斗。

十月怀胎，赵庆和刘莉的儿子出生，祸不单行的是儿子也天生残疾。

当赵庆和刘莉的第三个残疾小孩出生时，他们的幸福就像被六月的强大台风硬生生刮得一点不剩了。

这期间，全球遭遇金融危机，赵庆的企业出口大受影响，企业的日子凄惶。

赵庆便常常回味导师老棍的话："你姓赵，名庆，意则边走边出刀，披荆斩棘，道路越走越宽广，事业越做越大。"

赵庆于是常常回两河两山找三舅老棍点拨。

刘莉常常一个人独自面对三个残疾的小孩流泪。

三

一见钟情的爱似烈火，燃得惊心动魄；也像洪水，瞬间消失得无影无踪。短短几年，赵庆和刘莉两人情到淡时几成路人。

接到刘莉电话时，赵庆正在德国的法兰克福参加展销会。金融危机下，外贸出口急剧萎缩，那段时间，赵庆到处跑市场，真是一夜白头。好不容易打听到法兰克福有个展销会，赵庆亲自飞德国。一进展销会，赵庆便一心扑在展销会上，摆台设摊，推销产品。住在美因河边，清晨出门或傍晚回酒店，看着清澈宁静的河水，看着岸边停泊着的许多游船，看着沿路的罗马广场、法兰克福大教堂、老歌剧院，看着很多人在绿草如茵的两岸或跑步或散步，赵庆早忘了先前对刘莉的承诺——要在法兰克福明媚清爽的秋天里，陪她游美因河，陪她在岸边跑步，陪她看歌剧，陪她逛教堂……就两个人，亦夫妻亦父女般！此刻的赵庆，心里只有订单，救活工厂的订单，救活几百号人的订单。

"我妈病重！我要赶回去。你在哪里啊？能回来看看她吗？她在电话里老念叨着你。"刘莉很少主动给赵庆打电话，急促的声音带着哭腔。

刘莉的妈是个通情达理的女人。当年，刘莉带着赵庆回家，赵庆和刘莉都有点忐忑，毕竟年龄差太多了，毕竟刘莉是独生女。当刘莉告诉她妈，她要嫁给他时，刘莉的妈看了看赵庆，又看了看刘莉。刘莉的妈看他们俩的那一眼，看得见惯世面的赵庆心里发虚，看得刘莉紧张得把嘴唇都快咬破了。没想到，刘莉的妈看完赵庆和刘莉后，风轻云淡地说了一句："女儿认定的事，妈支持！"

冲着刘莉的妈的那句话，赵庆一直对她很好，人前人后，"妈，妈"叫得勤叫得甜。巧的是，刘莉的妈居然和赵庆同岁，论月份，还比赵庆小三个月。

刘莉的爸去世早，刘莉的妈身体一直不好。赵庆和刘莉结婚后，赵庆多次让刘莉的妈办理提前退休手续，邀请她过来深圳一起居住，"在一起，好照应"。

刘莉的妈不肯，这才作罢。

赵庆告诉刘莉，他在德国办展览，一时半会儿走不开。赵庆让刘莉先赶回去照顾她妈，展销会一结束，他直接从德国飞过去。

赵庆还想安慰一下刘莉，刘莉已挂了电话。

四

一周后，赵庆一下飞机，就直奔医院。遗憾的是，赵庆赶到医院时，刘莉的妈已经走了。赵庆未能见到刘莉的妈最后一面。

母亲的去世，对刘莉打击很大，刘莉不仅十分伤心，还魂不守舍的。

赵庆看刘莉太过伤心，没了主见，女婿半个子，一个人认认真真操办丧事，把刘莉的妈风风光光葬了。

办完了丧事，看着魂都丢了的刘莉，赵庆不忍心让刘莉一个人回深圳。刚好，赵庆要到合肥见一个客户，于是，带上刘莉，让她一起去合肥，见完客户，顺便到黄山走走，散散心。

此刻的黄山，秋高气和，天空清澈，空气舒爽。山上，白云碧汉，峰水相衬，被秋意渲染了的山林景致，丹枫似火，如诗如画。置身其中，远离喧嚣，宁静祥和。登高望远，满目秋色，令人彻底放松心情。

赵庆和刘莉昔日的火热之情，就像炉子里炉门关紧了奄奄一息的炭火，炉门打开了，火重新呼呼燃烧。

在黄山上，赵庆和刘莉找回了昔日的感觉。

五

　　幸福的时光总是相似的，幸福的时光也过得特别快。

　　黄山之旅，虽短暂，却令赵庆和刘莉激情重燃。

　　激情过后，两人一回深圳，面对三个残疾的小孩，赵庆和刘莉又找不到感觉了。

　　赵庆又常常跑回两河两山找三舅老棍点拨。

　　"按说，你祖上没给你积下大德，可也是老老实实的人啊？"对赵庆生下三个残疾小孩，预言家老棍总是捉摸不透，又经常琢磨。

　　赵庆每回也是百思不解。

　　"问题究竟出在哪里呢？"三舅老棍说他想破了头。

　　那天，老棍又把赵庆和刘莉的生辰八字算了又算。算完了，又把刘莉的相片相了又相："这明明是个旺夫相啊！难道……"

　　赵庆看着三舅老棍，不解。

　　三舅老棍目光直直地看着赵庆，看得赵庆心里发虚。

　　"庆，你看啊，像！太像了！眉眼、鼻子、嘴巴，还有额头和耳垂。"老棍盯着赵庆看了足足一刻钟后，突然站起来，拿着照片给赵庆看，"夫妻者，互补也（两河两山话，夫妻与互补同音），太像，反而不是夫妻，倒像父女。"

　　父女是赵庆和刘莉的情话，老棍一说，赵庆觉得尴尬。

　　"小孩相继天生缺陷，难不成……"老棍又定定地看着赵庆。

　　"你是说……"赵庆慌乱了一下，随即又镇定了。

　　从三舅老棍家出来，赵庆常常无缘无故地慌乱。

　　再看刘莉和自己相似的眉眼、鼻子、嘴巴，赵庆心悸的感觉不再有，反倒常常无缘无故地慌乱。

　　越是慌乱，赵庆越是待在两河两山不想回深圳见刘莉。

六

那次回深圳前，赵庆已一月未见刘莉了。

三个小孩在家，刘莉不在。

保姆说，夫人今天一大早就拎着个大箱子出门了。

见不到刘莉，赵庆没了慌乱，心里反倒空落落的。

家，没有女人的家只能算个窝，没有温暖，没有生气。

"夫人留了一封信给您，说在您的床头。"保姆告诉赵庆。

赵庆点了点头，站着一动不动，不急于进房间看信。

"呜——"坐着自娱自乐的女儿玩着玩着突然哭了。保姆赶紧把女儿抱起来。

赵庆看着三个原本应该活泼可爱的小孩，摇了摇头，走进房间。

床头上放着一封信，没有收件人，没有落款，却封了口：

> 我不知怎么开口，也不知怎么称呼你。
>
> 我妈临走前告诉我，有件事情瞒了我二十多年了。如今，她要走了，她不想再瞒下去了。她说，年轻时，她和爸爸特别希望有个孩子，可不管怎么努力，她一直怀不上。后来一检查，是爸爸的原因。经过无数次的思想斗争，她和爸爸最终走进医院的大门，接受捐精，后来就有了我。
>
> 接二连三，我们的小孩都有缺陷，我一直在想，究竟是怎么回事？妈妈告诉了我这个惊天秘密后，我想过，会不会这么巧？虽然我不愿相信，我还是去了趟医院，做了DNA。
>
> 造化弄人，我不敢相信，你是我法律上的丈夫，却是我生物学上的父亲！
>
> ……
>
> 我无法面对，原谅我的出走！
>
> ……

赵庆一口气看完了信,从不流泪的他泪水把信打湿了。

"她说去哪了吗?"赵庆走出房门,急切地问保姆。

"没说,夫人什么都没说。她走出家门,左拐,直走。"

擦了擦脸上的泪,赵庆出门,左拐,直走。

守　水

　　两河两山河床低，稻田高，近河无水用。高高在上的稻田靠一架水车抽上的一沟水灌溉。每年春旱，禾苗插到地里了，守水灌溉成了两河两山人的第一要务：白天，几乎家家户户都会派人到地里去守水，男女老少，轮流上阵。可水就那么点水，上游各处都分一点点，到了中下游，水气若游丝，如老人的尿尿，若断若离，说断就断。一天守下来，雨过地皮湿，守不来多少水。很多稻田在中下游的，只好昼伏夜出。上半夜人还多，那就等到下半夜，守水人少了，水大，事半功倍。

　　春天，广袤的田野里，春情荡漾。大家守水，你看不到我，我见不着你，事儿倍多。既有热恋中大姑娘小伙子相约滚草地的风流事，也有鳏夫寡妇你情我愿的骚情事、小媳妇春心荡漾的非分事，还有男人欺负老实妇女的恶霸事。一般人家，为少是非，晚上守水，都是男人出动，女人不掺和。

　　茂的稻田在中下游，守水从来都是半夜出动。

　　深夜的田野，无风无月，像被罩上了一层纱，有的黑得透，有的黑得浅，一律灰蒙蒙的。茂的眼睛比电筒亮，"哗哗哗"蹚水过河，扛着锄头直奔水沟上游，开膛破肚，把水沟里白天大家留下的堆堆坎坎疏通了。

水欢快地顺流而下，茂吹着口哨，在自家稻田边拢起土堆拦水，让一部分水"咕咕咕"流进自家干涸的稻田，一部分给下游人家。在茂听来，世上最好的音乐莫过于水过稻田的这种"咕咕咕"声。那声音是那么干净，那么浑厚，又是那么轻快，那么悦耳。

茂把锄头扎在田坎边，坐在锄柄上，卷上一口纸烟，和稻田里干渴的禾苗一样美美地享受着。长夜漫漫，茂的思想漫散，信马由缰。分田到户后，吃得饱，自由干，茂的日子是美美的。要说还有什么不足，那是屋里缺个人，家里无人料理，晚上床太空，力气无处使。

烟卷了一口又一口，抽多了，都一样的味，就像两河两山的媒婆惜姨，介绍的女人一个又一个，都一样的没被茂看上。茂心里好像有人。心里有人的茂又怎能看上别的女人呢？可茂心里有怎样的女人呢？茂自己也说不清楚。

田野里的虫鸣蛙叫还在，"咕咕咕"的水声渐渐小了。茂吐了烟头，到水沟边，俯身检查，无来水，水进不了稻田，"咕咕咕"声自然没了。

"扑姆！"茂轻轻骂了一句，扛上锄头，悄无声息逆水而上，细细检查水沟。果不其然，水被上游的全截了。截水处，却不见人。

上游守水，优势多。平常人家，不会独霸一沟水，自觉地给下游匀点，都是两河两山人，你有我有，大家有，和谐守水。霸道的，一到稻田守水，就把水全截了，下游的上来理论，割肉般，极不情愿地分一点。在分多分少的问题上，你锄头来拢，我锄头去清，你来我往的，经常发生龃龉，甚至打斗起来。蛮狠的，不仅把水全截进自家稻田，下游的上来讨水，管你天皇老子，我上游，我优先，我灌溉完了走，你来。下游人家，拳头不够大，只好干瞪眼，眼巴巴地等着人家把自家稻田灌满灌好，心满意足走了，你才开始。狡猾的，自知拳头不够大，下游来讨水，都好商量，主动给下游多分点水，让下游的高高兴兴回自家稻田守水。下游的一走，上游的小动作就来了，把下游的水截少了，或者干脆全截了。下游守水受气。上游和下游就像猫和鼠，永远在斗智斗勇。有的下游拢好自家的拦水堆，贼一般悄悄地上去，把上游的拦水堆全清了，让一沟的水全部流进自家稻田。待上游的发现了，重新拢拦水堆守着，下游的稻田已收获不少意外之水了。

茂从不干偷偷摸摸的事，发现了拦水堆，冲黑夜喊："谁拦的水啊？"

空荡荡的夜，无人应。既然没人在守水，那不能占着茅坑不拉屎！对不起了，茂举起锄头，正准备把拦水堆清了。

"喂，喂，谁啊？干什么？"躲着的稻田主人现身了。

"原来是老化啊！我在下游守水，匀点给下游。"见是牛高马大的化从田坎边猛地站起，茂补充了一句，"我以为没人守水呢，这样，二一添作五，你一半，下游一半。"

在两河两山，论气力，化说第二，没人争第一。化仗着无人能敌的力气，想收拾谁就收拾谁，想欺负谁就欺负谁，横惯了，霸惯了，两河两山无人不怵他，无人不怕他。在两河两山守水，谁遇到化谁倒霉，只能眼巴巴地看着他灌溉完走人。有些人一看到化在守水，惹不起躲得起，便问化，还要多久。问清楚了，回家休息后再来。与化相邻稻田的人家，却是惹不起也躲不起。化来守水，若是相邻稻田灌满水了，呵呵，一锄头下去，相邻稻田里的水和化的稻田共享了。有一回，相邻稻田刚灌满水，施了几十斤复合肥。化一来守水，看着相邻稻田盈盈的水，一锄头下去了。相邻稻田主人找上门讨说法，那可是秀才遇上兵，只能是哑巴吃黄连。

一物降一物，这个一米九几的化偏偏怕比自己矮了一个头的茂的幺叔。化怕幺叔，那是在两河两山的晒谷场上，拳脚打出来的。幺叔懂点拳脚功夫，却从不与人动手，又比化年长几岁，长得既矮小，又瘦弱，化根本不把幺叔放在眼里，老讥讽幺叔的三脚猫功夫，花拳绣腿，只适合在被窝里打娘们。幺叔从不理会。那次打架，也不知因何而起。三句不合，化就动手了。白白挨了化一拳，幺叔还一直示弱，来回躲闪。化手长脚长劲大，目空一切，推土机般勇往直前。躲闪了几个回合后，幺叔躲无可躲，擦了嘴角的血，索性甩掉了身上的长袖上衣，果断回击。晒谷场上的两个人，一高一矮，一大一小，就像大象和猴子。猴子幺叔凭借灵活矫健的身手，左闪右躲，不时闪到大象化的身后，专踢他的后腿，专打他的后背。几个回合后，幺叔飞起一脚，朝化后腿铲去，化摔了个狗啃屎，趴在地上。说时迟那时快，幺叔不等化爬起，顺势整个人坐到化身上，拳头如雨点般落下。幺叔一边打,一边问:"服不服?"化不求饶,幺叔的拳头不停止。化求饶,幺叔放手。没料到,狡猾的化一起身就偷袭幺叔,幺叔再次把化扑倒在地,坐在化身上,狂揍。连着两次。第三次,大家怕出事,纷纷劝幺叔别再打了,幺叔却不停手,直打到化求饶声渐渐弱了,才罢手。

那次,幺叔替两河两山人出了口恶气,却改不了化的蛮横。但那次之后,高个子化怕起了矮个子幺叔,是怕到骨子里的,见了面,也像老鼠见了猫,绕道走。人家是爱屋及乌,化是怕屋及乌,不仅怕幺叔,见了幺叔家人,都发怵。

"是你啊!"黑黑的铁塔般身子朝茂压过来。

"你也晚上守水!"茂个头比幺叔大多了,又比化年轻好几岁,初生牛犊,猛着呢,但茂和幺叔一样不惹事。茂边说边主动把水沟里的拦水堆拢了拢,让大部分水流回化的稻田。

"下游放水太多,我的水都快倒流了!"黑塔极不情愿地停止朝茂压过来,叽叽歪歪了半天,拉过锄头,把拦水堆又拢了拢,水朝下流得更少了。

君在水头,我在水尾。能从化的手里匀到水,在两河两山也只有茂一家了。谁叫人家的稻田在上游?茂喉结动了一下,没再说什么,也没动锄头,掏出烟盒递给老化卷烟:"没事,没事,差不了多少,夜长着,总能灌溉好。"

化接了烟,没再继续拢水堆。

两个人抽着烟,却是无话可说。茂不急着回自己的稻田,担心一走,狡猾的化又把水拦了,主动找话。化半天才应一嘴。

烟抽完了,化把锄头扎进稻田边的田坎上,坐下休息。茂又递烟盒给化。"不抽了!嘴巴苦。"化不接烟盒。茂讪讪站了一会儿,觉得再待着便无趣,不情愿地往下游走。

夜更深了,虫儿蛙儿困了,黑纱似乎淡了,只剩下"咕咕咕"悦耳的水流声在欢畅地歌唱,整个田野似乎都入睡了。坐在锄头柄上的茂却睡不着。茂说不清道不明的是,小时候很喜欢跟着秀玩的自己,长大后怎么一见秀就脸红,就心悸。难道秀就是自己心里的女人?

"咕咕咕"悦耳的水声响着响着,停了。

"扑姆化!"茂骂了一句,扛起锄头,直奔上游化的稻田。

化不在,拦水堆如故,化的稻田也进不了水——更上游的地方被截了。

茂继续逆流而上检查。

"不能全拦了,下面好多人也在守水。"截水的是一小伙,茂告诫小伙。

小伙自知理亏,一见茂上来,赶紧扒开拦水堆,给下游放水。

"好了,好了,有水大家守。"茂说完朝下游走。

重回自家稻田,夜入梦了。茂不再想说不清道不明的事,裹紧衣服,抱住双肩,也和这夜一样迷迷糊糊入梦。

初春的夜,冷。夜露把茂冻醒。醒来的茂,又听不到"咕咕咕"悦耳的水流声了。

茂发现,上游的水还在潺潺流下,自己稻田边的拦水堆被人全推了,一点水也流不进稻田。

"扑姆!"茂又骂了一句,故意把水堆全拢起。

夜黑风高,流水潺潺,茂点上烟,挂着锄头等待下游推了拦水堆的人找上门。

"小茂啊,放点水吧,下游没水了。"下游一断流,自然有人找上来。茂没想到找上来的"肇事者"竟然是秀。

茂心悸了一下。秀是看着茂长大的邻家大姐。小时候,秀经常跑来茂家帮这忙那。秀喜欢长得胖嘟嘟的茂,经常爱怜地用手刮茂的高鼻子。茂对秀依赖得不得了,成天姐姐长姐姐短地叫。秀不仅对茂有求必应,还是茂的万能姐姐:茂闯祸了,秀帮茂遮掩;被大孩子欺负了,秀帮茂出头;挨父母打了,秀帮茂疗伤。两河两山人笑秀是茂的"童养媳",秀故意拉过茂,大声问茂:"你长大了要娶我吗?"憨憨的茂嗲声嗲气地朗声回应:"我要娶姐姐!"这场面常常把两河两山人逗得哈哈大笑。慢慢长大了,茂对秀反倒疏远了起来。有一段时间,再听到人家讲"童养媳"之类的话,茂还会生气。说来也怪,就这么疏远了几年,茂心里发生了变化,暗暗地关注起秀来:哪天媒婆惜姨又带了人来秀家了,哪天秀生病了,哪天秀没出工了……碰上惜姨带人来秀家，管他是来相秀还是相秀的妹妹，茂都会赌上半天气，和谁也不说话。再到后来，茂眼里尽是秀的一举一动、一笑一颦、一喜一怒。茂承认心里偷偷喜欢着秀。

茂的"怎么会是你啊"到嘴边改成了，"你们要水，我不要水啊？！"还故作冷淡。

"不知小茂你在这，我以为没人在呢，所以……"秀的一双活泼生动的明亮大眼睛在黑夜里一闪一闪，如星星，似月亮，满盈着笑，满盈着爱。茂没看到，但茂感受到了，而且真真切切的。

"我不是人啊？！"茂故作生气，说出的话却一点也不硬气，像暴晒的土块遇着了雨水，软了，散了。

"扑哧"一声，秀忍不住笑了。在漆黑的夜里，秀的笑如肥料催禾苗勃长，如炉火让冰冷的机体复苏，如蛙求偶，如虫产卵，把茂悸动的心又狠狠地撞了一下。

茂低下了头，不敢看秀。黑漆漆的夜，茂就是想看，也啥都看不到。茂手忙脚乱地清了拦水堆，分出大半水往下流。

"谢谢小茂！"秀的话一出口，茂就感受到了多么熟悉又多么遥远的秀的如兰吹气。

茂悸动的心酥了。

秀说完独自回下游自家稻田守水了。

秀走了，茂的心还像千万小鹿在跑，在撞，在踢，在咬，悸动不安。茂是喜欢秀的。可茂知道，秀足足大茂十岁，这个年龄差，在两河两山，绝对是道跨不过去的坎。这不可能！茂提醒自己。茂也刻意躲着秀。

睡是睡不着了，茂听虫鸣蛙叫，听悦耳的水声，啥声音都变成了秀的"扑哧"笑声。

黑漆漆的夜里，秀的笑声，突然间成了像从地底下发出的绵绵不绝的"呜——呼——"声，一会又变作细细长长瓮声瓮气的"啊——喔——"阴阳调，顷刻又换为剜心刺耳的"吱——吱——"裂帛惨叫。

如鬼哭，似狼嚎，在夜深人静的田野，一声比一声凄厉，一声比一声恐怖，声声听来让人毛骨悚然。

茂站起来，循声而去，声音却又没了。

茂知道，天不怕地不怕的秀，最怕一样——虚无缥缈的鬼！茂记得自己还很小的时候，镇里有家店的云吞很好吃，秀的妈妈梅姨最爱吃。那时，秀的爸爸祥叔还在。梅姨的馋劲一上来，祥叔拗不过梅姨，便会丢给秀两毛钱，让秀端个小铝锅，去不远的镇上买回来一家人尝尝。梅姨的馋劲要是晚上来了，秀接过父亲的钱，一个人不敢去，就会来隔壁喊茂陪她一起去镇上。姐弟俩刚开始是并排走，走着走着，秀感觉后面有异响，便把茂拉到身后，自己紧走两步，跑前头去了；前面一有什么声音，秀又把茂推到前面去，自己紧跟着茂；左边有声响，赶紧让茂走左；右边有异常，又把茂推向右。前前后后，左左右右，不断地调整变化着。那时，稚气十足的茂问："姐姐怎么啦？"秀慌慌张张地告诉茂："我怕鬼。"无知无畏的茂这时倒像个男子汉，拍拍胸脯说："姐姐不怕，有我呢！"

茂拔腿朝秀的稻田跑。

可怜的秀，此刻蹲在田坎边，抱着双肩，瑟瑟发抖。

"没事，秀姐，我在呢！"茂鼻子酸酸的。

"有鬼。"秀把头埋在两腿间，弓着背，像极了鸵鸟。

"不怕！"茂走到秀身边，伸手去拉秀。

秀被吓坏了，半天不敢抬头，更不敢站起来。一双平日里生动活泼的明亮大眼睛，在黑暗中，只剩下两个白珠子，朝上看着茂，白得吓人。

"有种的出来，别躲着装神弄鬼吓唬人。"茂的声音粗哑，能割开黑暗。

田野一片寂静。

"谢谢小茂！"秀虽然还惊恐，却稍稍回过了神，站了起来。

"秀姐，你回去吧，我替你守水。"

"那敢情好！"秀生动活泼的大眼睛又出现了。

茂又心悸了一下。

"走吧，没事的，反正我都要在这里守！"

"你回上游守水吧，别又让人拦截了。"秀镇定了。镇定下来的秀恢复了干练。

秀是干练的。父亲早逝,母亲病弱。秀是长女,下面有三个妹妹。秀和母亲共同顶起了这个家,一年又一年。大家都说秀把自己的终身大事都顶过去了,妹妹们都嫁走了,家里就剩下她和母亲。秀却说,不是顶过了,是她没相中,"到街上买块肉,都得挑一挑呢,何况是个大活人?"秀挑人的眼光高着呢,大家都知道。

秀谢绝了茂的好意,留下继续守水。

"秀姐,那我上去了,有事喊我。"黑咕隆咚的,茂觉得和秀在一起特别容易心悸,便向秀告辞。说实在的,茂心里不想秀回去,茂很想和秀在一起多待会,尽管离得挺远,但同在一片田野里。

回到自家稻田,茂把拦水堆压低了,水向下流得更快更欢。

再听稻田里的悦耳水声,茂听出了诗情画意,尽管田野黑漆漆一片,什么也看不见。

眼里有诗情画意的茂,在田埂边睡着了,睡得踏踏实实的,还好梦不断。梦里,秀和自己在祠堂里拜完了堂,手挽手进入洞房。新娘子秀穿着一件大红的绣花罗衫,端坐在自己家并不宽敞的床上。秀白里透红的脸,两腮红润得像一朵刚开放的琼花。一双诱人的眸子,黑白分明,生动活泼,荡漾着令人迷醉的风情神韵。茂几次想靠近秀,都被秀娇羞地躲了过去。茂猴急了,伸出双手,不让秀躲开,一把抱过去……茂抱空了,屋子里空空的,新娘子秀不见了。茂惊吓不小,满头大汗地在屋子里,床上床下,门前门后,甚至还翻箱倒柜,着急地寻找秀……

"救——命——"尖厉的女子呼喊声就像玻璃碎片划过铁皮子,在漆黑的夜空异常尖锐。

茂惊醒了,细听,声音却没了。茂怀疑是在做梦,可刚才的声音听得真真切切。

茂向下游秀的稻田飞奔。

一个比黑夜更黑的身影在茂快到秀的稻田时,倏地朝地里跑了,一下消失得无影无踪。

"救命啊——救命啊——救命啊——!"秀瘫倒在地,喊叫声如泄洪的水,汹涌澎湃,奔流不止。

"怎么啦？怎么啦？"茂赶到秀身边，轻轻扶着秀，急切地问。

秀惊恐万分地紧紧抓住茂的手，如抓住救命稻草般，一个劲地喊叫。

"没事！我在呢。"

秀把茂的手抓得更紧，不喊叫了，却还是惊魂未定，身子在不停地颤抖。

"秀姐，没事。没事，秀姐。"茂轻拥秀的肩膀，一遍一遍地安慰秀。

惊恐漆黑的夜，慢慢平复下来。此刻的田野，除了秀的喘气声，一片死寂。

"恶霸化，欺负我！"安静下来后，秀咬着牙，一字一顿地说。

茂其实已料到。狡猾的化没走，躲猫猫了，先是装神弄鬼吓唬秀，然后……茂也知道，这么多年，化一直像块狗皮膏药一样缠着秀，也一直垂涎秀。无奈秀根本瞧不上凭着蛮力和凶悍干了无数龌龊事的化，还当面骂他"恶霸化"。

夜死寂。

"秀姐，你回去吧，我替你守着。"良久，茂说。

"谢谢小茂！"秀不肯回去，紧紧抓着茂的手。

"我陪你在这守水。"茂的手被秀抓痛了，没动，轻轻地说。

"谢谢小茂！"秀紧抓茂的手不放。

黑漆漆的夜，虫鸣蛙叫稀了，寒风夜露重了，茂把自己的外套脱下，轻柔地披在秀身上，像披上一件护体盔甲。

"我怕。"秀忧心彷徨。

"不怕！"茂一脸刚毅。

秀顺势把头靠在了茂身上。

夜寂静无比。

不寂静的是第二天，在两河两山晒谷场，茂和化大战了一场。那场大战，比当年幺叔和化的大战，更加惊心动魄。那场大战，也让两河两山见识了啥叫男人，啥叫凶悍，啥叫惨烈。

那场大战，化像当年被幺叔打怕了一样，被茂收拾得结结实实。茂的一条腿也摔断了。

守水

大战过后，秀俨然是个女主人，在茂的屋里，精心照顾孤身一人的茂。

黑漆漆的夜，茂的屋子明亮亮的，暖融融的。秀坐在茂的床头，满眼柔情地看着茂。茂脚上的被子滑落了，秀轻轻拉了拉被子，盖住茂受伤的腿。

"我怕。"茂一脸歉意。

"不怕。"秀坚毅无比。

夜又寂静无比。

门铃响起

《弟子规》云：借人物，及时还。有些借，是还不了的，却成了千古佳话，比如，诸葛借东风，张良借箸，献公借路，袁枚借书。今天和看官们讲一宗借宿的故事，事虽不能流芳，却也奇特。

这事发生在2008年，中国奥运年，那时到处兴建大别墅。世人把"魅力"戏谑为"鬼力"，把"别墅"说成"别野"。别墅嘛，大多建在郊区野外，好风景，地方偏。闲话少说，借宿的主角是一位中年男子，被借宿的是一青年妇女，单身。自然借宿的是一套位于城市郊区的大别墅。

孤男寡女，共处一墅，大家想肯定会生出诸多风流韵事来。看官，您可多想了，孤男寡女，一主一客，共处一墅，长达一月，却是相安无事，平静无比。

看官急了，说我吊胃口了，不急嘛，听我慢慢道来。

女主人

先说女主人吧，住在一套大别墅里，三十出头，端庄，白净，女人味十足，一双丽眼，甚是迷煞人。按说住这么大别墅的女人，肯定是一个自由的女人。看官，我说的自由，必须是时间自由、经济自由，更重要的是人身自由。自由的女人生活多姿多彩，不是在游就是在吃，不是在美容就是在买买买，不是歌舞就是醉酒。可这位女主人，每日朝九晚六。晚上车子入库，锁上别墅门，放音乐，更衣煮饭。要说吃的，也不复杂，煮的过程却仔细：开冰箱——食材每周采购一次，冰箱经常满满的；挑肉菜——常常想了又想，有时挑完了又放回冰箱，再换其他品种；随后认认真真拣洗，准备，最后才慢慢烹煮，或蒸或炖，或炒或炸，没有大半个钟头，饭菜是上不了桌的——辛苦干活，享受吃饭过程嘛。

饭菜上桌，打开电视，倒出半杯酒，或红酒或白酒——红酒更经常，边看电视边吃饭。电视有回看功能，热播的宫廷剧，一顿晚饭两集是必定的。

看完两集宫廷剧，女主人收拾杯盘碗碟，打扫战场。这时，一楼客厅里的大挂钟往往正好响十声。

收拾妥当，女主人关灯上二楼，进卧室。卧室里的事嘛，就不细表了，无非就是泡个热水澡，完了上床，玩玩手机，入睡。

几乎天天如是。

看官，您看出来了，对，女主人缺男人，她不出去找，也不带回来。

有人说我这么啰唆，讲这么一个既枯燥又没男人的女人有啥稀奇的？

看官，不急，奇事马上就来了。

都说乡下女人"鱼数段，粿数个"。什么意思呢？就是家里买了一条鱼，女人把鱼切了几小段，放到哪里，她是记得清清楚楚的；家里做了多少个米粿子，她也不会忘了数量。什么时候少一段鱼，少一个米粿，她都知道。当然，这是说乡下艰辛，乡下女人精明。城市里，冰箱满满的，你少块肉缺个鸡蛋，料想一般的女主人是不会察觉的。

女主人也是，冰箱里经常满满当当，每周去采购时，自己也搞不清楚冰箱里缺什么，往往是见啥买啥。可事情巧就巧在那天——女主人因为有一周没去超市买菜，将就着吃冰箱里的剩货，那天女主人想吃萝卜煎蛋，但拿出鸡蛋的瞬间又临时改变主意，不想吃了，于是顺手把鸡蛋放回冰箱。冰箱真的被掏空了，鸡蛋盒里就剩一个鸡蛋。

"下回记得要买鸡蛋了。"女主人自己嘟囔了一句，放下鸡蛋。

隔天晚上，女主人回家，照例放音乐，更衣，打开冰箱取肉菜，准备煮饭。

"蒸水蛋营养又养颜。"女主人突然记起中午和闺密在一起闺密讲的话，遂把取出来的一小包肉排骨放回冰箱，伸手去取鸡蛋。

女主人的手伸到鸡蛋盒里，顿时僵住了，接着脑子也僵住了——冰箱里的鸡蛋没了。

昨晚明明把最后一个鸡蛋放回了冰箱啊！脑子僵了很久，女主人才开始努力回想，鸡蛋哪去了呢？

没放回冰箱？

掉了？

半夜吃了？

…………

女主人想得头痛——昨夜没睡好，头本来就痛。

干脆不想了！说不想，又怎能一说就不想呢？

难道是那个男人回来了？——那是不可能的，男人曾经对天诅咒过，不再踏入这里一步，若踏入……

女主人虽然想那个男人不可能回来，可还是仔细看了看屋里的陈设——一切都和自己早晨出门一样，没人动过。女主人再回卧室，也一切如故，屋里无烟味，桌上没烟头——那个变心的男人不可能回来过。

难道有小偷？女主人检查了门窗，完好无损。

"再说了，来了小偷，他怎么可能只偷你一个鸡蛋？"女主人反问自己，"肯定是自己记错了。"

没了鸡蛋，换个菜吧。吃了晚饭，一夜无话。第二天，女主人依旧踩着阳光，九点出门。当天，女主人去了一趟超市采购食品。这一次采购，女主人长了一个心眼，特意买了容易计数的量：六个鸡蛋，三小包排骨，三小件卤鸡翅……晚上煮饭，女主人也像乡下女人一样"数鱼段，算米粿"。

这一数一算，到了第三个晚上，女主人就吓出了一身冷汗：鸡蛋又少了一个，排骨嘛，自己没吃，也少了半包……

这一吓不要紧，女主人头发根根直竖，赶紧开车出门，一刻也不敢在别墅里停留。

一个钟头后，女主人在父母和兄弟的护送下回来了。

"我说不住了嘛！"女主人向她的父母抱怨。

"姐，没事，我和爸妈来陪你住。"

进了别墅，女主人的脸还是青的。

女主人的母亲一进屋就烧香拜佛，兄弟却仔细检查门窗，从一楼到二楼到三楼，一个安全隐患也没放过。

在检查三楼客房时，兄弟听到三层半的阁楼有声响，便走上去。

半道上，一个黑影从阁楼冲下来，把毫无防备的兄弟推倒在楼梯上。等到兄弟反应过来，黑影已冲下二楼，和刚换了衣服从卧室走出来的女主人打了个照面。黑影迟疑了一下，像是想停下脚步和女主人说话，却是一句未讲，看了一眼女主人，又冲下一楼，把在一楼烧香的母亲和在大厅喝茶的父亲吓得目瞪口呆，然后夺门而出，瞬间在黑夜中消失得无影无踪。

黑影跑了，留下一屋的惊愕。

女主人却记住了那双看了她一眼，有着无比深邃的目光。

"谢天谢地！"母亲又赶紧烧香。

"世上本无鬼，我说不会闹什么鬼，这下好了。"父亲镇定下来，吩咐女儿，"明天让人把所有的安全隐患都排除一遍。"

"这里还有换洗衣服。"兄弟检查了三层半的阁楼。阁楼有点凌乱，桌上有牙膏、牙刷、剃须刀、本子……换洗的衣服整齐挂着，显然白天刚洗，没干。

"看来已住了一段时日了，你真粗心。"父亲也检查了一番，批评女儿。

"这阁楼，平日里也不会上来的啊！"女主人讲的是实话，别墅太大，她一个人只用一二层，从没上来过三层，更不用说上三层半的阁楼。

"多危险啊！"母亲拉着女主人的手，自己的脚还在颤抖。

"好在流浪汉没伤害到你。"父亲像法官，总结陈词，"事情都过去了。"

男住客

男住客，女主人父亲嘴里的流浪汉，四十出头，长得高高瘦瘦。

看官，所有流浪汉在成为流浪汉之前都有家的，就像每个人来到这个世界，都有自己的父母一样。男住客在女主人家借宿之前，在这个别墅区待了很久。

男住客第一次来这个别墅区时，这里还是一片荒地。地的前面是一条小河，背面是一个小山包。山上杂树，地上杂草，河堤杂乱。带男住客来的老板是他的老乡。老板指着这片荒芜之地对男住客说："手续办下来了，这里将开发成圣菲亚别墅区，你来建吧。"

那时的男住客，凭着吃苦耐劳和精明能干，从泥瓦工一步一步干到小包工头、大包工头，再到能带资建商品房的老板。在男住客的计划里，帮老乡建完这个别墅区，自己就开发房地产，"拿地难，先从城市的三旧改造做起！"

"只有自己当开发商，才不用给开发商当孙子。"男住客自己开发房地产的决心早就下了。

"你来建，但要带资，交楼后半年结清。"老乡望着芳草萋萋、鸟雀飞舞、杂乱无章的一大片荒地，对男住客说。

"老大，带资没问题，造价可别压太低。"老乡这些年没少关照，男住客心里盘算着，自有资金一个亿，再借点贷点，不行弄点高利息的，有三个亿，应该拿下来了。

"肥水不流外人田，造价肯定不会亏待你。"老乡拍了拍男住客的肩。

老乡人不错，的确没亏待男住客，给的价很是合理。

男住客于是二话没说，进驻荒芜之地，热火朝天大搞建设。

都说房地产是印钞机，一点不假。别墅区的基础刚冒地，老乡的别墅就开始卖了，而且越卖越火，一天一个价。楼还没建好，就全部卖完了，把老乡乐开了花。

仅仅一年时间，昔日的荒芜之地变成了精致的别墅区，一幢幢欧式风格的别墅散落在苍翠树木掩映中。别墅区里，黑白相间的外墙百看不厌；

别墅和周遭环境高度和谐统一。当时，为了这和谐统一，男住客还搬出了瑞士建筑学家凯乐的话"真正的欧式别墅设计应该是让别墅融于自然环境，需要你在自然环境里寻找才能发现的，而不是个性的张扬"来说服老乡。

楼建成了，男住客却高兴不起来。男住客按约找老乡结算，老乡却告诉他钱没了——老乡把卖楼的钱投入了股市，先是大挣了一笔，后来，市场行情不好，老乡所买的股票杠杆率太高，亏得血本无归。

老乡还不错，承诺慢慢还钱，也承诺付利息。老乡欠的工程款能慢慢还，男住客借的高利贷却是利滚利的，迟一天都不得了。

因为讨工钱，男住客尽管别墅区建好了，楼交了，却还得经常来别墅区找老乡。

在老乡从别墅区里失踪后，男住客也被追债人追讨成了失踪者。男住客最后一次到圣菲亚别墅区时，楼已交五年五个月。这里，荒芜不再，俨然成了安宁祥和的家园。

老乡在哪里？此时的男住客，已经成了身无分文的流浪汉。

都说搞电脑的，给电脑留后门；建房子的，也给自己留后门。这可冤枉了男住客。尽管这小区是男住客一砖一瓦建的，但请相信，他绝对没留后门。

就在男住客最后一次到圣菲亚别墅区的那天晚上，天很冷，又下着雨。男住客在一栋别墅的屋檐下避雨，想着心酸事，从不流泪的他泪流满面。

淅淅沥沥的春雨一直下个不停。

已经露宿街头两天了，难道连天也不可怜见？男住客心里那个凄苦，真是无法形容。

夜深了，雨却突然越下越大。短小的屋檐下已无法避雨，男住客几乎全身湿透了。

冷。被淋透后，男住客感受到彻骨的寒冷，于是站了起来。就在男住客站起来的瞬间，他惊讶地发现，别墅一楼的窗子居然没锁严实，轻轻一推窗子就开了。男住客想也没想，纵身一跃，进了屋子。

屋子就一女主人。不用说，看官们已经知道是谁了。

进了自己亲手建的别墅，男住客选择到三层半的阁楼。阁楼不大，当时是设计给主家放杂物的。从凄风冷雨中躲进来的男住客，不敢奢求广厦千万间，只求有栖身之地即可。

　　住在别墅里，男住客开头两天不吃不喝，一直在反省自己的人生。精神上的反省是要有物质做基础的，就像减肥，只有吃了饭才有力气减肥。住进别墅的第三天下午，男住客饿极了，实在顶不住了，趁主人不在，用主人的厨房和冰箱里的东西，给自己煮了餐热饭吃。男住客感觉，那是世上最好吃的一餐饭。

　　住进别墅几天后，男住客摸透了主人的情况和生活规律。每天主人一走，男住客便起床洗衣做饭看电视，反思人生。主人回来前，收拾妥当，躲回阁楼反省人生，一直没和女主人打照面，一直到一个月后的那天事发。

眼睛

　　都说眼睛是心灵的窗户，是一个人吸引另一个人的磁铁。在冲下二楼，遇到女主人的那一刻，黑影看到了如秋日晴空般晶莹明亮，又如夜空中灿若明珠的星星般闪闪发亮的一双大眼睛。

　　这双大眼睛，黑影冲出一楼后就忘不了。

　　说来也奇怪，女主人也看到了黑暗中虽是充满惊恐，却是无比坚毅、无比深邃的一双小而机灵的眼睛。那双眼睛，女主人也忘不了。到后来，女主人不仅不怨恨黑影强闯民宅，而且在夜深人静之时还时常想起那双小眼睛。

　　日子还是那样的日子，女主人还是每天朝九晚六，每天一个人仔仔细细煮饭吃饭过日子。

　　那日天黑，女主人煮好饭后，边看电视边吃饭，门铃响了。

　　晚上从不会有人来串门，也从不让人来串门，女主人任凭门铃响起。

　　"真执着。"门铃居然断断续续响个不停，直至女主人看不进去电视里精彩的宫廷斗了。

"真烦！"实在忍无可忍，女主人起身气嘟嘟朝门口走去。

猫眼里，一个变形的高高瘦瘦的男子像根杆子一样，杵在大门口。

铃声断了，高高瘦瘦的男子又伸手按门铃。

"这人真烦！"门外的人，女主人不认得，看着猫眼里变形的人，觉得又好气又好笑。

"你有本事就一直这样按下去！"男子又按门铃，女主人赌气不开，和门外的人比耐性，"看看谁更加长气。"

门外的男子真恨不得把门铃都按坏了。

女主人的耐性最终被比了下去！

"你找谁？"女主人猛地拉开门。

门外的男子没防备，愣了一下，看到女主人，马上恢复过来："张女士，我是……"

"什么事啊？"女主人没让男子说完。

男子抬起了头。

瞬间，女主人又看到了那双无比坚毅、无比深邃的小眼睛！

那是一双多么熟悉的眼睛啊！

"你——"女主人浑身一颤，说话的声音也打战。

"我是圣菲亚别墅区新接手的物业老板，我姓赵，这是我名片，多指教。"男子说完递给女主人一张名片。

烫金的名片印着：

嘉俪集团　赵嘉董事长

"你是——"女主人差点就说出"流浪汉"三个字，话到嘴边改成，"你熟悉这小区？"

"这小区是我建的，我十分熟悉。"男子一直盯着女主人的眼睛看，直看到女主人不好意思地低下了头。

"你还有事吗？"女主人恢复了常态。

"多指教。"男子走了。

眼睛不忘寻找眼睛。

不是结尾的结尾

有个事必须交代下。

2008年，男住客从女主人家逃离后，东躲西逃，过着如丧家之犬的日子。后来又从泥瓦工开始，过了几年极其艰苦的日子。在那几乎令男住客放弃了的艰辛日子里，那双灿若明珠的大眼睛一直陪伴着他。

曾几何时，为看那双大眼睛，男住客在朝九晚六的时间点里，躲在小区附近看着女主人上车下车。他甚至在夜晚借着望远镜，在小区对着那栋别墅看，可女主人很警惕，一进屋子窗帘必须拉严实，男住客一次也没见过那双眼睛。

后来，该是男住客时来运转了。昔日失踪让他成为流浪汉的老乡回来了，还托人到处找他，想跟他结清旧账。

结清了老乡拖欠男住客的账和男住客欠别人的账后，男住客找老乡商量，把圣菲亚别墅区的物业管理转让给他。男住客还把他的公司改成了嘉俪集团——他叫赵嘉，他知道女主人叫张俪。

这才有了按门铃一事。

往后，女主人家的门铃经常响起。

半边楼

一

一切都得从半边楼来了人说起。那天，金闪闪的太阳照得人发晕。我眼睛金闪闪地走回半边楼，摸索着掏出发黑的锁匙，对着鸡眼大的锁匙孔插了半天。

"你住这里？"一个陌生的声音连同陌生的躯体往我这边移来，"你是学校的老师？教什么课？"

我"嗯嗯"应着推开了门，用力关上，倒在床上，对着方方正正的天花板发呆。走廊里开始传来噼里啪啦的开锅盖、洗锅声，一天最热闹的时候将在半边楼里开演。

"你回来了？"

"你做什么菜？"

"借你一个水壶，我还没买。"

半边楼里除了锅碗瓢盆的声音外，始终有一个陌生的声音在熟悉地问询。

天特别热，我拖着疲惫的身子回半边楼，陌生人缠住我问这问那。城市就是城市，每个人都是一个圆圈圈，只有擦边的份。关起小楼成一角，管他春夏还是秋冬。

我关了门躺了好久躲开那种民警查户口式的问询。

开门出来煮饭时,陌生人又黏上来。

她称她住在我隔壁401房,她是跟她女儿一块搬来的。她女儿原是手表厂的技术员,手表厂没住房,三个女孩挤一间,容不下从乡下来的她,她便鼓动女儿调到学校来当老师。她称她女儿一来,学校便在半边楼给她们安排了一个单间。

她说她们母女俩都有说不出的高兴,她说半边楼真有意思。她问我姓啥名谁,在哪个教研室,老家在哪里。

"男孩子一个人在外可天马行空地过日子,但男孩子有时太懒,"她说她退休前当老师对学生特别是男学生,首要的要求便是要他们勤快,"我最气愤太懒而又生活无节奏的人。"

说着说着,她大叫一声,她的菜在锅里烧焦了。

二

日头圆铮铮的,黑黑的锁匙插进了黑黑的锁眼,一阵眩晕。

"我们家的小花怎么还没回来?"你们家小花是你们家小花,咱林某是林某,谁关谁屁事?我"嗯"着把一溜儿话咽回肚里。

"我煮了饭等她回来,待会儿饭就冷了。"

"哐"的一声门合上了,人直挺挺躺在铁架床上,方方的天花板,一只蜘蛛在爬呀爬。

"我们家的小花怎么还没回来?"

"已经下课了,该回来了。"

对门响起开门声、关门声和剥衣服的声音。一具白盈盈的胴体在方方的天花板上清晰起来,一会是大腿,一会是胳膊,一会是大大的奶头……

"阿英你做什么菜?"陌生的声音打碎了一幅美丽的人体画。

"番茄下面条。阿姨你还没做饭?"

"等小花回来,这小鬼,不知几时回来。"

"你先做,她或许就到了。"

"倒是。倒是。"噼噼啪啪,揭锅盖,开电炉。

"阿英啊,我们这半边楼三户人家,每次都是小林第一个回来,然后是你,我们家小花次次包尾。"

"你们家小花有你这位妈妈在操持,当然可以悠哉乐哉啦。你们家小花真幸福。"

"哪里呀,我在这每天给她做饭,她还老大不高兴呢,我真想回老家去,可我舍不下小花一个人。先前她在读书,我没退休还好,现在退了休,无所事事,要依靠她啰。"

"那不好?母女相互关照。"

"哪里的话,她说我约束了她,她可不自由了。你看,每天要她早早煮水冲凉,不要疯得太癫,还要她陪我……"

"嗒嗒嗒"。皇帝女来了。陌生人的声音戛然而断。

"小花回来啦,我可要炒菜了。"

"唉,你每天瞎等什么?看小羊似的。"

方方的天花板上有一只蜘蛛在爬呀爬。

三

疾风骤雨吹枯枝。深夜的半边楼,屋顶上枯枝败叶落下响个不停。隔壁的门急匆匆响了一下,开了又关。一阵,"嗒嗒嗒"由远而近。开门,关门。

"三更半夜才回来,去哪里疯了?"

"在同学家玩,下雨回不来。"

"是下雨回不来,还是不想回来?"

"你烦不烦,妈?我累了,要睡觉了。"

"你给我起来,你说,你今晚究竟去了哪里?"

"我不是说过了嘛!"

"你撒谎!你半夜三更跟一个男的在中大干什么?"

"你跟踪我?!"

"你自己做了好事,还怕人家知道啊?"

"你——"

"哐"的一声,门关上了。

"嗒嗒嗒"越走越远。落在屋顶上的枯枝败叶纷纷落下。

四

那天是周末,我下了课,交代一个学生将教材送去宿舍便出去东逛西荡。灯一盏一盏亮了,我才一步一步晃回半边楼。我掏出黑黑的锁匙,借着昏暗的灯光,横竖插不进黑黑的锁眼,陌生人和她女儿在,我却得不到一句"回来了"。终于开了门,拉开灯,掏出新买的三五牌香烟,对着方方的天花板狂喷,屋里屋外静极了。

周末的眼睛特圆特亮,周末的香烟特苦特涩。方方的天花板上,烟一丝一缕上升,眼睛在捕捉美女、鲜花,一会儿又演变成野兽怪物。

"哐"的一声,什么美女、鲜花一切都泡汤了,只有方方的天花板上,蜘蛛悬在巴掌大的网中央。

"小花,他明天来,你见一下,他人不错。大学生,工作好,能处事,会待人,况且,他家跟咱家是世交,信得过。"

"我明天要出去,没空。"

"小花,你就不能改日再出去?再说,你年纪不小了,过了此村没那寨。"

"你怕我嫁不出去不成?"

"不是怕你嫁不出去,妈就你一个女儿,妈不图什么,就希望你能找个好伴侣过一辈子,我又能与你们相处。"

"我条件高着呢,一米七以上,英俊潇洒,要有车子、房子、票子,还要……"

"你别挑花了眼,像上次那个,我可不喜欢,不懂礼貌,不会体贴人。"

"好了,别说了,反正我明天没空。"

"不行,没空也得留下来。"

"我偏不。"

"我要你留下来。"

"你看了满意不就得了,最多你嫁给他。"

"哐"的一声,门推开了,连着我的木板门也跟着晃动。

五

故事就发生在那天。也是金闪闪的太阳。我三四节没课,早早回到半边楼,拿水壶去装水时陌生人正在洗衣服。

"回来啦?"

"嗯嗯。"

"你们年轻人就是好,行走方便,无拘无束。"陌生人低下了头擦鼻子拭眼睛。

"阿姨你怎么啦?"

"小林你不知道。唉!"

我直挺挺躺在铁架床上,方方正正的天花板,大大的蜘蛛悬在巴掌大的网中央,一动不动。

"那个人来了。"

"嗯嗯。"

"那个人看了你的相片,听了你的情况,对你印象不错。"

"那个人跟我什么关系?"

"认识,认识,进一步再认识,何况人家对你还挺欣赏。"

"嗯嗯。"

"你到底表态呀,别整天嗯嗯呀呀,牙痛一样。"

"你看了满意不就得了,反正我不见,最多你……"

"死丫头!你拿老娘穷开心?"

…………

"跟你说,你不跟他认识不要紧,要紧的是你要看得中,看得准!"

"嗯嗯。"

"你跟上次那个究竟怎么样啦?好上三天便一月半年不见踪影。上回他来了,我问你们定了没有?他说还没成熟,我问他你们究竟要拖到什么时候?他说三年五年,谁说得清楚。你看,你等他研究生毕业了,还要等他几年,那可是一点责任感也没有的人,况且他一丁点也容纳不了我,就像我碍了你们天大的事一样。"

"嗯嗯。"

"妈希望你找个好伴侣,妈也图老了有人给点温暖。"

"好了,妈,我有事要出去。"

网中央的蜘蛛悄悄地爬到方方正正的天花板上,拉出一线,垂吊着,一上一下。依稀听见啜泣声。屋里静极了,感觉鼻子酸酸的。

六

就在那个晚上,我骑着车在自行车王国里兜了一圈,掏出黑黑的锁匙对准黑黑的锁眼,门开了,我一骨碌躺在床上。方方正正的天花板,蜘蛛在网中央睡觉。

"妈,我想结婚。"

"跟谁?"

"方之。"

"方之?!"

"是啊,妈你不是说我们老在拖吗?我们不拖了,下个月结婚。他爱我,他能给我真正的幸福。"

"……"

"方之是独生子,他老爸新近调换了一套三室两厅,不愁没房子结婚。"

"那我,我……"

"你?"

"我……我回老家吧,我住不进他家。"

沉默,难堪的沉默。

"你回老家太冷清了,你住这。结婚后我这边的房子不退。"

"……"

天阴阴的,风冷飕飕的,我裹紧大衣走回半边楼。

黑黑的锁匙对着黑黑的锁眼,插了半天。

"你回来啦?"

"回来了。"

"小林呀,我想托你件事。"

"什么事?"

"我女儿嫁了,我在这闲得慌,我想找事干,我需要接触人,麻烦你帮我打听打听有没有适合我这退休老太婆干的,只要能接触人,都行。"

"我尽力。"

七

秋风起,落叶飞。那是女儿和"驸马"来后顶嘴的第二天。我懒懒地躺在床上,看着窗外的一片黄叶在枝头上苦苦挣扎。

"咚,咚,咚——"软弱无力的敲门声。

那片黄叶在一阵大风后飘然落地。

"小林,麻烦你帮我买点感冒药,好吗?"一句"好吗"从干涩的嘴里说出,让人一怀。

"好的,好的!"我赶紧披上了外套。

"我帮你叫小花回来吧?"

"谢谢,我顶得住!"

"……"

绵绵春雨又湿又冷,新吐的嫩叶遭遇了倒春寒落了一地。我撑着一把旧雨伞回到半边楼,分不清白天黑夜。

"回——来——"声音小小的,沙哑着。眼睛红肿着,像是刚刚哭过。

"怎么啦?"

"没——没事。"陌生人悄悄摸了摸眼角。

"我帮你问过几家单位,还没落实。"我突然记起陌生人所托。

"我被骗了!"陌生人说她找工作遇到了一伙搞传销的骗子,花了几万元买了一堆化妆品。

"这些化妆品卖不出去,我的棺材本没了……"

八

天空水洗过般蔚蓝。午后的阳光织进半边楼,七彩斑斓。我吹着口哨走进半边楼。

"小林回来啦!"沉寂了很久的熟悉的声音充满了喜气。

"哦!"

"晚上请你一起吃饭,我来客人了!"

"谢谢!"

"这是老李,我的朋友。"陌生人拉着刚从屋子里出来的白发老头向我介绍,目光里满是暧昧。

两杯"马尿"喝下去,头痛得躺在铁架床上一动不想动。

"嗒嗒嗒"。

很久没在半边楼响过的高跟鞋声响起来了。

"妈,这么急找我有什么事?"

"没事就不能喊你回来看看老太婆啊?"

"妈,我很忙,有事快说嘛!"

"……"

"妈,什么事?"

"没事了,你走吧!"声音小了下去。

"妈,没事你捣什么乱呢!我走了啊!"

"嗒嗒嗒"。高跟鞋声越走越远。

"你回来!"声音骤然大起来。天花板上的蜘蛛网晃了晃。

"怎么啦,妈?"

"明天我要搬到老李那里去住！"

"你又玩什么新花样！"

"我能玩什么花样？你嫁走了，我无依无靠，找个伴不行吗？"

"你怎么就成了无依无靠呢？你搬到他那里想多认几个儿子，我可不想一下子多了那么多个哥哥！"

"我的事我自己做主！"

"我不同意！"

"你给我走！"

"哐"的一声，门重重关上。我屋里的蜘蛛赶紧躲进网中央。

九

六月的天，台风总是在烈日后不期而至，狂风夹着暴雨把半边楼吹打得摇摇欲坠。

"咚，咚，咚——"有人敲门。

"谁啊？"

"小林，帮我开开门。"是离开了半边楼数月的陌生人的声音。几绺白发贴在脸上，浑身雨水在流，身边的包湿透了。

"阿姨你怎么啦？"睡眼惺忪地打开门，我吓了一跳。

"很久没开这间房子的门，找不到锁匙，麻烦你帮我开一下门。"

"你要搬回来吗？"帮她撬开了房子的门，陌生人默默从包里取出被淋湿的衣服和日常用品。

"我辛辛苦苦给人家当保姆，可人家的小孩容不下我！"

"……"

炎炎烈日炙烤下，原本就隔热不好的半边楼如蒸笼。圆脸风扇转着转着就发出不耐烦的声响。

"热死啦！"挎着一个小提包，汗津津的脸上黑红黑红的，陌生人气喘个不停。

"哎,你回来啦?"

"养老院不是人住的地方,规矩还不少。"陌生人一边擦汗一边抱怨,"出去一下要报告,吃饭睡觉要定时,还有,养老院里的都是一伙一伙的,新来的根本融不进去。"

"……"

"还是住在半边楼好!"

十

灰蒙浑浊的天,夹着一丝丝冷意,叫人不敢出屋。我披着皮夹克拿着黑黑的锁匙捅黑黑的锁眼。

"小林,学校后勤处的刚刚来找我,说是我女儿结婚后分了房子,这房子要退回给学校了!"

"哦!"

"我和后勤处的说了,我没地方住。后勤处的说,我不是学校的教职员工,他们管不着!我女儿结婚一年多了,我不能再占着这房子。他们安排了新的大学生住进来!"

"小林,你是学校的老师,你能不能和学校后勤处说一说,这房子不要安排人住进来?"

"我——"

"我和女儿闹翻了,老李的家又住不进去,我怎么办呢?"

"……"

太阳早早就晒到了我的被窝,我很不情愿地起床。

边刷牙边看着灿烂的阳光,心想今天无论如何是个好天气。可刷着刷着,天空忽然飞来片片黑云,继而下起了雨,天一下就转了。

"小林,学校催了一遍又一遍了,我不能再赖在这里不走。"

"阿姨你要搬走了吗?"

"今天早上搬。"

"搬去哪里?"话一出口,我就知道多嘴了。

"……找了间出租屋。"陌生人声音低低的。

"要不要帮忙?"

"谢谢!在这里住的这段时间让你费心了。"

"不客气。"

"小伙子快结婚了吧?这玉镯送你新娘子,就说是半边楼的老太婆送的,权当是咱们住了这么长时间的纪念。"

"不要。谢谢。"

"不用客气。但阿姨劝你,你们这一代都是独生子女,可别娶了媳妇忘了娘哦!"说话像打机关枪一样的陌生人硬把玉镯塞给我。

瘦。两脚伶仃。我接过玉镯发现陌生人与刚来时一样陌生。

"小伙子,希望你将来生双胞胎。"陌生人抬着风干了的苹果般的脸意味深长地笑。那笑带着一丝苦涩。半边楼的陌生人走后便没了音信。后来听说是出家了。又有人说死了,死得很惨,死后三天才被邻居发现。反正,半边楼的陌生人再也没了故事。

若干年后我结婚,将玉镯送给妻子,我咬着妻子的耳朵说,要生双胞胎。

锅城战事

一

　　县志载：1947年冬，解放军某部经锅城西进，遇国民党守军负隅顽抗，双方激战十余天，国民党部队溃败，解放军顺利过锅城西进。

　　不足百字的记载，难解黄辉心头之谜。这战究竟打了多少天？伤亡情况怎样？对锅城影响如何？锅城百姓是否参与了战事？等等。语焉不详。

　　年轻的黄辉可以确认的是，锅城百姓是参与了战事的，而且很多人还为此付出了生命。因为，黄辉打小就听说了爷爷在那场战事中失踪了。

　　爷爷是怎样失踪的？黄辉问父亲，父亲从未见过爷爷，讲不出所以然。问年迈的奶奶，奶奶反反复复讲的是爷爷在一天早晨去南山放牛后，就再也没回来了。当时胖胖的她挺着个大肚子，像个圆滚滚的西瓜，很喜感，却哭得很凄惨……如今，干瘦干瘦的奶奶说完还要哭半天。

　　黄辉问了很多人，没一个能讲清爷爷的情况。有的说可能随解放军走了，有的又讲可能被国民党抓了壮丁，莫衷一是。

爷爷的事困惑了黄辉很多很多年。

黄辉想，只有揭开那场战事之谜，爷爷的历史才能清白，黄家的历史也才能清白。

人到中年的黄辉，在一个冬日的午后，太阳偏西时，突然一拍头发越来越稀少的脑袋，说了一句酝酿了很久很久的话。

那句话后来改变了黄辉的后半生。

为了那句话，黄辉把干得好好的工作辞了，一头钻了进去。每天，像只勤劳的蜜蜂，永不疲倦地在旧纸堆里、旧人事里、旧址里，查找、考证、研究，采集黄辉自己讲的"希望之蜜"。

多年后，黄辉采集到了"希望之蜜"——捋清了锅城战事，还原了那段历史，写出了两部鸿篇巨制：《锅城战事纪实》和《锅城英烈传》。

两部鸿篇巨制得到了很多专家的肯定，更为许许多多参加了战事的锅城人的后代推崇。

二

"那是一场惊天地、泣鬼神的战斗！"

巨著的出版发行，让黄辉成了锅城历史名家。成了名家的黄辉四处讲述研究成果——锅城战事。每回讲述那一段彪炳千秋的战事，黄辉常常这样开场。

讲述锅城战事几乎成了黄辉后半生生活的全部和全部生活。

日复一日，年复一年。

再苦再累，只要一坐上演讲台，黄辉必定红光满面，一开口，又必定是声如洪钟：

咱锅城立城四百年，自古"饶永不脊，平永不乱"。咱锅城是块好地、福地啊。你看，锅城，真如其名，像一个平放的大铁锅，锅沿四周是高耸入云的山，锅底是平缓的丘陵。高山是锅城的天然屏障，丘陵为锅城人提供了衣食保障。锅城虽不大，却俨然是个世外桃源。正因如此，锅城人虽不是幸福到"不知有魏晋"，却是实实在在没见过战争。

战斗是在隆冬腊月，从城东边最先打响的。锅城人初初一听枪声，大为惊骇，哪来的枪声？！

东边的战斗越来越激烈，枪声响彻三个昼夜，外头的部队攻破了守城部队的东边防线，越过高山，进城了。城里一下子有了两支部队，锅城人这才真真实实感受到了战争。

"强龙难斗地头蛇。"

"那也未必，不是猛龙不过江。"

开始，锅城人对两支部队指指点点，战斗似乎和锅城人无关。

城里无险可据，地头蛇以退为进，放弃东边，退守西边出城口——锅城有天险可守，进出只有一条道，你从东边进来，只能从西边出，要不就得打道回府。守城的部队似乎看穿了外头部队的战略意图——你进来了，我叫你出不去。

外头部队确实不想在锅城久待，他们的任务是借道西进。在城里稍事休整，做了宣传后，红军——锅城人早年见过借道东进抗日的红军，感觉这支部队和早年的红军队伍一样，也把他们叫红军——向西边发起猛烈攻击。

白军——与红军相对应，锅城人先前就把守城部队叫白军——凭借天险，集结部队，牢牢扼守西行出口。

红军一次次进攻，一次次无功而返。

战斗双方虽伤亡惨重，却是谁也未曾占到便宜，打成了僵持战。

锅城人这回真真切切感受到战争的切肤之痛。

三

人生道路千万条，选择最重要。

黄辉每回讲像他爷爷黄克一样的许许多多自觉走上革命道路的锅城英烈时，总是发出感叹。

经黄辉研究，当时锅城很多青年男子，昨天还在西山、南山、北山放牛，西山是断断去不得的，今天就穿上了不同的衣服上了西山战场。不同的是，参加山下红军的是被那个穿着草绿色军装，戴着红五角星帽子，能说会道的首长，带着同样穿军装戴五角星帽子的漂亮女兵给说走的，走时兴高采烈；而参加山上白军的，多数是被白军碰上，用枪顶着上山的，个个如丧考妣。

在黄辉两本厚厚的专著里，爷爷黄克就是在那时走上革命道路的。当然，黄克走上革命道路，有点曲折，却是幡然醒悟的自觉行为。

那是红军和白军在锅城西山对峙胶着的第十天，此时双方伤亡惨重。鲜血把西山的石头、树木都染红了，从西山山沟里流下的水也是红的。那天，戴着红五角星帽子的红军首长，这回没带着漂亮的女红军，一个人到锅城祠堂前游说。红军首长告诉锅城百姓，为了解放全中国，女红军上了战场，此刻正在西山上英勇杀敌。红军首长深情地回忆起女红军的英勇战斗史：长征时，面对国民党的围追堵截，毫不畏惧；抗日那阵，头顶是日军的飞机，身边炮弹横飞，英勇奋战；就在昨日的西山战场，巾帼不让须眉，冲锋在前。

"好男儿就应该像她，上阵杀敌，解放全中国！"红军首长给大家描绘了解放后的新中国：人人平等，个个当家做主，过上幸福生活……

家从来都是父亲在当，即便自己结婚了，快当父亲了，父亲还是把自己当小孩一样管着，自己什么时候能真正当家做主？站在空旷的祠堂前，一想到今后自己可以当家做主，黄克就像喝了半斤龙井烧，浑身燥热，又仿佛听到了满涨的血液自下而上在燃烧的"噼噼啪啪"声。

"我想参军！"

"我跟部队走！"

"我要解放全中国！"

热血沸腾的锅城年轻人，激动的喊声也是此起彼伏！

一声声醍醐灌顶的喊叫，让黄克在燃烧的满涨血液终于找到了泄洪口，就像新婚之夜，燥热、紧张、满涨的黄克在一阵手忙脚乱中准确找到了靶心。他兴奋地大声地喊："我也要跟红军……"

"呜——啊——"的哭声，绵长得可穿山过海，尖厉得可刺心剔骨。妻子捧着大肚子那声"呜——啊——"，就如那次出门多天，刚回来，正爬上妻子的身子,准备入巷时,父亲在大厅里喊"着火了",黄克雄赳赳气昂昂的东西立马缩回了一样,黄克把"走"字硬生生咽回了喉咙。

就像生生咽下了一口刚出锅的番薯,黄克难受无比,茫然无措。

妻子"呜——啊——"的哭声还在此起彼伏。

"你若敢去当兵,我就死给你看!"黄克父亲当着红军首长的面扇了黄克一巴掌。

红军首长的宣讲原本效果十分好,没想到会有这么一出,赶紧打圆场,告诉黄克,先守好媳妇,平安把小孩生下来,这样将来革命成功了,才有接班人。

黄克父亲对红军首长千恩万谢,黄克虽是一百个不情愿,噘着嘴,气哄哄的,却也没办法。

第二天,黄克像往常一样,赶着家里几头牛去南山放养。在山上,黄克看着一事无成的自己,听着响个不停的隆隆炮声,想到今后可以当家做主,越来越激动。终于在那个冬日午后,太阳偏西时,朝锅城家里的方向跪下,重重地磕了三个响头,然后起身,大步流星向红军的驻地走去。

正在吃草的公牛抬起头,在黄克身后低沉粗哑地"哞——"地长叫了一声,算是为黄克送行。

彼时的西山,战火正酣。

黄辉在书里写到这一段时,描述道:"那真是壮烈啊!炮火把西边的天空都染红了,一时间,炮声连天,火焰四起,白云尽染。"

三天后,战事结束,国民党军溃败,红军顺利出城西进。

那三天,等不到黄克回家的妻子,整天捧着大肚子,"呜——啊——"绵长、尖厉的哭声一会换成"呜呜呜",一会又换作"哇哇哇",到了晚上,夜深人静了,又变成了蜜蜂般的"嗡嗡嗡"……反正是哭个不停。父亲则托人四处寻找黄克。战事一停,父亲第一时间亲自到西山找——父亲坚信,黄克一定跟着那个红军首长上了西山。

此时的西山,遍地焦土,余火尚燃,鲜血未凝,尸横遍野——或身首异处,或烧焦变形,或深埋土中,惨不忍睹。

找了三天三夜,父亲找不到黄克的尸首——在黄辉的《锅城英烈传》

里，很多烈士都和黄克一样，尸首无法辨认。在一具疑似黄克的尸首前，父亲强忍着不让泪流下来，却跪着久久不起。

"爷爷是英雄！"那句改变了黄辉后半生的话，黄辉此刻又脱口而出。

四

历史是沉重的。揭不开沉重，真相永远尘封。

因黄辉的精心研究，锅城成了红色之城、革命之城、英雄之城。

也因黄辉揭开了尘封的历史，很多长眠西山、多少年默默无闻的锅城青年男子，一个个被还原成有血有肉、活生生的英雄。很多锅城人的家门口，在时隔四十年之后，钉上了"烈士之家"的牌子。

锅城因黄辉而名扬，黄辉因锅城而名就。

每每看到家家户户金灿灿的"烈士之家"牌子，黄辉无比欣慰。

夜深人静之时，捧着爷爷的烈士证，黄辉就像当年奶奶捧着大肚子，虽不哭却也一样沉重。

五

冬日的午后，太阳已偏西，金黄的阳光照在半躺半坐在书屋中央沙发上的黄辉身上，乍一看，黄辉浑身金光闪闪，就像传说中的神一样，会发光。

阳光太可爱了，享受着暖暖阳光的黄辉，打起了盹。

恍惚中，有个年轻人进来，静静地陪黄辉坐着晒太阳，静静地打量着黄辉。

黄辉惊醒了。身边果然坐着一名年轻人，乍一看，像儿子，却又比儿子时髦。

"伯，您醒了。"来人一口软糯的、甜甜的、嗲嗲的普通话。

"你是……？"黄辉功成名就后，经常收到各种请教的、奉承的、求证的，甚至还有质疑的信，也经常有人慕名上门讨教。

"我从台湾来，专程来拜访您。"来人站起来，伸手扶了扶黄辉。

"贵姓？"来人和儿子长得像，黄辉迎着金黄的阳光，感觉十分亲切，细细打量来人。

"我姓黄，也是锅城人。"来人彬彬有礼，补充道，"我曾祖父参加过锅城战事，像我这般年纪就到了台湾。"

黄辉顷刻间有了一丝慌乱。

家里无外人，黄辉亲自给来人倒了茶，细细聊起来人的曾祖。

一老一少的话很稠。金黄的阳光在客厅里慢慢地爬行，从客厅中央爬上了客厅的后墙上端，行将消失。

阳光没了，一老一少还在聊，就像当年爷爷没了，奶奶还在哭，爷爷的父亲还在执着地寻找一样。

天黑透了，孙子来书屋请黄辉回去吃饭，两人还没聊够。黄辉告诉孙子，他要和客人去酒楼吃饭，不回去吃了。孙子听说去酒楼吃，想跟着，黄辉不让，破例自己一个人带着台湾来人到锅城最好的饭店时光里吃晚饭。

台湾来人让黄辉惊吓不小。送走了台湾来人，黄辉既兴奋又失落。兴奋了两天，却又高兴不起来了。黄辉就是这样，再高兴的事，隔天就没了，再难受的，顶顶也过了。唯一长久的，就是黄辉的执着，那是对锅城战事的执着，对两本厚厚专著的认真。

台湾来人走后，黄辉却不再看自己的两本专著和爷爷的烈士证，仿佛它们长着牙般，看一眼都会被咬到。

国庆前，陆续有人来请黄辉去讲述锅城战事。黄辉不再像先前逢请必到，而是小脚女人般，扭扭捏捏，能推则推。

不出门讲锅城战事，黄辉又成天无所事事，闷闷不乐的。

闷了一段时间，黄辉病了一场。

家里人都说，黄辉只要出去讲锅城战事，就像鸟儿出了笼，再疲再累，再苦再痛，都立马精神抖擞，生龙活虎。黄辉生病，都是因为好久没有出去讲述锅城战事惹的祸。

病好后，家里人纷纷劝说黄辉赶紧答应了人家，出去讲讲锅城战事。

黄辉却以年岁大了、脑瓜不灵、腿脚不便、嘴巴不利索为由，不愿再出去讲锅城战事，也不再执着地研究锅城战事。

很多人惋惜，黄辉一生所爱，现在却是爱不了，何其可惜。

不讲述不研究锅城战事的黄辉，常常在书屋里坐着发呆，一坐就是大半天。

轰轰烈烈的锅城战事，因黄辉的老去，慢慢地被尘封了。

六

历史是无法尘封的，特别是锅城这一段辉煌的历史。在上下开展革命传统教育时，锅城战事屡屡被提出。作为这段历史的活字典，黄辉也老被大家惦记，什么时候能再给大家讲一段？

黄辉一再推辞，说老了，讲不动了。

儿子煌自告奋勇，想接过父亲黄辉的班，继续讲锅城战事。

黄辉不愿意儿子接班。黄辉总觉得，长得和自己年轻时一模一样的儿子煌，却和他不一样，眼高手低，且又浮躁沉不住气。黄辉自小不待见儿子煌。

老先生黄辉不讲，上面一时半会儿又找不到人讲述那段历史，便没马使唤牛，让煌代替黄辉讲述锅城战事。

煌天生有股自豪感，讲起锅城战事，绘声绘色，活灵活现。大家评价，煌有乃父之风。

讲了一段时间锅城战事后，煌跟上面提议，要发扬光大，将《锅城战事纪实》和《锅城英烈传》改编成电视剧，让锅城更好地走向全国。

上面同意了煌的建议。黄辉却坚决反对。

"这么好的题材，既弘扬主旋律，又传播正能量，既有市场，又能叫座，为什么拍不得？"儿子自然不愿放弃。

"历史题材不好拍。"黄辉就是不同意。

"我们会取舍好，既尊重历史事实，又兼顾现实，还能体现艺术性。"

"你没拍过电视剧。"

"什么都有第一次！你不也是半路出家，人到中年才研究锅城战事的吗？"儿子认准的事，十头牛拉不回头。

"我说不行就不行。"黄辉不和儿子理论，直接下结论。

"不行要有不行的理由，没理由，这剧我们立项后就开拍。"儿子有上面的支持，底气十足。

"你敢？！我找上级，不让你们立项。"黄辉有点打横着来。

"你爱找找去，我看你就是存心不愿我好。"见父亲打横，多年的怨气一齐涌上儿子煌的心头，"你有两本大部头，功成名就，可以躺着吃老本。我呢，继续照着你的套路讲，一辈子拾你的牙慧？"

黄辉没吭声。

"你就是怕我超越你。"儿子越说越激动。

话赶话，到了这份上，没法商量。儿子煌甩门而去。

黄辉坐着闷闷不乐。

儿子煌拍电视剧的决心十分大，办立项，筹资金，忙得不可开交，"我就是要把这连续剧拍好拍叫座"。

为阻止儿子煌拍电视剧，黄辉真的给上面打了电话，阻止其立项，却被告知领导对这事十分重视，非拍好不可。

在立项问题上阻止不了，黄辉便打电话给之前来过的台湾来人，电话里，黄辉没告诉他什么事，只喊他速来一趟。

"伯，您不叫，我还不敢来呢？有什么事吗？"

黄辉想让台湾来人一起来阻止煌拍电视剧。

没料到台湾来人和儿子一样，嗲嗲地反问黄辉："这么好的题材，为什么不拍？"

"我们可是有约定的。"

在那次黄辉单独请台湾来人的饭桌上，黄辉和他神神秘秘地做了个约定，只是谁也不晓得这一老一少约定了什么。那次见面之后，台湾来人就再也没来了。

"伯，我晓得我们的约定，你放心。"

…………

说服不了台湾来人，黄辉气嘟嘟的，几天不出门。

台湾来人却主动去找煌，提出要投资拍摄电视剧。

煌自然十分高兴，高高兴兴地和台湾来人称兄道弟。

见台湾来人不配合，黄辉只好釜底抽薪，在《锅城日报》上刊登了启事，然后把儿子喊到跟前，指着报纸上的声明，一字一顿地告知儿子：未经黄辉本人同意，《锅城战事纪实》和《锅城英烈传》不得改编。

老爷子黄辉以为这样能拦住儿子煌拍电视剧。没料到煌不屑一顾，冷冷地告诉黄辉，锅城战事如今在锅城无人不知，无人不晓，他们剧组请了名家重新创作，不改编，也会有剧本。

这下可把黄辉气得够呛。

眼看阻挡不了儿子煌拍电视剧，黄辉闭门几天不出后，做出了个令人不解的决定：回收自己的两本著作。

儿子煌的电视剧《锅城儿女》拍摄进展顺利。

黄辉也没闲着，发动亲朋，四处回收自己的两部作品。

每天，望着堆得满满一屋子的书，黄辉一个人在屋子里呆呆坐着，从早坐到晚。

忙于拍电视剧的儿子煌，没感觉到父亲黄辉正在迅速地老去。

黄辉真的老了。

七

电视剧《锅城儿女》杀青了，首播仪式上，儿子煌遍请锅城乡贤和与锅城有关的名人。

迅速老去的黄辉自然不愿意出席。

"这部连续剧之所以能面世，首先得感谢我的父亲，是他几十年如一日研究锅城历史，收集锅城史料，为锅城还原了一段可歌可泣的历史真相。"儿子煌在首播仪式上，情真意切，"我们将通过这部电视剧，让锅城的子孙后代，让全国人民记住包括我曾祖父黄克烈士在内的许许多多的锅城先烈。是他们，为了锅城解放，为了我们今天的幸福生活，抛头颅洒热血。英烈永垂不朽!"

台下掌声雷动。

电视剧《锅城儿女》播出大获成功,锅城人每天晚上守着电视看剧。锅城人茶余饭后,说的尽是剧里的人和事。这部电视剧也让世人记住了黄克、黄勇、黄家信等一批英雄,记住了锅城。

黄辉一个镜头也没看。

八

电视剧热播那阵,黄辉夜里老做梦,梦里老有一个年轻人被枪顶着上了西山战场。

一次又一次梦见同样的场景。梦里年轻人的脸既清晰又模糊,既陌生又熟悉。黄辉每次凑过去想看那年轻人究竟是谁,年轻人的脸总是一闪而过,模糊了。

黄辉醒了,大汗淋漓。

冬日的午后,太阳已偏西,金黄的阳光照在半躺半坐在书屋中央沙发上的黄辉身上。阳光暖暖的,黄辉迷迷糊糊睡着了,被枪顶着的年轻人又来了。年轻人被粗大的麻绳捆得严严实实的,低垂着头,极不情愿地朝西山战场走。黄辉喊他,年轻人像没听见,头也不抬,继续朝山上走。黄辉跟着年轻人跑,快跟上了,年轻人突然回过头来,居然对着黄辉笑了。年轻的脸好像是儿子,又像台湾来人,黄辉伸手去拉年轻人,年轻人先是脸模糊了,继而人不见了。

黄辉双手还想抓什么,只听"啪"的一声,黄辉醒了。沙发旁堆得高高的《锅城战事纪实》和《锅城英烈传》被黄辉的手推倒了,散了一地。

看着一地的书,黄辉双手紧紧抓着沙发扶手,呆呆的,久久回不过神。

阳光在书屋里慢慢地爬着,爬着。

阳光爬离了黄辉的身子,穿着一身黑衣服的黄辉显得更黑更暗了。

黄辉起身,掏出手机,叫了部车,把一屋子的书拉到锅城西山上,焚了，一页不剩。

　　随书一起焚的，还有黄辉悄悄埋在书堆里的爷爷的烈士证。

　　升腾起的火焰，如血，映红了锅城的西山。

寻找国强

家教

从系学生会接过家教名单时，虽然极不情愿地交了四十元介绍费，心里却美滋滋地盘算着：一个钟头十元，一次两个钟头，一个星期两次，一个月家教就有一百六十元，除去四十元介绍费，一个月一个家教就有一百二十元收入。勤快点，一个月找两个家教，当月的生活费就有了着落了……

星期六上午，照着地址去认主儿。东转西转就出了城，地址上没有街道名，没有门牌号码，只落了"渔民新村对面，自编号×××，×××人"字样。

好不容易找到城郊的渔民新村，村对面原来是一片农田，现在正等待开发，到处堆着垃圾。几间工棚，零星散落在杂树荒草中。

会不会搞错了？我掏出纸条，纸条上的字样清晰可辨。我只好推着浑身响就是车铃不响的自行车沿着田埂往远处的工棚走。

田埂两边，堆满垃圾，恶臭阵阵。老鼠在垃圾里乱窜。苍蝇成群围着发出腐臭的尸肉，人一走到，轰炸机般"嗡嗡"叫着在尸肉上盘旋。白的，红的，黑的，各式各样的塑料袋一半压在垃圾堆里，一半随风飘舞，像一个个幽灵在呜呜诉说。

我捂紧鼻子，感到快要窒息了。

住在这种鬼地方的人难道也请家教吗？

希望就像胀大了的肥皂泡，岌岌可危。

学生会联系过的，不会有错。我一边捂紧鼻子，一边安慰自己。垃圾堆里住的主儿，兴许比城里斤斤计较的知识分子还阔气呢！

这样一想，就好像钱已进了口袋，感觉臭气淡了。

"哎呀！"踩到了软绵绵的东西，抬脚一看，妈呀！是一堆狗屎。

"倒霉！"我把皮鞋在垃圾堆旁的草丛里擦了又擦，心里升腾起的一丝希望就像杯子里的啤酒，泡沫少了，杯子空出一大截。

转过两间工棚，是几间露天的猪圈。圈里，一群脏兮兮的猪在"嗷嗷"叫；圈外，猪屎猪尿横流，腥臭扑鼻。

前没村，后无店，难道我要找的主儿就住在这？

"刘国强在吗？"隔着猪圈，我对着猪圈后面的一间低矮的小工棚大声喊。

没人应答。

"刘国强是不是住在这里？"我又大声喊了一遍，然后迅速捂住了鼻子。

还是没人应答。我感觉被人玩弄了，心里蓦然升起一股无名火，脸憋得通红，脚狠狠地踢起一块石头。

就在这时，一个约莫八九岁的男孩从猪圈后面的工棚里探出头，蓬头垢面，怯生生的，像做了错事一样。

"您找刘国强？"男孩的声音在颤抖。

"刘国强住在这？"我没好声没好气地说完后又捂住鼻子。

"您是华师大的哥哥吗？"蓬头垢面的男孩还只是探出个头，声音小小的，怯怯的。

"你怎么知道？"我愣了一下。

"我姐请您来当家教，我就是刘国强。"

"你就是刘国强？！"我忘了捂鼻子，一阵臭气直灌鼻子。

"呕……"我终于忍不住呕了起来。

"对不起，这里脏。"男孩出了工棚。我突然发现他破烂的裤腿里空着，他是爬出工棚的木门槛的，低垂着头，一脸惶惶然。

我心里咯噔了一下，没说话。

见我没说话，男孩的头低得更低了。

"你姐姐呢？"我打破难堪的局面。

"我姐姐出去捡东西了，她可行了，她说她不认字，她要帮我请最好的家教。"

"你家大人呢？"

"他们不要我和姐姐了，不知道去了哪里。"泪顺着男孩满是尘垢的脸往下流成了两道沟。

我震撼了，怔怔地看着男孩。

男孩一直像做错了事，始终不敢看我。

"这里太脏了，您还是走吧，大哥哥。"见我呕出了眼泪，男孩十分愧疚，几乎是哭着说。男孩说完往工棚里爬。

我强忍着臭气，跨过猪屎猪尿流成的沟，牵着他黑黑的手，跟着他进"屋"。

男孩终于抬头看我了，泪却流得更欢了。他把我的手攥得紧紧的，生怕我会走掉。

不足两平方米的"屋"，只有门口透进来一点光，地湿滑湿滑的，到处堆着瓶子、纸捆……在"屋"里，我足足站了几分钟才适应过来。

男孩说，三年前，父母带着他和姐姐从湖南过来住在这工棚里；一年后，父母就走了，谁也不知道他们去了哪里。

"隔壁养猪的光头老欺负姐姐和我，我要读书，读了书有出息了，他就不敢欺负我们了。"

男孩说，他姐姐出去捡东西卖，卖了钱买回东西吃，姐姐还攒了钱要供他读书。

说到姐姐，男孩脸上放光。

正说着,"屋"外有人叫:"屋里谁啊?"

"姐姐,是大哥哥,华师大的大哥哥。"男孩冲着门口高兴地嚷。

"哦,大哥哥您好。不好意思,太乱了。"

同样是一个蓬头垢面的小孩,约莫比男孩大两三岁,瘦瘦弱弱,风一吹就倒,肩上却背着个大竹篓,竹篓里装着小山般的酒瓶子、纸捆。

女孩进了"屋",放下纸捆,摆放了瓶子,极力想让"屋"整洁起来……

黄昏时,我结束了家教,准备回校。

"大哥哥,我们钱用光了,您还会来教我弟弟吗?"

冷不防,女孩的一句话把我问住了。我来家教,不就是为了挣钱过日子吗?可是……

"会的,会的!"我低声说,好像做了亏心事。

"谢谢大哥哥!"女孩扑通一下朝我跪下磕头,弄得我手足无措。

我拉起女孩。女孩起来后径直走到"屋"角,掀开纸捆,抽出两张十元,红着脸递给我。

"我不能收他们的钱!"我心里一遍又一遍地对自己说。

"大哥哥,您不收钱,您就再也不会来教我了。"男孩眼泪在眼眶里打转。

"我收,我教!"我的眼泪也在眼眶里打转。

约好的时间要去给男孩家教时,辅导员叫我去给他办一件事,没去成。

再次要到男孩那里家教时,我给男孩买去了一套小学教材。

可是,我到男孩住的工棚时,男孩和他的姐姐已经搬走了。

平安教材

那套花了我半个月伙食费买的小学教材,一直整齐地摆放在我宿舍的书桌上。每次看到,我都愧疚万分。

住在工棚里请家教的小男孩和他的姐姐搬到了哪里?怎样才能把教材送给小男孩?

这是一对可怜的小姐弟！弟弟有残疾，父母又抛弃他们，姐弟俩住在待开发的城郊接合部工棚里，靠捡垃圾为生，还要受尽欺凌。

这也是一对积极向上的小姐弟！尽管孤苦可怜，却不忘学习。

我为我未能在约好的时间去给小男孩家教而深深自责。

无数次的愧疚和自责后，一个星期六上午，我再次去小男孩和他姐姐住过的工棚，碰碰运气，看能不能遇到他们。

还是推着那辆浑身响就是车铃不响的自行车，沿着田埂往远处的工棚走。

希望能见到小男孩和他的姐姐。

垃圾狗屎苍蝇老鼠依旧，工棚却被推倒了，推土机已开进来了。

刘国强，这是小男孩请家教时用的名字，你和你姐姐在哪里？我对着被夷为平地、曾经给小男孩补过一个上午课的工棚，大声喊。

回应的只有不远处正在作业的推土机的轰鸣声。

我失望地离开工棚，回学校。

在学校里一看到桌上崭新的小学教材，我眼前就一直回放着小男孩的姐姐听我答应不会因为他们钱用光而不教她弟弟时，朝我扑通一跪。还有眼里闪着泪花的小男孩担心我再也不来教他，眼眶里在打转的泪。

我心里久久不能平静。

无数次的不平静后，我决定，我一定要找到刘国强和他的姐姐，把教材送给他，认认真真给他家教。

为着这个决定，有段时间，只要有闲暇，我就骑着我那辆浑身响就是车铃不响的自行车，在捡垃圾人聚集的地方，寻找腿部有残疾的刘国强和他的姐姐。

城郊的工地，城中村的废品店，市区的天桥下……我向无数人打听过。

小男孩和他的姐姐却如泥牛入海，一去不复返。

无数次的寻找和失望之后，我心里只希望，小男孩的父母突然间回来了，把小男孩和他的姐姐接走了。

但愿如此，但愿小男孩和他的姐姐安好。

我发现，无数次寻找小男孩和他的姐姐后，我和小男孩小女孩居然紧紧地联系在了一起。

学校宿舍正在大搞基建，校园里尘土飞扬，书桌上的教材落了灰尘，我轻轻掸去灰尘，找了一张旧报纸，把教材包起来。

报纸包好的教材，看不出是教材，我便找来毛笔，郑重地写上"教材"两字，想了想，又在上面添了两字，"平安"。

"平安教材"还是整齐地摆在我宿舍的书桌上。

又是一个星期六，宿舍里其他同学还在梦周公，习惯早起的我坐在书桌前看书。看着看着，我看到了"平安教材"。捧着教材，我又看到了小女孩的扑通一跪和小男孩眼里在打转的眼泪。

我泪眼模糊地拿起笔给"平安教材"四个遒劲的毛笔字勾边，仔仔细细地勾。

最后一个字勾完边后，我立即起身跑出宿舍，骑上自行车去了更远的城郊接合部，找小男孩和他的姐姐。

希望就像胀大了的肥皂泡，每一回都破了。

只要他们还在这座城市，我一定会找到他们，尽管希望一次次落空，我却不气馁。每到一个地方，我就在图上标注，把一张地图标得斑斑点点。"平安教材"四个字也被勾了无数次边，红色蓝色黑色的勾边把四个字勾得越发肥大，越发醒目。

期末忙，再没在地图上标注过。考完试后学校放假了，我收拾行李准备回家过年。捧着一个学期来送不出去的教材，半年来恍如做梦，我心里滋味万般，小心翼翼地把教材锁进柜子里，我问自己，下一学期我还会再去找小男孩和他的姐姐吗？

我被自己问住了。走出宿舍，漫无目的地在校园里转，转了很久很久，一股异味扑鼻而来，让我打了个激灵，不知不觉又转到一个垃圾站——这半年我经历了无数垃圾站。

"大婶，忙着呢！"一个穿着工装的中年女人正在垃圾站忙碌着。大半年的习惯，又让我上前去搭讪，尽管我在心里告诉自己绝不会这么巧，小男孩和他的姐姐不会来过这里。

生活真的比小说还巧。我一说完小男孩和小女孩的特征，中年女人就连说："有，有，有。"

"在哪呢？"我既激动又着急。

"就在垃圾站边上废弃的小木屋里。"中年女人说两个小孩很可怜，"我没赶他们走，之前一直让他们在那边住。"

我急忙朝小木屋跑过去。

屋子里空空如也。

"走了，回乡下老家了。你是……"中年女人跟过来。

我一颗悬着的心落了地，我一五一十告诉中年女人，我和这对小姐弟的际遇——我第一次做家教，对象就是住在工棚里，被父母抛弃，饱受欺凌无依无靠的小姐姐给身体残疾又一心想上学的小弟弟请的。那次家教，让我心灵受到了震撼，我不肯收小姐弟的家教费，他们却担心我不会再去家教。最终我收了钱，答应再去家教，不料再次到他们住的工棚时，小姐弟已经搬走了，我给小弟弟买的一套小学教材也没送出。

"哦，原来是你！"中年女人告诉我，小女孩和她说过请家教的事，还一直念叨着，说你是个好哥哥。

"我为爽约没去第二次家教，整整找了他们大半年，我真担心他们。"

"小女孩说经常看到你，可是就不敢叫你。"中年女人说。

…………

收垃圾的车嗡嗡响着开过来，中年女人要去忙了。

"他们还会回来吗？"我赶紧问。

"小女孩说他们回去和奶奶一起生活，不再出来了，她和弟弟要回去学校读书了。"

我点了点头。

"小女孩说，她和弟弟会努力的，长大了要成为你。"中年女人说完回垃圾站忙开了。

我的眼泪再次在眼眶里打转，就像第一次给小男孩家教，他一定要我收钱时一样。

"你知道他们乡下在哪里吗？"我突然有种冲动，问中年女人。

回答的却只有嗡嗡响的车鸣声。

林中歌声

嗡嗡的车鸣声一直在我脑海里回响。

回到宿舍，我打开木柜子，取出那套被我勾了无数次边的"平安教材"，嗡嗡声更响了。

她为什么不敢叫我？他们的乡下在哪？"平安教材"就一直锁在柜子里？

连串的疑问，还有响个不停的嗡嗡声，让我的脑袋快爆炸了。

"我要把教材送给刘国强！"这个念头一产生，便在我的心里迅速扎了根。

生了根的想法就像种子落了地，力量无穷大。

我出宿舍，跑到校园垃圾站，想再次见到中年女人，急切地从她那里得到小男孩和他姐姐更多的信息。

"小男孩无数次讲过，他们家离这里很远，他们那里有大雪山。"中年女人一说起大雪山，脸上的皱纹便舒展开了，"小男孩每回一说大雪山，可兴奋了。他说，他们那里的大雪山是花之山，一年四季漂亮极了。"

告别了中年女人，回到宿舍我打开电脑，在网上查找四季花开的大雪山。果真有这么一个相似的地方：那里的大雪山，春天有兰花、二月花、牵牛花、茶花，夏天有兰花、喇叭花、糯米花、笋子花，秋天有月上花、月下花、百合花，冬天有冬兰花、茶花、梅花、雪莲花……那里四季花开，属乌蒙山北支余脉的川滇边界的大雪山。

心有目标，天涯也是咫尺。第二天，我带着"平安教材"出发。一天后，我进入云南境内的大雪山。一个人越往山里走，越感觉这里的山、林、水，各尽其妙。山是林的摇篮，林是水的源泉，水又是泉的瀑布……

美景虽好，我却无心欣赏。远远地，我看到了炊烟，我朝着炊烟升起的地方走。

路是泥石路，坑坑洼洼很难走。路上几乎不见人，好不容易到了山脚一村庄，几间低矮的泥瓦房，散落在"无三尺平"的山脚。

敲门没人应，我轻轻推开临近路口的一间泥瓦房。

屋里黑漆漆的，恍如漆黑的夜晚。揉了揉眼，足足十几秒后，我才适应屋里的黑暗。屋里原来有人，一个老妇人正在地上捡柴草。老妇干瘦，矮小，偻背。一头灰白的头发打了很多结，像是多年未洗过。一身黑衣黑裤，看得出补了一层又一层。

有生人进来，老妇却一点反应也没有，半天才抬起头望着我。我发现，老妇的一双眼睛，干涩，无光，散淡。

"老人家好。"我唐突了，有点不好意思。

老妇点了点头，咧了咧嘴，露出一口与屋里和老妇极不相称的白，那道白就像一道光，随着老妇合上嘴，一闪没了。

我告诉老妇，我是来找人的。

老妇似乎听不懂普通话，我讲了半天，她却只自顾自捡柴草，然后点火。

红红的火光把窄小的屋子照得通红。

我退出老妇家，继续在村里找人打听刘国强。

几乎都听不懂我在说什么。

"我们权（全）姓李，没有牛（刘）。"好不容易有个扛锄头的中年男子从地里回来，听懂了我的话。

"孩子们到哪读书？"我不知道问什么。

"便（并）校，不读了，以前这里有学校。"中年男子指着山脚深处几间破旧的屋子说，"学生有三十个，老师走了，学生也走了。"

"孩子们都干什么去了？"这个点，村里居然不见小孩子们玩耍。

"都下地看（干）活去了。"中年男子又指了指远处山上，大小不一的庄稼地。

在和中年男子聊天期间，陆续有人带着孩子从地里回来了。孩子们见到生人，好奇地围了过来。得知我是大学生，各种各样的问题一起袭来。

我见到了一双双像刘国强一样渴望求知的眼睛。

"天晚了，在我家住吧，我是村主任。"中年男子挽留我。

在村主任家住下,晚上,村里的孩子们又过来围着我问个不停。

星星挂满了夜空,小孩们还不愿意散。

"孩子们只(这)么喜欢问你问题,能不能在村里住几天,叫叫(教教)孩子们?"临睡前,村主任走进我房间,恳求我。

"我是来找人的。"我从包里掏出"平安教材",递给村主任看,并把我和刘国强的故事告诉他。

"您是好人!"

"……"

"都是孩子。"村主任抚摸着被我勾了无数次边的"平安教材",像是抚摸着家里沉甸甸的粮食,喃喃自语。

是啊,都是孩子!村主任的话深深打动了我。我松口了:"我把教材里的内容,教给孩子们后,才走。"

"谢谢您!"村主任抱紧双拳,向我致谢,眼含泪花。

我的双眼也已模糊。

在村里的一周,我给孩子们讲教材里的内容,讲山外面的精彩世界。

我心里始终记挂着刘国强和他姐姐!一周后,我再出发。

"谢谢您,大学生!"村主任和孩子们依依不舍,"小朱村会记住您的。"

我再次泪眼模糊,我也记住了小朱村,记住了一群和刘国强一样好学的孩子。

离开了小朱村,我沿着大雪山一个村庄一个村庄地寻找刘国强和他的姐姐。

每到一个村庄,要么被热情留下,要么我主动,都住上三五天,给失学的、正在上学的孩子们讲教材里的内容,讲山外面的世界。

我记住了大雪山下一个个小村庄的名字,记住了一个个好学的孩子。

可假期快结束了,我还没找到刘国强和他的姐姐。

我启程继续寻找。

那天走了五公里山路,正午时分,到达一个村庄。这个村庄比较大,有一所小学,八十个学生,我找到校长和他讲"平安教材"的故事,告诉校长，我想给孩子们讲教材里的内容和山外面的精彩世界。

校长很高兴，马上组织放假在家的孩子们回校。

我见到了许许多多好奇和好学的眼睛。

忽然，我发现，坐在后排的一个小男孩像极了刘国强，特别是那残疾的腿，那渴望求知的眼神。

"你是刘国强，你姐姐呢？"我走到小男孩身边，仔仔细细打量着他。

"老师，他没有姐姐。"

"老师，他不姓刘，他叫郑国强。"

"……"

刘国强在哪里呢？！

因为找不到刘国强和他姐姐，我心里郁闷。离开村庄回校的头天下午，我悄悄去了一趟村庄东边的一片林地，一个人静静地回想个把月来走过的路。远处乌峰，山光迷离，云雾缭绕。林地周边，林涛涌动，柏翠松青……刚刚还晴天丽日，一会儿就大雨滂沱。雨过后，雾起来了，雨和雾都透着绿色，让人如置身仙境。

我忘了疲倦，忘了个把月来寻找刘国强的艰辛，站起来高歌：

> 红军不怕远征难，
> 万水千山只等闲。
> …………

歌声突然雄壮起来，我发现，村里的孩子们都来了，跟着我高声歌唱。

"老师，不要走了。我们都是刘国强。"歌毕，孩子们齐声喊。

我手里紧紧捏着包。

"平安教材"就在包里。

小丫的鸭鸭

1

"爸爸,明天能不卖大哥他们吗?"

星星挂满天,黑暗中,小丫的眼睛像星星,一闪一闪地央求父亲。

"小丫,不卖大哥他们,哪有钱供你哥和你上学啊?"

父亲坐在屋外石墩上,嘴里叼着烟,焦浊的烟味弥漫在四周,烟头就像星星,一闪一闪地回应小丫。

"可是,他们会杀了大哥的!"小丫几乎哭了出来。

"傻孩子……"父亲一口烟吸大了,被呛着了,咳了起来。

"大哥太漂亮了,我舍不得!"小丫的眼泪流了下来。

大哥是小丫家养的一群鸭子的领头。

小丫家每年养两批鸭子,正在读小学的小丫对家里的鸭子很上心,放学回家后,就赶鸭子到河里戏水,给鸭子吃食。每回鸭子出笼,小丫虽是恋恋不舍,但从没像这回这么强烈——的确,小丫家这批鸭子的领头大哥长得太漂亮了。

小丫家这批鸭子是一群白鸭,只只浑身洁白,天鹅般。领头的大哥,鸭头和双翅均长了一小撮红羽毛,开始只是一点点，随着鸭子慢慢长大，红羽毛越长越多，居然长成了三点红。太阳下，红的鲜艳，白的纯洁，格外耀眼。村里人远远见了，个个停下脚步赞叹。

小丫更是喜欢得不得了，每次见了，都会轻轻梳理它的红羽毛；每回喂食，也总会多给它一点。

得到特别照顾的大哥，自然不负所望，个子长得比其他鸭子大，成了名副其实的大哥。

2

星星还是昨夜的星星，父亲挑着两笼鸭子，步履匆匆，全然没留意天上还有星星。刻意跟着的小丫，眼睛只顾父亲笼子里的大哥，也不见星星。

父亲的两笼鸭子在三鸟市场摆放好，天才大亮。

"早来早销。"父亲心里想的是赶紧把鸭子卖了，再买十几只鸭苗，最好中午前能回到家，下午好下地干活。

"最好一只也卖不出去！"小丫多希望父亲的希望落空，这样，她又可以和大哥在一起了。

果真如父亲所愿，早来早销，刚开市不久，就有两个穿戴齐整，干部模样的人走进市场。这两人很挑剔，肥的不要，丑的不要，看了几档卖鸭子的，全都没看上。小丫家的白鸭子吸引了这两个人的目光。当他们发现笼里还有一只长着三点红的彩色鸭子时，更是兴奋不已。

"老乡，你这鸭子怎么卖？我全要了！"瘦高个子问。

"不卖。"小丫小声说。

"别听小孩的，一斤十二块，这可全都养了大半年的！"父亲赶紧报价。

"赶紧过秤吧，赶时间呢！"没想到来人不讨价还价，生怕被别人抢了一样。

"可不能杀了大哥！"小丫既无力阻挡父亲卖鸭子也无力阻止人家买

鸭子，只好央求人家。

"什么大哥？"两个买鸭人异口同声问。

"它就是大哥！"小丫指了指彩色鸭子。

"哈哈哈，一只都不杀！"胖子笑。

"真的？！"小丫将信将疑。

"你可以跟过去看啊，就在附近，城市森林公园。"胖子又笑。

买鸭人怕弄脏了车子，要父亲帮忙挑到目的地。父亲虽不是很情愿，却不敢违拗。小丫却很高兴，急急跟着父亲上路。

整修一新的城市森林公园新种了很多大树，新摆了很多花草，像过节般。买鸭人让父亲把鸭子挑到湖边，才付钱。收了钱，父亲急着想回三鸟市场买鸭苗，小丫却挪不动腿，不肯走。

"那你晚点自己回家吧！"父亲心心念念鸭苗，见小丫舍不得大哥，说了一句便匆匆上路，"注意安全！"

这时，买鸭人不知从什么地方推出一艘小木船，一个人上船，一个人递笼子，然后两个人把船朝湖心划去。

"你们要把大哥弄到哪？"小丫沿着湖边跟着木船走，眼见着小木船越划越远，小丫嘴张了无数次，终于开口了。

"大哥要带着小弟们去过幸福生活了！"

"你们不会吃了大哥吧？"

"哈哈哈……"

…………

船在湖心停住了。小丫发现，两个买鸭人，小心翼翼地把两笼鸭子全倒进了湖里，然后划船走了。

就像久旱逢甘露，十只鸭子一入水，立即扎猛子，抖翅膀，在碧波中快乐嬉戏。

阳光下的大哥，红得如火，白得似雪，把这碧水绿搅得灵动起来了。

看着水里欢乐嬉戏的大哥，泪眼涟涟的小丫朝两个好心的买鸭人划船离开的方向磕了个头，便放心地在湖边坐下，一边戏水，一边看大哥。

一辆中巴在小丫戏水附近停下，车里下来一批人。他们下车后走走停停，指指点点，没有笑声，甚是严肃。

"湖里有野鸭子！"走着走着，有人喊。

"真的有鸭子。"

"还有一只彩色的！"

……

湖里的一群鸭子让甚是严肃的一行人气氛活跃起来。

"报告领导，这几年我们通过大力整治环境，还蓝天碧水于市民，留青山绿树于后代！"一个中年男人趋前说。

"金山银山，都比不上绿水青山啊！"被叫领导的频频点头。

"环境好了，游人多了，市民满意了，这不，野鸭子也来凑趣了。"中年男人指着湖中央的一群鸭子，"这群野鸭子，在带头的彩色鸭子的带领下，不知从哪里来，神出鬼没般，时不时在湖里出现。"

"市民们都说，运气好的话就会看到。领导，看来今天我们运气不错哦！"领导身边的一名中年女人也趋前补充道。

"领导来了，就是我们最大的福气和运气！"又有人趋前说。

"哈哈哈……"

众人会心大笑。

"我们不仅要靠运气才能看到彩色鸭子，我们要通过整治，让市民经常可以看到。"领导反问中年男人，"你说是不是？"

"是的，领导！我们一定要继续加大整治力度，不仅让市民能看到彩色鸭子，还能看见彩色水鸟、彩色野鹅……"

"小朋友也在看鸭子吗？要注意安全哦！"一行人经过小丫身边时，领导看到了正在戏水的小丫，关切地说。

"嗯嗯！"小丫涨红了脸，频频点头。小丫看到了一脸慈祥。

从小丫身边走过的一行人，没走多久就坐车走了。

担心了大哥一夜的小丫，心里的石头完全落了地，竟在湖边玩着玩着睡着了。

3

小丫是被鸭子凄厉的叫声吵醒的。

两个买鸭人不知什么时候又把船划到了湖心，一改原来的小心翼翼，用网粗暴地网湖里的鸭子。

凄厉叫着的其他鸭子都被网回了笼子，只有精灵的大哥在湖里一次次躲闪买鸭人的网。

"为什么抓鸭子？"小丫大声喊。

没人理会小丫。

网再次撒了出去。

大哥终是躲不过买鸭人的大网。

"你们要把大哥弄到哪去？"小丫想跳进水里，游到小木船那，质问买鸭人，可距离太远了。小丫不敢下水，只好跑到买鸭人把鸭子装船下水的地方等买鸭人上岸。

买鸭人没把船划回来，而是朝对岸划去了。

小丫意识到不对劲，撒腿朝对岸跑。小丫绕着大大的湖，狂奔。

晚了！小丫气喘吁吁跑到对岸时，两个买鸭人和两笼鸭子已消失得无影无踪了。

4

"大哥，你在哪里？"

小丫一路找一路问一路哭。

从上午到中午，从中午到下午，从炎炎烈日到太阳下山……

哪有大哥的身影啊？！

小丫始终不放弃大哥！

找啊找！傍晚时分，执着的小丫终于在一家餐馆找到了大哥。

大哥被找到时，红的白的羽毛被拔了一地，大哥正在锅里的开水中上下翻飞……

小丫发现,精致的包厢里,坐着小丫上午见过的一脸慈祥的领导和跟随的一行人。

小丫当即瘫倒在地。

大哥红的白的羽毛覆盖了小丫一身。

红的似火,白的如雪。

鹅飞时

湖不大，瘦瘦长长，湖水却和天空一样湛蓝。湖边，亭台楼榭，白杨挺立，新柳含露，翠竹摇曳。湖里鱼儿成群，时而浮出水面，时而没入水中。岸上的景象倒映在水里，恍如地上一个世界，水里一个世界。

一对被湛蓝湖水邀约而来的天鹅，如同两朵硕大的白莲般盛开在水面上。

第一天上班，途经湖畔的那一刻，我惊叹这湖的美，真是人间仙境啊！

好景看久了，竟然熟视无睹。要不是那日又一次走过，遇见一老者在湖边拍照，我竟对城里八景之首的掠燕园无动于衷了——也难怪，天天上班下班，日日忙忙碌碌，对美的生活疲倦了。

那天早晨，天空水洗般蓝。早早起来的太阳，又格外辛勤地照料着世间万物。

远远地，我就发现湖边亭子里，有个老者托举着相机，对着湖里。

走近了，才发现老者坐在轮椅上。老者梳着一头齐整的银发，穿着一件洁净的灰色夹克上衣，脖子上吊着相机，两个胳膊肘分别撑在轮椅上两腿膝盖处，一手托举着相机，全神贯注聚焦着湖里一对悠闲休憩的天鹅，一手似乎随时准备按下快门。

湖里的这对天鹅,长着白瓷般光洁的羽毛,曲颈低头,似沉思,似小憩,娴雅胜如仙子。

老者托举了一会儿相机,感觉湖里的这对天鹅睡熟了,一时半会儿醒不来,于是轻轻放下相机,拿起轮椅边地上的杯子,喝水。

"早上好。拍照呢?"我在老者身后驻足站了一阵子,不忍心打扰老者的专注,直到老者喝水休息,才和他打招呼。

"早上好。是的。"老者看了我一眼,点了点头,眼睛又盯回了湖里,生怕一不留神,湖里的天鹅被人盗了一般。

"这景好。蓝天白云,湖天水色,竹影倒映,鱼游鸟戏。"许多年没这么文艺,也没这么感叹了,人心情好,居然口出诗意。

"我在拍天鹅。"老者无意听我抒怀。

"天鹅之飞铁为翼,射生小儿空看得。"我随口吟出了辽人萧总管的诗。

"飞翔最美丽!"老者这回也诗意起来,"我只拍飞翔的天鹅。"

湖里的天鹅似乎听到了我们说话,一只伸了伸细长的颈,一只侧了侧脑袋,都露出了鲜红的喙。

"您继续。"我抬起匆匆走路的脚,和老者话别。

那日下午,下班回家又经过湖边。太阳已掉落山下,只留西边一片彩霞。万丈霞光下,湖里披上了金纱,蓝蓝的水,绿绿的树,瞬间都变成金黄色。湖里白如雪的天鹅也镀上了一层金。坐在轮椅上的老者,霞光一半落在身上,一半被树叶掩着,整个人被分成了两半,一半金黄,一半灰黑。

"还在拍呢。"

"是的。是的。"

有了早上的交流,我和老者俨然像老朋友一样。

"拍到天鹅飞翔了吗?"

"没呢!"

霞光隐去,天地间渐渐暗淡下来,湖里的一对天鹅也把头藏在了翼下，似乎准备入睡。

"天鹅要休息了。"

"我也回家了。"

"我帮您。"我走前两步，准备帮老者推轮椅。

"不用了。谢谢！"老者说着利索地收拾东西，然后两手推着轮椅，缓缓朝亭子外走，"我就住在附近。"

又是一个晴空万里的日子，我如常出门上班。

远远地，我又发现了湖边亭子里的老者。

"又来拍照。"

"是的。"

这一天，我急着上班，没和老者多聊，匆匆走了。

当天傍晚，天上无晚霞，天黑得快。下班前有人找，迟了点离开，经过湖边时，天几乎黑了，不见了老者。

我心想，老者或许拍到天鹅飞翔，早早回家与人分享了。我也似乎看到了湛蓝的湖面上，一对天鹅迅速张开宽大的翅膀，逆着微风，优雅地、轻盈地腾空而起，直冲云霄的壮美画面……

不料，第三天上班，我又遇见了老者。还是坐在轮椅上，还是脖子上吊着相机，还是两个胳膊肘分别撑在轮椅上两腿膝盖处，一手托相机，一手准备按快门。

"还没拍到呢？"

"还没呢。"老者毫不沮丧。

那天晚上，我有应酬，吃完饭坐车回家，没经过湖边。随后几天，我出差了。出差回来，早晨上班，我又远远看见了坐在轮椅上的老者。还是每天见到的标准动作，不同的是，那天早上秋风起，老者一头齐整的银发被风吹散了，耷拉着，如乱云飞渡。

老者却如我第一次见到般从容。

"还来拍照呢。"

"是的。习惯了。"我没问老者定格到了天鹅飞翔没有，老者却主动说，"一周了，相机里还是空白呢。"

"……"我有点吃惊。

"天鹅一定会起飞的。"老者从容地安慰我,"一定能拍到飞翔的天鹅。"

岸边,风停了,空有一身高大挺拔枝干,却长出无数弱不禁风枝条的柳树,静静伫立着。

我为老者感到惋惜,我也惊叹老者的执着与坚守,心里突然怨恨起湖上这对不谙人情世事的天鹅。我真想从地上捡块小石子朝水里扔,把正在湖里挺脖昂首、如将军般悠闲游荡的这对天鹅惊吓起飞。

"被惊吓起飞的天鹅,眼里写满恐惧,全然没有天鹅应有的雍容华贵和优雅大气,更少了那种王者之尊,这样的照片,不拍也罢。"老者似乎看出了我的心思。

我更惊叹老者的执念,不敢俯身捡石头,连说话的声音也小了下来,生怕惊吓到湖里的天鹅。

"我会天天来的,直到拍到天鹅起飞。"老者看着我离开时失落的神情说。

如是一月,老者天天来湖边亭子里拍照。

我知道,这一个月里,老者一次也没拍到湖里那对天鹅起飞——我问过了公园管理处,为什么没见天鹅起飞?管理处的工作人员告诉我,天鹅不会飞。因为,湖里的这对天鹅是从外面引进来的,公园管理处怕它们飞走了,对它们进行了特殊处理——断翅,即把这对天鹅各一侧翅膀尖端的指骨截断。这样,既不影响天鹅的其他活动,又能使天鹅产生不平衡感,不能起飞。

原来如此!得知真相的那一刻,我如坠冰窟窿。我想告诉老者,让他不再徒劳,天天来湖边守着天鹅起飞。可我又不忍心毁灭老者的执念。

"早上好,又来了。"

"早上好,上班呢。"

往后,这两句成了我和老者每天见面频率最高的话。

转眼,我到这个城市工作一年了。一年里,老者天天如是,每天早早到亭子边,守着天鹅起飞。在一个无阳光无晚霞的下午,我再也忍不住了，告诉了老者真相。

"我知道。"听完我憋了大半年，又恨又气的叙述，老者居然一脸平静。

"您知道这事？"

"这是我经手的。"老者刻意把事情说得轻描淡写，"那时我是这个公园管理处的管理员。"

"……"

"鸟没了翅不能飞翔，就如人断了腿不能走一样不幸。"老者拍了拍他吊在轮椅上的腿，"没了腿，我更感同身受。"

"知道了您还来？！"

"我就是来陪陪它们，或许有一天，它们会起飞。"老者停了停又说，"我坚信，我一定会拍到天鹅逆风而起，优雅又大气的雄姿。"

我怔怔看着老者。

老者一如既往，每天如上班般，风雨无阻，来湖边亭子里守候天鹅起飞。

基地老库

几排低矮灰白的平房坐落在草木葱茏的半山腰，阳光下，远远望去，就像男人乌黑茂密的头发被硬生生剃了一角，贴了一块白胶布一样，特别显眼。

对住在半山腰的女人来说，幸福的日子，莫过于男人从野外找矿回基地休息的头几天。那几日，到处是男人天震地骇的说话声，女人们的脸上则都洋溢着笑，孩子们少了女人们的呵斥，似乎也变得特别乖。基地里，一到饭点，家家户户像过节一样厨房飘香。

男人们平日里出去为国家找矿，跋山涉水，风餐露宿，三五个月甚至是一年半载回不了基地。用队长的话讲，男人在野外干活久了，回到基地，个个都是刺。老库是刺头，更是惹不得。

接到为国家找钼矿的任务时，老库看着身后高矮不一的一排孩子，转身千叮咛万嘱咐库嫂，家里添人不添米，加个人，煮饭只能加瓢水。

老库说完快步走出平房，门外风起，老库眼里似乎进了沙子，揉了揉，通红着眼，到基地门口坐车出发。

半年后，老库回到基地时，库嫂的肚子瘪了，又为老库生了个儿子。

生活是柴米油盐酱醋，女人幸福的日子，就像男人的激情一样短暂。幸福的日子过后，生活又恢复原样。

"你这头猪，吃了睡，睡了吃，也不知道帮忙干点活。"库嫂忍了几天，一早起来开始数落老库，骂他是"地里一条龙，家里一懒虫"。

老库在床上翻了个身，没吭声，继续睡。

"你看人家副队长老许，一早起来帮老婆洗衣做饭，你呢？就是条死狗。"库嫂从乡下出来，没多少文化，一骂人就猪啊狗啊。骂了一通，见老库不搭理，越说越起劲，越骂越大声。

基地平房里一家挨着一家，前排贴后排，大点声说话，家家户户都听得清清楚楚。

"妈妈，可以吃饭了吗？"

"就知道吃，吃，吃。"库嫂大声骂小孩。

最小的孩子先哭起来。哭像会传染一般，紧接着，孩子们一个接一个都哭了起来。

"吵吵吵，给我闭嘴。"老库一把将床头被他扔了无数次早已用不了的闹钟，扔到了地上。

"砰"的一声，老库家里立即安静了下来。

隔壁屋里在客厅洗衣服，正准备悄悄把洗衣盆端进卧室继续洗的副队长老许，被砰的一声唬住了。端着的一盆衣服不知该放下，还是继续洗。

第二天基地开会，副队长老许感受到了老库一伙从野外回来的男人，眼里齐刷刷喷出的怒火。

副队长老许是个知识分子，对同样是知识分子在基地上班的老婆很好，但不知咋整，居然整不出一儿半子。

"队长给娘们洗衣服，让我们咋整？"

"真体贴啊！"

"队长他娘们的裤头香。"

会议一结束，一伙人就围着副队长老许，酸他。

"再给你娘们洗衣服，看我敢不敢揍你。"刺头老库居然威胁副队长老许。

众怒难平，副队长老许突围出愤怒的人群，灰溜溜地走了。

往后，副队长老许再也没在自家客厅里洗衣服。

在基地的日子里，男人没事干，闲得慌，也没啥东西吃，嘴又淡出个鸟。

那日中午，一班工友在门外抽烟闲聊，老库正说起某次在野外，他们收拾了一只流浪狗，可香了时，基地突然飘来了狗肉香。

"谁家焖狗肉？"

"找找去。"老库深深吸了一口，口水都馋了出来。

在老鬼家，老库一伙人停下了脚步。

"老鬼，今天焖狗肉吃？"老库不打招呼，带着一伙人，径直进了老鬼家。

"没……没呢。"老鬼慌里慌张的。

"没焖狗肉，咋这么香？"老鬼的饭桌上，有菜不见肉，老库说着，揭起了老鬼家里的锅盖。

锅洗得干干净净的。

"哪有狗肉吃呢？"老鬼的女人从卧室里走出来，讪讪地说。

"奇了，怪了，狗肉香味就在你家。"老库盯着老鬼。

老鬼始终不敢看老库的眼睛。

"都散了吧，都回家吃饭去。"老鬼的女人下了逐客令。

老库一伙人悻悻地离开了老鬼家。但没隔多久，老库带着一伙人杀了个回马枪。

见到老库一伙人又进来，老鬼的女人急急忙忙端着一盆东西，想进卧室，被老库堵住了。

盆里果然装着大半盆焖得黑红黑红的狗肉。

所有的手齐刷刷伸到了老鬼的女人端的盆里。

"你们这是抢啊！"老鬼的女人咋呼着。

老鬼却低垂下了头。

休息的日子总是那么短暂，那年夏天后，老库他们接到了秘密任务，随即出门去当"野人"。

夏日的深山，草深林高，密不透风，老库和工友们在深山野岭安营扎寨，住草棚，点油灯。每天出门，头上一顶草帽，肩上扛一台钻机，斜挎一个背包,一壶水,手上带着地质锤、辐射仪和放大镜,分成小分队,钻山沟,爬山脊,穿行在崇山峻岭间。

这里的山,虽不是高耸云天,却是沟壑纵横,峭壁林立,荆棘丛生,走在人迹罕至的地方,常有野猪做伴。

那天,老库带着老鬼,爬了两个山脉,干粮和水都用完了,他们又累又饿又渴,快走不动了。老库带头唱起了《勘探队员之歌》:

> 是那山谷的风,
> 吹动我们的红旗,
> 是那狂暴的雨,
> 洗刷我们的帐篷,
> 我们有火焰般的热情,
> 战胜了一切疲劳和寒冷,
> 背起了我们的行装,
> 攀上了层层的山峰,
> ……………

沙哑的歌声不乏雄壮,在莽莽群山中回荡。

歌声提起激情,老鬼似乎忘记了劳累和饥渴,远远跟着老库下山。

"啊——"回到半山腰,老库身后突然传来老鬼的惨叫声。

老库立即往回跑。原来,老鬼的左脚踩到狩猎的农民埋在路边捕捉猎物的铁夹子,被牢牢夹住了,动弹不得。

老库俯下身,双膝跪在地上,小心翼翼地帮老鬼拆铁夹子。

老鬼是走不了路了,老库二话没说,背起老鬼就走……回到驻地,老库一躺下,就和老鬼一样动弹不得。

大半年后,老库他们的秘密任务完成了——为国家找到了铀矿!可老库他们来不及欢呼,上面要求他们就地炼铀。

没有技术,没有设备,怎么炼?队长和总工程师商量后,自创了土法炼铀——把矿石放在铁锅里煮,就像打豆腐一样,炼粗产品铀。

办法有了,谁去炼呢?

大家都清楚,这种土法炼铀,辐射防不胜防,着实危险。

没人吭声。

"既然没人愿意去,那就抽签,抽到谁,谁去炼。"队长黑着脸说。

"都是尿包,没人去,我去!"一听要抽签,老库骂了一句。

"我也去吧。"老鬼左脚被铁夹子夹坏了,瘸着个腿,一时半会儿上不了山,见老库要去炼铀,主动请缨和老库一起去。

"你他妈还嫩着呢,儿子还没生一个。我都这么大年纪了,不立功混个一官半职,对不住我那一排儿女。"老库瞪着老鬼,坚决不同意他参加。

最终,老库胸前围着一块当防护的铝板,独自一个人去炼铀。

功夫不负有心人,粗产品铀炼出来了。大队领导及时赶到,当场宣布,大家为国家找铀炼铀立了功,每人奖励一百元,老库带头炼铀,额外奖励一百元。

胜利完成任务,老库一行人买了几只土狗,杀了平分,带回基地家里。

老库他们回到基地的当天,家家户户狗肉飘香。

"库哥,你家人口多,这盘给你。"晚上,老库一家人正在吃饭,老鬼端着一小盆狗肉进来。

老库想拒绝,但看到桌上自己才吃了一块,两大盆狗肉都不见了的空盆,没推。拉过一张凳子,招呼老鬼:"坐,坐。喝一杯。"

库嫂适时递上了一个酒杯。

一瓶基地自酿的土酒很快见底。老库好酒却不胜酒力,大着舌头囔着叫老婆再开一瓶。

"谢库哥,回头再喝。"老鬼及时制止了。

老库回头却喝不了了——土法炼铀没多久,老库被查出患了白血病,再也喝不了酒,再也出不了基地去当"野人"了,每天守着基地里几排低矮灰白的平房,晒太阳。

基地阳光正好。

寻找杜亮

起床。开窗。阳光如水银般泻进来，落在身上，绵绵的。窗外，东风无力，一片叶子，早已由黄变黑，仍顽强挂在枝头，欲掉不掉。

这一天一夜的，亮到哪去了呢？讲好的，过了那天，今后的一切都听老伴的。老伴好不容易等来这一天。可这才仅仅过了两天。老伴站在窗口，看着窗外瑟瑟的叶子，极力想捋清究竟发生了什么。

年三十一早起来时，按照事先的约定，老伴行使起管理权限，给亮安排了三件事：一起上市场采购，一起吃大年饭，一起在家看春晚。亮还笑话老伴，安排起工作，像极了年轻时当生产队长的自己在给人派工。亮说完想笑，却又笑不出来。老伴发现，亮的眼角有点湿润。

那天是幸福的。有小跟班一样的亮陪着逛市场，老伴见啥买啥，恨不得把整个市场都搬回家。亮还问，孩子没在身边，两个人的年饭，要准备这么多吗？

"高兴！"老伴头往上一扬，咧着嘴笑。

老伴是真高兴，在厨房里洗洗切切、蒸蒸煮煮，一丝不苟准备年夜饭，还不时哼两句。

快乐的家庭都是相似的。老伴认为，一桌人，一桌菜，一桌话，一桌笑，那就是快乐。在欢声笑语中，央视春晚来了，儿子的电话也来了。

"你爸今天表现很好。我们正在看春晚呢！"老伴的笑比电视上主持人的笑还灿烂。

"妈，破天荒了，我爸还有空陪您看春晚！"儿子很高兴。老伴其实很小女人，喜欢喜气洋洋的春晚，希望一家人在一起听欢声笑语，一起欢声笑语。可这居然是老伴的奢望。多少年了，亮不是值班就是应急，不是检查就是陪检，不是慰问就是访贫，不是在养老院和老人包饺子就是在福利院和小朋友团聚。老伴笑亮，官不大，事不少。

老伴知道，亮其实也喜欢春晚。这不，亮看春晚，那认真样，就像坐在台下听大领导讲话，就差没做笔记了。

本来是完美的一天，却在央视主持人白岩松、康辉、水均益等出场朗诵《爱是桥梁》后，发生了变化。

老伴发现，这个节目，亮听得直打冷战。良久，亮像自言自语，又像在问老伴："武汉封城了，疫情有这么严重吗？"

一条被朋友圈刷屏了的《除夕夜，他们紧急出发！》的消息让亮频频走神。再看春晚，亮已了无兴趣，如同嚼蜡。

唉！好好的一个年，好好的一场春晚，就像好好的一锅汤，被鼠年的一粒老鼠屎搅了。

年确实被搅了。随着疫情加重，全国人民响应号召，宅家隔离病毒。宅家的日子，吃饭，喝茶，睡觉，每天三件事，每天也只有这三件事。老伴很是习惯，甚至是享受，盖因这三件事，事事皆有伴。"伴者，两个人各一半便是伴。老伴老伴，就是要有人相伴。"

相对老伴的从容和享受，宅了一天后，亮心里长毛，吃不香，睡不好，泡茶还常常烫手。

"我出去透透风！"大年初二一早，亮知会老伴，戴上口罩出门。

望着消失在路口的亮，老伴叹了一声。在老伴的人生哲学里，男人在家，就在女人的辖地，出了门，则鞭长莫及。老伴的心思是，只要人在，心在，就行。亮在外面的事，老伴从不过问。

果然亮一出门，就不受老伴管辖了。一天一夜了，人没见着，电话也没一个,老伴主动打亮的电话,居然关机了。

难道跑回单位了?从前,只要心里挂念着事,亮就跑回单位。亮在外不受管辖,用老伴的话讲是"自由散漫惯了"。三五天不回家,也没个消息,是常有的事,老伴习惯了。习惯成自然,老伴嘴里骂着"真让人不省心",却还镇定。

窗外苦苦支撑着的那片黑叶子,终于结束了它的使命,随风飘落,行将化作春泥。

又一天过去了。疫情不断升级,每日公布的确诊数翻番往上蹿,怪吓人的。亮不在家,吃饭、喝茶、睡觉,宅家三件事,老伴也开始不习惯了,心里总像有一窝小老鼠在乱窜。

"李姐啊,我们正在开会部署防控疫情,没见着老领导啊!怎么啦?"亮的电话还是关机,实在忍不住了,老伴破例给镇政府办公室主任打电话。

打完这电话,老伴的心倏地往下一沉。老伴惯性思维,以为亮放心不下单位的事,尽管不在位可以不谋其政了,还是回了单位,心里虽记挂,却不慌乱。办公室主任居然说亮不在单位!亮去了哪呢?

偌大的房子,空空的。老伴的心也是空的。宅家三件事,老伴感觉茶是苦的,饭如蜡,睡觉睁大眼。老伴从阳台走到门,又从门走到阳台,每走一步,脸上就凝重一分。

难道真有相好牵挂?尽管说"十个男人九个色",但凭女人的直觉,老伴相信亮。

"我得去找他。"想了一宿,老伴起床后决定。老伴坚信,亮一定是回单位了,只是办公室主任不知道。老伴一早直奔镇政府。

"病毒危险,无关人员,响应号召,宅家勿动。"值班人员不认识老伴,把她拦在门口。

"我找杜亮。"

"杜书记退休了。新来的陈书记正在开会部署防控疫情。"

"他不在?"

"他退了,自然不在。"

"我的意思是他来过吗?"

"疫情紧张,大家避之唯恐不及,杜书记退休享清福了,还来干什么?"值班人员反问老伴。

风起,春寒料峭。羞涩的太阳躲进了云层里,久久不肯出来。

一级响应下,店关了,路封了,人没了。

逼仄的街,一条比一条冷清。

狭窄的路,一条比一条宽敞。

古有孟姜女千里寻夫,哭倒长城。疫情横行的特殊时期,老伴宛如孟姜女,寻找亮的决心无比坚决,出镇街,转村庄,无头苍蝇般,一个村庄一个村庄寻找。

亮,你究竟在哪里呢?别躲猫猫了,我没气力找了。老伴筋疲力尽了。

太阳终于从云层里跌跌撞撞跑出来,落在街上的阳光,绵绵软软,和老伴一样没一点气力。

好像来过。

好像是他。

好像走了。

....

在模棱两可的指认中,亮似乎成了被隔离的疑似病例,需要进一步确认。

找大半天了,亮一点踪影也不见。老伴失魂落魄地回到镇政府,请求帮助。

"等等吧,他们还在开会。"值班人员告诉老伴。

坐在镇政府门口一株老榕树下等候的老伴,像被抽了筋骨,软软的。

阳光透过细碎的绿叶,照得地上斑斑驳驳。

"有人晕倒了!"不远处的路口,有人喊叫。

镇里疫情防控会议正好开完,一帮人簇拥着一领头的,鱼贯而出。

"怎么回事?"领头的问。

"路口值班的老头晕倒了!"

"好像不是值班人员。"

"戴着口罩,像是杜亮老书记。"

"已经送医院观察了。"

众人七嘴八舌。

恍恍惚惚的老伴一听"杜亮"两字,挣扎着想站起来,却发现两腿不听使唤。

"准备一下,去医院慰问。"领头的吩咐。

午后的天蓝蓝的,风轻轻的。领头的带着一行人,阳光般走进镇卫生院。

"老杜书记低血糖,喝了杯糖水,好多了,正在病房休息呢。"院长见镇里新来的书记亲临医院,深受鼓舞,赶紧领着朝病房走。

扛着长枪短炮的记者不断跑位拍摄。书记领头大步流星,随行亦步亦趋,紧紧跟上。

"杜书记,陈书记看望您来了!"人没到,院长朗朗的声音到了。

病房门开着,老杜书记不在。

"老杜书记呢?刚刚还在的。"院长惊出一身冷汗。

"杜书记嚷着没空住院,趁人不留神,偷偷溜走了。"小护士紧张得满脸通红,说话都结巴了。

记者看着镇政府办公室主任,主任看着院长,院长看着陈书记,一时静如鸦雀。

"杜书记走得急,这是他落在病房里的东西。"小护士把一张皱巴巴的纸递给院长,院长看完递给镇政府办公室主任。

"这是什么?"陈书记好奇。

"这是老杜书记写的!"镇政府办公室主任认得亮的字,把皱巴巴的纸递给陈书记,肯定地说。

  南头,广州回来3人,全村无发热病例,吩咐注意观察外地回来人员。

  李厝,发现发热病人1例,紧急送卫生院隔离,交代发热病人密切接触者居家隔离。

北饶，年前武汉回来一家三口，安排居家隔离。
　　山尾，外来人员来往多，要求村口设卡。
　　…………

　　陈书记看完，无语，众皆无语。
　　"杜亮呢？杜亮呢？"一女匆匆闯入，碰到了工作人员手里的果篮，水果散落一地。
　　"李姐，我们也在寻找。"镇政府办公室主任见是亮的老伴，赶紧介绍，"这是新来的陈书记。"
　　陈书记伸出了手，握空了。
　　"杜亮呢？"
　　阳光横斜着进来，照着满地的水果，金灿灿的。病房里，你看我，我看你，没人回应。
　　窗外，一株光秃秃的柳树，枝条上小小的叶苞，像点染着的淡墨，在阳光下悄然绽放。

大的字我的桌

都说到乡下小学支教,生活艰苦,学生却很纯朴。下乡前,我做好了应对艰苦生活的精神和物质准备,装了一袋又一袋乡下没有的东西。却没想到一到乡下,这班原本应该纯朴的学生,却让我的第一节课差点下不了台。

我清楚地记得,校长带我进了二年级的教室,简单介绍后就急急忙忙去给五年级的学生上课了。

"同学们,我是支教的王老师,我……"

"老师,什么是支教?整天吱吱叫吗?鸟就整天吱吱叫。"坐在前排靠窗口的矮个子男生站起来,怯生生地却又一脸天真地问。男生瘦小,长着一双乌黑乌黑会说话的眼睛、一张黧黑粗糙的脸。

矮个子男生一问完,课室里哄堂大笑。

"大家安静。支教,不是树上的鸟吱吱叫,是支持乡村小学教育,明白了吗?"

说完,我看了一眼矮个子男生。

"明——白——"学生们拖长声音回答。

简单自我介绍后,我给学生们上第一堂课《海龟下蛋》。

我在黑板上写课文的题目。说是黑板,其实是学校在坑洼不平的墙上刷了一层水泥沙,然后再粉几遍墨水。黑板很是粗糙,不好写。好不容易一笔一画写完"海龟下蛋"

四个字,台下的学生们却又笑得前俯后仰。

"安静。安静。"我轻轻敲了敲讲台,指着前排笑得最放肆的矮个子男生问,"你,你笑什么?"

矮个子男生又站了起来,全班同学止住了笑。矮个子男生想忍住不笑,没忍住,自己突然笑了。他一笑,全班再次爆发出哄堂大笑。

"安静。"我严肃起来,"你说,你笑什么?"

"老师,这个'龟'字比乌龟还大。"矮个子男生回答,学生们虽不敢大笑,课室里却顿时七嘴八舌起来。

我听出了端倪,学生们在笑我的字写得太大:"老师怕你们看不见。"

"看得见。"学生们这回齐刷刷回答。

课继续上。

一会儿,我正在黑板上板书,突然听到讲台下有动静,一转身,发现前排矮个子男生屁股离开了座位,半蹲在地上——课室地板是泥土地,坑坑洼洼不平整。

"你又干什么?"

"铅笔掉了。"矮个子男生复又站起来。

"赶紧捡起来,坐好。"

矮个子男生冲最后一排的男生狡黠一笑,像得胜的将军般,坐下。

"老师,他不是捡铅笔,他在找土块打人。"坐在最后一排的男生倏地站起来,揭发他。

"他先用土块打我。"矮个子男生说,"他还打女生。"

真是个顽劣的学生!我拍了拍讲台,严厉地说:"你们两个都给我站到课室后面去,其他人坐好,继续上课。"

一高一矮两个男生站到了课室后面,一直到下课。

为收拾这批顽劣的学生,我花了很多心思,软硬兼施,使出浑身解数,半个月后才让他们服帖,教学才得以正常。

一个月后,我按城里教学的习惯,给学生们调整座位,告诉学生:"调位置,对大家的视力和听课的效果都有好处。"

公布方案时,又是坐在前排的那个矮个子男生最先闹事:"老师,我不想调。"

"为什么?"我走到他身边。

"……"他不说。

"他舍不得离开花花。"有男生起哄。

花花是班里最腼腆的一位女生,平日里不大敢开口说话。

"才不是。"矮个子男生这回脸憋得通红,用牛卵般的大眼瞪着说话的男生。

"那就调吧。"我见矮个子男生的倔强样,笑着说。

"不调。"

"你说出理由,可以不调。"

"……"他支吾不说。

"没理由就得调。"

"要调,桌子也一起调。"矮个子男生见我说得十分坚决,让步了。

忘了交代一句,这个乡村小学,校舍异常简陋,只有几间平房,又年久失修,雨天屋顶漏水,大盆小盆接,地上还有水可"捉鱼";阳光灿烂的日子,课室里阳光肆意飞舞,晃得大家眼花缭乱。课室里的桌椅,大都是老胳膊老腿,修了又修,不知用了多少年。只有十张比较新的桌椅,是我来时募捐的,当作我给学生们的见面礼。坐上我带来的桌椅的学生,甭提多高兴了。所以,为公平起见,调整座位时,我要求人走,桌椅不走——其实是希望大家都能坐坐新桌椅。

矮个子男生坐的可不是新桌椅啊?!

"你不想坐新课桌?"

"想。"矮个子男生脱口而出,随即又否定自己,"不想。"

"不想也不能搞特殊啊?这是规矩,守规矩对每个人很重要!"

"那我就不调。"

简直胡搅蛮缠!我再次拍了拍讲台,严厉地说:"同学们,我们不能一个人影响一个班,是不是?我们是一个集体,一个集体就得讲整齐统一,就得讲个人服从集体,对不对?"

"是。"

"对。"

"那好，明天上午早读前，大家按新的位置就座，清楚了吗？"

"清——楚——"声音很齐整很响亮。

第二天早读时，我一进教室就发现其他的同学都调整了座位，独独矮个子男生还坐在原先的座位上。他不走，调整过来坐他位置的一个女生，没地方坐，又不敢坐回原先的位置，只好站在矮个子男生的边上。

"你为什么还不调整？"

"……"矮个子男生梗着脖子，虽然垂下了头，却是一副死猪不怕开水烫的样子。

我一说话，全班的早读就停了下来。

"同学们继续早读。"为了不影响同学们早读，我让站着的女生先坐回原先的位置。

这个学生怎么了？真的这么冥顽不化吗？上午上课时，我一直在琢磨，几次看了看那矮个子男生，我发现，那矮个子男生也在偷偷看我。

下午下课后，我把矮个子男生留下。

"大家都调了座位，你说，你为什么不愿意调座位？"

"我没有不愿意。"

"那明天早上调好！"

"……"矮个子男生又不吭声了。

"你明天要再不调整座位，我们找你家长来。"我看说不动他，只好搬出见家长这一撒手锏。

"我调。"撒手锏果然管用，矮个子男生脸红红地点了点头，委屈得像哭了一样，说完头也不回地跑出了课室。

"喂——喂——还没讲完呢。"

矮个子男生一路小跑出了校门。

第二天我走进课室，矮个子男生已调整了座位。

第一次调整座位，虽然遇到点小挫折，但我认为，调整座位的确对学生视力和听课效果好，所以还是坚持一个月要调整一次座位。

第二次调整时，大家似乎都习惯了，没有遇到阻力。

但第二次调整座位不久，两个男生打了一架，打得还挺严重，一个脸上挂彩了。

不用说，打架的，又有矮个子男生的份。和他打架的是刚刚调整到他最先坐着却不愿意调整的座位的另一男生。

这学生还有暴力倾向！

"为什么打架？"

"……"两个男生都像斗败的公鸡，垂着头一声不吭。

双方家长都被请来了。矮个子男生的父亲是个火暴脾气，长得黑瘦黑瘦的，一听儿子老惹事，这次还把人家头打破了，二话没说一巴掌就朝矮个子男生掳了过去。当然，另一个男生也免不了他父亲对他的皮肉之苦。

经历了调座风波和打架事件后，我反思我自己的带班方式。经和老校长多次聊天后，我把严厉换成了温柔，把认真变成了真心，尽量和学生融合在一起，用乡下学生没听过的知识来吸引他们，来提升他们的学习兴趣，来赢得学生们的喜爱。果然效果好了很多，学生们慢慢地和我相处得好起来了。

乡村孩子不像城里学生，一放学还围着老师问个不停。学校一下课，学生们如鸟雀般瞬间跑得无影无踪。一天放学后，我收拾教材正准备出门，发现矮个子男生还在课室里。

"汉胜，怎么还不走啊？"矮个子男生叫李汉胜，我记得有一次和他讲，汉代有个飞将军叫李广，他能百步穿杨，是个常胜将军，你叫李汉胜就是在怀念咱们大汉朝的常胜将军李广。自从和他讲这个故事后，我就发现矮个子男生变了，变得愿意和我接触了。当然，我也发现，在我心目中顽劣的他，却有颗上进的心，有股不服输的劲。

"老师，我想求你个事，行吗？"别看矮个子男生平时很调皮，每次和我说话还是怯生生的。

"汉胜，什么事？你说吧。"

"我想用回原来那张桌子。"矮个子男生指了指他最早用过的课桌。

"为什么啊？"我尽量轻声细语问。

矮个子男生把我拉到他最先用过的课桌前。

这是一张老旧杉木桌子，做工十分粗糙，和课室里其他课桌无异。

"老师，你看——"矮个子男生手指着课桌。

"家添。"我念出了矮个子男生手指的两个字。这两个字后边好像还有字，却被刀子刻掉了。

"这是我大的名字。"

"谁刻的？"

乡下孩子吵架，喜欢骂对方的父母名字。我想肯定是哪个调皮捣蛋的学生干的。

"我大刻的。"矮个子男生满脸放光，"我听他说过，他坐过的桌子，刻有自己的名字。"

"这是你大用过的课桌？"我惊讶得嘴大大的。

矮个子男生点了点头，恳求我："李罗苏在我大名字后边刻了骂人的话，我和他打架。我想用我大的桌子。"

"嗯。嗯。"我点了点头。明白了这一切的那刻，我轻轻摸了摸瘦小的李汉胜的头，有点哽咽。

第二天，我专门给李汉胜调了座位和课桌。往后再调整座位，我特地批准同意李汉胜调座位，课桌随人走。

转眼，一年支教很快结束。离开乡村小学时，我专门和校长申请，请人帮忙修理并允许李汉胜带着二年级的课桌上三年级，甚至到小学毕业。

但愿大能给他力量。

总有读书人

　　书店坐落在闹市中有名的欧风街上，店不大，两层小楼百来平方，哥特式的装饰与整条街很般配。

　　老板与书店其实也很般配。老板读过很多书，就像书架上的书一样，文史哲、数理化、音乐画画艺术，信手拈来，都能娓娓而谈。

　　网上购书兴起后，书店的日子就像王小二过年，一年不如一年。

　　"书店不是买卖场，书店是文化所。"老板常常用这句话来教育他的员工——其实就我一个，在我之前也只有一个。

　　老板最反对的是人家把他当商人，因此，当有文化策划人看中书店的好地段，提出免费帮书店包装策划，想把闹市中的书店打造成集休闲、饮食、娱乐于一体的以书为媒的小资综合店时，老板把头摇成了拨浪鼓。

　　"书店就是书店，文化就是文化。"正是老板对书店的坚持，多年来，书店才能在喧嚣的闹市中独存安静清香。

　　我每天九点到店开门，老板随后必到。冷清的日子里，老板信心依旧："从门口走过一千人，有十个人能上来读书，有一个人能买书，都值！"

老板每次这样讲的时候，我都会安安静静地看着他，嘴里虽没说话，心里却十分赞赏——我也是个爱书之人。

有没客人，老板都会找出他自己喜欢的书，在书店的角落里，一个人静静地读。没客人时，我也不例外。

"书店要创造更好的条件来留住客人。"一天，老板看完一本书，或许是在书架上靠太久了，手臂麻木了，站起来伸了伸手臂，又做了几个扩胸动作，深有感触地说。

"……"我想告诉老板，给客人提供更好的环境，客人就会买书吗——据我观察，即便进书店来的，很多时候，客人常常也只是翻翻书，随后就走了。但我忍着没说。

老板说干就干，立即打电话请人做一批长短不一的条凳。

没几天，条凳送来了。老板很高兴，亲自把条凳摆到了一、二层的书架前。

"坐着看书舒服多了。"老板在一楼文学类书柜下坐着看完了一本书，一脸满足，露出和他年龄相仿的青春的微笑。

我也常常寻了个能关照到书柜收银处的位置，和老板一样坐下看书。

正和我想的一样，提供了好环境，来看书的多了起来，但掏钱买书的却不见多。客人还是和先前一样，看看书后，该匆匆走的还是匆匆走了。唯有一位老者，每次来书店看书，一看就是大半天，当然他也是一书未买。

老者是在书店添置了条凳后不久就来了。一头白发，一脸清瘦，一件灰白夹克天天穿着。嘴里似乎掉了多个牙齿，以致左脸颊塌陷成坑。客人每天九点半过来，像上班一样准时。一来就在物理类书架下的短条凳上，边看书边摘抄，十二点左右离开，下午两点半又来书店，关门前才走。

连着大半月，老者一天不落来书店看书。

"老板，屋主又来电话催交店租了。"那段时间，尽管每天来书店看书的不少，书店生意似乎很红火，但实质没卖出几本书，经营日益困难。屋主来电一次又一次催交店租，那天下午，我只好如实向老板报告。

"没钱！"一向温文尔雅的老板突然大声说，"你自己想办法！"

"老板，你都没钱，我能想什么办法？"我一肚子委屈，自己两个月工资没拿到，我还没向你讨薪呢，你还让我想办法交店租，真是滑天下之大稽。

"……"老板自知失言，停下看得正起劲的书，看了我一眼，欲言又止。

"打烊了，走啦，走啦！"我气鼓鼓地催促客人走。反正一下午也没客人买书，客人早走书店早关门，我也早下班。

那位连续来了大半月的老者，听到我的催促，看了一眼墙上的挂钟，复又低头看书摘抄。

"走了，关门了。"我走到老者身边，没好气地催他。来书店看书，一毛不拔就像母鸡一样跑到人家家里，鸡蛋不给人家下一个，只留一地的鸡屎，这样的鸡谁会欢迎？

"不是还没到时间吗？"老者抬起头，一脸迷惑地看着我。

"我说打烊就打烊，不买书就走！"我早就想对老者说这句话，只是碍于老板对每一位上书店的客人的尊重。

"好吧。"老者收起书，我瞄了一眼，是一本叫《量子物理学史》的书。老者合上本子——一本自己装订的本子，站起来准备走。

"老人家，您继续看，还没下班呢。"老板不知什么时候走到我和老者身边，客客气气地对老者说。

"可这位姑娘？"

"没事。她有事急着先走，我在。您继续看书。"老板帮老者重新取出那本《量子物理学史》，"您刚才是看这本吗？"

"是的，谢谢！"老者接过书，对老板微笑致意，坐下继续看书。

不打笑脸客，何况是一个老人，我脸红了一下，看了一眼老板，悄悄走回我平时看书的位置。

第二天早上，老板竟然比我先到书店。

"陈，不好意思，这是你上两个月的工资。"老板一见面就递给我两个信封，"这是店租，你上午去交给屋主。"

"……"我一句"你去哪里弄的钱"没说出来。

"昨天心情不好，不好意思啊！"老板说得十分真诚。

"是我态度不好。"

"没事了，上班吧。"

老板又坐回平日里他坐的位置，取出书看。我赶紧出门去交店租。十一点回到书店，发现店里没有那个天天来的老者。

我是不是做得过分了？他是不是不会来了？我为昨天的事深深自责。

"天下没有不散的筵席，何况是客人？"老板看出了我的自责，安慰我。

我却听出了一种不祥的预感。

第三天上午九点半，老者又走进店来了，我顿时如释重负。

"老人家，您喝杯水吧。"临近中午，书店客人少，老者还在认真地看书摘抄，我倒了杯水递给他。

"谢谢你，姑娘！"老者接过水杯，一脸慈祥。

"您在做笔记，我能看一下吗？"我好奇。

老者把厚厚的本子递给我。

本子第一页写着"量子物理学"五个大字。翻开本子，里边密密麻麻地摘抄着量子力学的相关知识：

> 量子力学（Quantum Mechanics）是研究物质世界微观粒子运动规律的物理学分支，主要研究原子、分子、凝聚态物质，以及原子核和基本粒子的结构、性质的基础理论，它与相对论一起构成现代物理学的理论基础……
>
> 德布罗意的物质波方程：
>
> $E=h\omega$，$p=\dfrac{h}{\lambda}$，其中$h=\dfrac{h}{2\pi}$，可以由$E=\dfrac{h}{2m}$得到$\lambda=\dfrac{h}{\sqrt{2mE}}$

本子的背面是一部草稿书的目录和内容，显然，本子是二次利用。

"您是研究量子物理的？"我好奇。

"我是搞农业的，今年八十八岁了。我农大毕业后，留校教书，给研究生主讲生物物理。"老者很健谈，"量子物理是前沿知识，以前学的很多知识过时了,来补一补。"

"……"我为老者这么大年纪还这么好学深深感动,对他更是肃然起敬!

往后老者再来书店,我每天总会递给他一杯热水。

冬去春来,到处生机盎然。书店却没了春天,经营愈发困难。

"陈,此处风景很美,生存却不容易啊!"那天,老板突发诗意地对我讲。

说实在的,我比老板更早意识到书店的生存问题,只是心有所想,再加上后来那位好学的老者存在,才没考虑更多,也才没离开书店。

"书店维持不下去了,我想关张了。陈,你有什么想法?"老板看着我急促地说。

老板先前说的天下没有不散的筵席一语成谶!

"那,我,明天和老人家,"我避开老板灼热的目光,却说得支支吾吾,"说再见。"

我发现老板灼热的目光倏地灭了。

"老师,书店明天准备关门了。"第二天,我委婉地告诉老者。

"不容易啊!"老者眼里闪过一丝光,也随即灭了。

"我想请您帮个忙,行吗?"我对老者说。

"我很乐意。"老者很高兴,"什么忙呢?"

"请给我证婚吧,就在书店里。"我对老者说,"我要嫁给他,和他一起读书。"

"可是书店已经开不下去了。"老板不知什么时候站在我和老者身后,忧伤地说。

"总有读书人。"我拉着老板的手,娇羞着说。

老板刚灭了的灼热目光瞬间又亮起。

三双手叠在了一起。

茶乃天然香

老陈头好茶,晨起一泡,餐后一泡。白天杯不离手,夜晚茶伴梦。自诩"无由持一碗",快乐活神仙。

老陈头只喝工夫茶。茶,是凤凰单枞茶,形、色、味俱佳;水,是北山龙井泉,清冽甘甜;杯,是骨瓷小杯,洁白通透。

老陈头泡茶,高冲低洒、刮沫淋盖、关公巡城、韩信点兵,一气呵成,像在表演,令人叫绝。

民谣曰:"茶三酒四踢桃(游玩)二",意思是说:茶得三人同喝,有品有评,其乐融融;酒必四人为伍,便于猜拳行酒令,豪气盖天;踢桃嘛,自是两人最有情调,卿卿我我。

好茶的老陈头有几个相交甚密的茶伴。茶伴们每天约好了般,早晨洗漱后便直奔老陈头家——老陈头也是早早洗好茶具烧好开水候着。一日的街谈巷议,奇闻逸事,品茶评事,就从第一杯茶开始。多少年了,风雨无阻。

儿子央老陈头进城,老陈头的唯一要求就是"要有茶喝"!

进了城,老陈头依然是晨起一泡,餐后一泡,每天杯不离手,却不再茶伴梦——夜深人静的城里,喝了茶的老陈头躺在宽大的床上,居然像个新茶客一样,眼睛睁得大大的，盼不来周公。

夜晚老盼不来周公的老陈头再喝茶，就感觉茶的味道与先前在乡下喝的不一样。水尽管不是山泉水，却也是纯净好水，一瓶二十几元，贵着呢！茶是从乡下带来的凤凰单枞茶——儿子拿回家的茶，老陈头喝过一次后坚决不再喝，也坚决不让儿子带回家，老陈头说茶太好了，太昂贵不说，喝了还养刁嘴。

怎么就味道不一样了呢？！老陈头很是纳闷。

"看来是没茶伴！"儿子难得回家，有一天和老陈头一起品尝了一泡入口略有点苦涩，却回甘无尽的凤凰单枞茶，十分肯定地说。

老陈头看了看儿子，笑笑没吱声。

说茶伴，茶伴到。三天后的下午，老陈头一个人在家喝茶，门铃忽然响了，开门一看，门外站着的居然是乡下两位老茶伴。

"喝茶吧！走了一路没茶喝！"一茶伴在门口催促。

"喝茶！喝茶！"老陈头高兴得半天没反应过来，赶紧迎客进屋，换茶、烧水、烫杯。取茶叶时，老陈头拿起平日里喝的单枞茶，犹豫了一下没打开，放下，拿过儿子带回来的只喝过一次的茶。

一套潇洒的冲泡动作下来，三个洁白晶莹的小茶杯里，黄澄澄的茶汤上面，白烟氤氲，香气四溢。

"好茶！"一茶伴点头称道。

"老陈头鸟枪换炮了！"另一茶伴惊叹。

春意渐浓的屋里，茶香缭绕，笑声盈庭。

老陈头发现，尽管茶不一样，味道却一样熟悉。

熟悉的味道只持续了三天，老茶伴回乡下了。

老茶伴回去后，隔三岔五地，常有城里的客人上门看望老陈头，和老陈头一起喝茶，一起聊天。来的都没空手，或带茶或带其他，一喝就是大半天。

来的都是客，好客的老陈头全都热情招待。客人带来的东西，老陈头却在客人走时一样不落地让他们带走。

礼多人见外。老陈头有一天和儿子喝茶时，抱怨了几句。老陈头一抱怨，客人再来和老陈头喝茶，都空着手来了，这让老陈头很高兴，冲起茶来，也更来劲：高冲低洒、刮沫淋盖、关公巡城、韩信点兵……看得客人一惊一乍！

客人有懂茶的有不懂茶的，有真懂的有假懂的，老陈头一看就知道。但客人众口一词称赞老陈头的工夫茶好喝。

来的众多客人中，有两位和老陈头年纪相仿，一高一瘦，高的姓李，瘦的姓叶，都在机关退了下来，见多识广，很会聊天。这两人和其他的客人不一样，用老陈头的话说，起码懂点茶——当然了，至于他们爱不爱喝工夫茶，那是另一回事。

这两人来得勤，几乎每天都会来，有时上午，有时下午。刚开始也是带着茶或其他东西，被老陈头退了几次，就空着手来了。

来多了，又能聊，老陈头心里慢慢认可了他们——或许还算不上伴，却与他们慢慢喝出了熟悉的味道。

一日，高的老李带一年轻人过来一起喝茶。老李介绍年轻人是自己的小儿子，也爱喝茶，平日自己喝的茶，都是他鼓捣来的。

年轻人见到老陈头，一口一个叔把老陈头叫得心里舒坦。

老陈头泡茶待客。

冲好的单枞茶，茶香袭人。

"叔，您这茶好，初闻清香，入口纯滑，喝后回甘绵长，齿颊生香！"年轻人一观二闻三品。

老陈头望着年轻人笑。

"叔，这茶细品，清香中略带焦味，纯滑中有丝涩苦，如若不细品，感觉不出来。"年轻人谦虚地向老陈头请教，"敢情是做茶人炒茶时，火候过了些许？"

"年轻人，你懂啥？这茶纯着呢！"瘦的老叶对年轻人口无遮拦，随便评论，很不高兴。

老李在一旁紧张地看着老陈头。

"年轻人，说真话，好啊！"老陈头哈哈一笑。

老陈头一笑，紧张的老李顿时轻松了下来。

年轻人喝了一泡茶后先告辞走了。年轻人一走，老李便向老陈头道歉："初生牛犊，不识货，一通乱讲，扫了兴，下次不带他来了！"

老陈头看着一高一瘦的两位茶客小心翼翼的样子，没吭声。老陈头心里倒希望这位真正懂茶又敢说真话的年轻人常来喝茶。

是夜睡前，独自喝茶，老陈头刚刚找回的一点熟悉的味道便荡然无存。夜深人静，愈加想念乡下的几个老茶伴，想念有时为一泡茶的山高、火候、香气争个面红耳赤。

又一日喝茶，老李又带年轻人一起过来。

"好茶！"品完一杯，年轻人称赞。

"还有焦香苦涩否？"老陈头笑着问年轻人。

"火候把握得十分精准，多一分焦，少一分生，这师傅不简单！"年轻人尽管还是满脸谦虚，却自信满满。

老陈头心里在偷笑，乡下茶伴寄茶过来时专门说，这茶是顶级师傅亲手炭焙，好不容易才弄到几斤。

老陈头看着年轻人，目光里满是欣赏。

品了一泡茶，年轻人又先行告辞了。

"好茶需要懂茶品，好马须有伯乐相！"老李捕捉到了老陈头看儿子的目光，十分谦恭地说，"陈市长就是小儿的伯乐！"

陈市长是老陈头的儿子。

老陈头心里咯噔了一下。

"这年轻人的确不错，老陈，给市长嘀咕嘀咕。"瘦的老叶很直接明了。

嘴里的一口茶，明明很甘纯，老陈头却顷刻间感觉到苦涩。

送走了老李老叶，老陈头一直在品咂嘴里的一口茶——好好的茶，咋就苦了呢？

再一日，年轻人单独来看望老陈头，陪老陈头品茶。

再次见到年轻人，老陈头欣赏的目光不见了，心里很复杂。

"叔，好茶！"年轻人细细品茶。

老陈头没吭声，心里却如炉上铜壶里"咕咕"响的水一样波澜起伏。

"叔,这是我专门从凤凰山上找来的春茶,留着您自己品。"年轻人指了指带过来的两包东西,"这茶海拔起码过一千米。"

"喝茶吧!"老陈头看也不看年轻人带来的东西。谁带东西来,老陈头都不出声,客人走时让客人一件不落地带走。

"感谢陈叔关心!感谢陈市长栽培……"年轻人欲言又止。

老陈头端着一杯茶,正在细细闻香。袅袅上升的香气,老陈头居然闻出了别样的味道。再一细品,老陈头皱了皱眉头,好好的茶,怎么又变苦涩了呢?!

"……"年轻人看着在皱眉头的老陈头没接话,一时心慌,端起的一杯茶,竟喝也不是,不喝也不是。

黄灿灿的铜壶里,水快烧干了,老陈头提壶进厨房加水。

"叔,我回去上班了。"趁着老陈头进厨房,年轻人逃也似的离开了。

"哎!哎!哎!你的茶叶!"老陈头拎着两包东西赶到门口,年轻人早已跑得无影无踪了。

望着手里的两包东西,老陈头怔怔地坐了许久,做出了一个决定。

"茶乃天然香,不沾他香,不占他韵,本色最正道。"老陈头把决定告诉儿子,"沾了他香占了杂韵的茶,不喝也罢!"

老陈头从此不喝茶。

口头禅

丰子的口头禅是"容易吗"。

丰子是我的大学同学,来自农村,一口像他人一样朴实厚重的普通话,让大家经常听懂半句猜半句。

丰子说当年为了考上大学扔掉"三尺六"——家里那柄老锄头,那可是"头悬梁锥刺股活生生重演,容易吗?"

那年月,千军万马挤独木桥,就为了圆高考梦,谁也不容易!

大学毕业时最好的去处是到机关去当公务员,丰子如愿以偿过关斩将,到省会城市一个局当上了公务员,"为了这身份,闯那关关卡卡,脱了多少层皮,容易吗?"

我们去考过最后没考上的,一个个默不作声。

毕业三年,我们该谈女朋友的谈女朋友,该结婚的结婚,丰子也一样谈了个女朋友准备结婚。要结婚,总得有个窝吧,丰子的未来丈母娘对这个窝要求挺高:"在城里没个两房三房的,怎么结婚?"丈母娘的要求就是圣旨啊,丰子要敢抗旨不遵,这个丈母娘就没了,"看着房价一天天噌噌往上涨,摸着女朋友一天天鼓起的肚子,唉,不说了,容易吗?"

都是过来人,丰子说得我们鼻子酸酸的,生活的确不容易啊。

那些年，大家对丰子的"容易吗"感同身受，一段时间没见了，便怀念丰子的"容易吗"。和丰子凑在一起，丰子每说完一件事，正准备感叹时，"容易吗"就被大家异口同声说了出来。说完后，有时哈哈大笑，有时齐齐陷入长久沉思。

到机关几年后，丰子能说会写，办文办事可靠，路子越走越顺，科员、副科长、科长、副局长、局长，就像当年的房价一样噌噌往上涨，丰子和大家在一起再说"容易吗"，大家就找不到感觉了。特别是丰子当了一把手后，有个同学找到丰子，请他关心提携在丰子手下干活的小舅子，丰子说了很多："提拔一个人，程序一道道的，容易吗？"又有一个同学的朋友恰好有个项目报到丰子的局里，同学也请丰子关照，尽快审批，丰子讲："局里大事小事一堆，哪一样都重要，哪一样都得尽快，容易吗？"

我们感觉丰子的"容易吗"变味了，找不到原先的感觉了。慢慢地，就不再期待和怀念丰子的"容易吗"。

容不容易，就像鞋合不合脚，只有自己知道。为赶一个好不容易才争取到的项目，那段日子，我每天白加黑，每周五加二，忙得不辨黑白，不分时日，突然接到一个电话，是北京的同学打来的："我来了广州，晚上小聚，回头把地址发给你。"

再忙再不容易，也不能忘了同学情。我如约到了餐厅，同城的同学来了不少。

酒席开始一如既往地热闹，大家一如既往地猛喝。酒喝得七七八八后，大家又开始吐真言，说感叹。这时，我才发现少了丰子，没人问"容易吗"。

"丰子今天怎么没来？"丰子是活跃分子，又是成功人士，每回同学聚会，都有他。猛一下听不到他"容易吗"的感叹，我还是挺想他的。

北京来的同学看了我一眼，没说话。桌上其他人也没人回答我丰子今天为什么没来。我却实实在在感受到大家居然习惯了没人感叹"容易吗"。

这次聚会没多久，我好不容易把项目完成，得到了老板似是而非的肯定，长舒了一口气。冲上工夫茶，有滋有味地喝上——人闲下来，真好！

这时，丰子的微信来了：今晚7点，炳业3楼201房，不见不散。

这是丰子的风格，请客不问人家有没有空，定好了通知，下命令似的。

反正项目完成了，我愉快应约，六点半就到了。

丰子做东，每回是提前十分钟到，见到早到的我，拍了拍我的肩膀："老许这么早到，不容易啊！"然后就张罗着喊服务员点菜。

我对着他讪笑。

"老规矩，七点半上菜，迟到的进门先喝三杯。"点完菜，丰子坐下喝茶。

"今晚多少人啊？点这么多菜？"七点过了，偌大的包间里，还只是我和丰子两人，丰子还点了一大桌菜。

"广州的都通知了，不来齐也有八九个吧！"丰子一如既往，"这个点，这么塞车，要准点到，容易吗？"

的确不容易，七点半了还都塞在路上吧，包间里还只有我和丰子。

"请问上菜吗？"服务员推门进来，小心翼翼地问。

"再等十分钟吧，十分钟后上菜。"丰子看了看我，对服务员说。

十分钟后，服务员陆续上菜。

"菜上来了，我们坐上吃吧。"丰子神情似乎不大好，招呼我上桌。

"就我俩？！"

"一个人也得吃啊！"丰子从不喜形于色，我却感受到了他内心的汹涌波涛。丰子说了一句意味深长的话："看来都不容易，来不了啦。"

好好的酒席，我吃得没滋没味。

丰子却像没事一样，一个劲地喝酒，不知不觉，一瓶酒见底了。丰子让服务员"开酒"。

"开——开什么玩笑。"我想阻止服务员，却被丰子止住了，"老许，喝个酒容易吗？"

"……"

"你说容易吗？"

"……"

"就说上次老丁的小舅子，工作不行，能力不行，为人不行，这都算了，他看中的位置，在局里特别重要，你说，我能给老丁的小舅子吗？不能给，我又能给他讲吗？你说，容易吗？"

丰子说完倒酒，给自己倒了大半杯。

"少喝点，丰子。"我从丰子酒杯里匀出了一大半酒。

"再说，老郭朋友的项目，条件不成熟，可行性不充分，环评不过关，配套不到位，地方不支持，我要批了，就成了半拉子工程，我能批吗？老郭又出面了，老郭是什么人？我大学时的入党介绍人啊，我不批，心里过不去，我要批了，我心不安，我容易吗？"

丰子说完，把杯里的酒一饮而尽。

"老许啊，千人千般苦，苦苦不相同，每个人都不容易。跟你说，在体制内，有时表扬都不容易——你表扬一个人，往往无心得罪一片，容易吗？"

丰子又端杯，发现杯子是空的："没酒了吗，老许？"

我给丰子的杯里续酒，陪丰子一饮而尽。

酒不醉人，人自醉，善饮的丰子因为喝闷酒，在第二瓶酒还没喝到一半时，嘴里喃喃说"容易吗"，便趴在桌上一句不吭了。

我手里一直在摇晃一杯黄澄澄的酒。

"先生，其他客人还来吗？"服务员又进来小心翼翼地问。

"不来了，就两人。"趴在桌上睡的丰子，看来头脑还是清醒的。

"来。"我停下在手里摇晃着的酒杯，"服务员，麻烦把茶几上的手机拿给我。"

我打开了手机通信录，一轮酒气熏天的话说完后，也趴在了酒桌上。

半个钟头后，老丁来了，老郭来了，同城的十个同学，一个不落，全都来了。

"把那瓶大的开了。"我指着茶几上一瓶还没开的六斤装洋酒，吩咐服务员。

酒桌上又热闹了起来，丰子却一直在睡。丰子的呼噜声，一会儿高亢一会儿平缓，一会儿如高山流水，一会儿如平湖冲浪，均淹没在吵闹声中。

六斤装的酒见底了,大家酒兴阑珊。

"今晚散了,下回再聚。"我大着舌头说。

大家准备散时,发现丰子的呼噜声还在继续。

"起来了,撤了撤了。"我使劲摇了摇丰子的肩膀。

"走了吗?"丰子抬起头,扭了扭脖子。

"丰子在这么吵的酒桌上睡了一晚,容易吗?"我笑丰子。

丰子讪笑。

我讪讪笑。

梦里时分

一切都像在做梦。

躺在床上的庆生一直在烙饼,翻来覆去睡不着,梦自然是做不成的,可白天发生的一切,的的确确像在做梦。

下午一进会场,柔和的灯光替代了炎炎烈日,清凉的冷气驱走了夏日酷暑,让人感觉既温馨又激动。

庆生很是激动——今天的会,是新来的市委主要领导到市里工作后,亲自主持召开的第一场大型会议。这位领导又是若干年前省里派庆生等一批人到省外驻村扶贫时的总指挥。当年,庆生扎根基层,白加黑,五加二,工作十分努力,扶贫成效突出。总指挥常常陪着上面来的人到村里,对庆生主动融入,与村民打成一片,和村民拍拍肩膀喝烧酒,印象深刻,赞叹有加。

当年印象是不错,可一年扶贫结束后各奔东西,再也没联系。这么多年过去了,领导还记得吗?在会议室一坐下来,庆生就琢磨着怎么和主席台上的领导接上话,让领导忆起自己。

会议规模大、规格高,领导管辖下的十二个县区的党政领导班子和所有中心镇的党委书记都来了,数百人济济一堂。会议只安排十二个县区的主要领导发言。庆生,一个虽是中心镇却地处边远山区县的镇委书记,根本没机会和主席台上的领导接上话。

怎么让领导忆起自己呢？县区书记们的发言，庆生一句也没听进去。庆生一直斜眼看着窗外，琢磨着。

窗外的阳光看着像蜗牛，挪得特别慢，从一片树叶爬出来，居然足足等过了三个抑扬顿挫的发言时间。

阳光爬过了树叶，挪进了绿草地，庆生一直琢磨不出怎么和领导接上话。

台上一个接一个在抑扬顿挫地讲。看累了窗外的庆生正了正身子，把目光从窗外收回来，绕过好几排黑压压的后脑勺，落在领导身上。

国字脸，斑白头，一身正气的领导一会儿在本子上记着，一会儿左手托腮侧身看人。这是领导的经典动作——那年，领导来村里开座谈会，庆生对领导的这一动作，再熟悉不过了。

领导，还记得我吗？看着这熟悉的动作，庆生在心里问。

又一个抑扬顿挫讲完了，另一个又急忙开始了。会场里，只剩下最后一个在等待了。庆生还琢磨不出和领导接上话的方法。

最后一个发言时，窗外的阳光挪出了绿草地，爬上了会议室另一侧的墙上。阳光把灰黄的外墙切成了两半，近地的一半没了阳光，更灰更暗，上面的一半，铺上了金黄的阳光，更黄更亮。

也罢。也罢！琢磨不出法子的庆生再次把目光从窗外收回，喝了口茶，轻轻叹口气。

嘴里虽说着也罢，庆生的目光却还是不由自主地绕过好多排的后脑勺，一直落在国字脸、斑白头的领导身上。

庆生突然发现，领导没在本子上记着，熟悉的经典动作也不见了。领导像有什么事似的，眼睛瞄了几次门口。

领导怎么啦？

还没等庆生明白过来，领导倏地起身朝门外走。

领导是要上洗手间！醒悟过来的庆生突然灵机一动，悄悄起身朝门外走。

会议室外不见了领导。洗手间倒有两个，左边一个专供主席台上的领导们，右边一个给其他与会者使用。

庆生毫不犹豫地朝左边走。

"洗手间在右边。"在洗手间门口，安保人员礼貌地提醒庆生。

庆生没理会安保人员，径直往里走。

"对不起！"责任在身，安保人员身手敏捷地拦住了庆生。

"不好意思！"见硬闯不行，庆生赶紧掏出工作证，客客气气地对安保人员说，"我是会议代表，有急事报告领导。"

安保人员用怀疑的目光审视了庆生一遍，又把工作证拿在手上看了看，随后把证件还给庆生："请进吧！"

庆生一闪身进了洗手间。

领导正在烘干机前低头烘手，一见有人进来，本能地抬起头看了一眼。见是生人，领导复低头烘手，面无表情且是满脸疑惑。

"书记好！我是小谢啊！"终于见到领导了，庆生心里既激动又紧张。

"小谢？"领导复又抬头看了庆生一眼，一脸茫然。

"我是龙头村驻村干部谢庆生！"庆生赶紧掏出名片，恭恭敬敬地呈给领导。

"哦，驻村的小谢？"领导接过名片，又看了庆生一眼，似乎找回了记忆。

"是的！是的！"庆生说话带着颤音。

烘干了手的领导拍了拍庆生的肩膀，大步走出洗手间。

庆生的很多话还来不及讲呢。

坐回会议室，庆生再也无心留意窗外蜗牛般的阳光了，目光绕过几排黑压压的后脑勺，一动不动地落在主席台上的领导脸上。庆生惊讶地发现，国字脸、斑白头的领导在看手里的一张名片，看完了，顺手把名片插进了笔记本的皮夹里。

庆生看得心潮澎湃！

新来的领导做了慷慨激昂、振奋人心的讲话后，会议安排了聚餐。

和庆生一起坐在最末一桌的镇委书记们，尽管平日里在自己的地头吆五喝六，但到了这场合，个个都很识趣，安安静静、规规矩矩地吃饭，就连会议准备的酒也没人喝。

醉翁之意不在酒，庆生虽然嘴巴没动几口，但是眼睛却没闲着，一直跟着领导。

看着主台坐的市领导纷纷给新来的领导敬酒，庆生几次想走过去给领导敬酒，又怕张扬——除了主台的市领导，县区委书记一个都没动，哪轮到小小的镇委书记？庆生挪了几次屁股，始终不敢站起来。

领导会来敬酒吗？既然不敢过去给领导敬酒，庆生就希望领导带着市领导来给大家敬酒，认认大家，给大家鼓鼓劲，这样也许有机会再说上话——把来不及讲的重要话讲给领导听！

庆生除了悄悄让服务员给自己备了个酒杯——万一领导来敬酒呢，还在心里把重要的话筛了一次又一次，就像小时候母亲筛谷子，一遍一遍地筛，把沙土瘪谷都筛掉了，剩下的都是粒粒饱满金灿灿的谷子。

主台上热热闹闹的敬酒平静一会儿后，领导真的在副手们的陪同下，一桌桌给大家敬酒，一桌桌讲鼓舞人心的话。

庆生激动不已，把酒杯捏得紧紧的！

"大家都不喝酒？！"领导敬酒走到最末一桌时，笑容可掬地问大家。

庆生看着随领导过来的十几个市领导，嘴张了张，和大家一样没出声，身子却不自觉地朝前倾了倾。

"小谢啊，你也不喝？你忘了咱驻村扶贫的规矩了？"见没人主动接话喝酒，领导眉头蹙了蹙，突然发现身子前倾却努力在控制着不要摔倒的庆生，朗声说。

所有的目光齐刷刷聚焦到了庆生身上。

"没忘！没忘！我喝！我喝！"庆生受宠若惊，赶紧倒满三杯自罚，然后再倒满一杯酒来敬领导。

"这才像当年拍拍肩膀喝烧酒与群众打成一片的小谢嘛！"领导喝了酒，满意地笑了，随后带领其他领导回座位继续吃饭。

尽管筛过的重要话没来得及讲，庆生却已心满意足。

领导敬了一圈酒后，气氛活跃了起来，一围台一围台开始轮着到主台敬酒。领导不敬，始终是块心病，庆生在最后时刻也带着同桌的书记们到主台敬酒。看到善喝的领导喝高了，敬领导时，庆生想替领导喝，却被领导挡住了："你敬我酒，我还是要喝的！"领导头一仰，杯一斜，满杯的酒潇洒地倒进了喉咙，咕咚一声滑进肚里。

其他领导尽管也都喝了不少，庆生他们敬酒时，却都说乡镇不容易，个个一饮而尽，没一个杯里留酒养鱼。

庆生喝得热血沸腾。

热血沸腾的庆生当晚躺在床上，理着今天下午的记忆碎片：阳光、蜗牛、洗手间、烘干机、名片、酒杯……理来理去，感觉一切像在做梦。

当然了，庆生做的梦既温馨又让人激动，就像那天走进会场，灯光替代了烈日，冷气驱走了酷暑：先是县委书记会后再次到庆生所在的乡镇检查指导工作，书记时隔一月再来，对乡镇的工作，对庆生的表现，评价截然不同——一个月前来，听完庆生的汇报，书记鼻子不是鼻子，脸不是脸，当众说要撤庆生的职。之后没多久，市里有关部门也来庆生所在的乡镇调研总结经验。再之后，庆生就成了县领导。

成了县领导的庆生感觉一切还像在做梦——有梦就有希望，庆生享受这梦里时分。

流　行

所谓乡音难改，口味不移，在刘普这，体现得淋漓尽致。

刘普读书时，从西北老家带来的一口卷舌音，说话就像舌头打了结，让很多同学听得云里雾里。还有，刘普的一日三餐，一大盆面条，是他的标配。毕业工作了，刘普乡音尽管难改，但在努力改，"口音不改，难以交流，不利工作"。一日三餐的面条，刘普却永远不变，说口味"关乎肚子，无伤大雅，何苦改之"？

工作多年，刘普的舌头似乎舒展开了，卷舌音轻到可以忽略不计，面条却不随工作岗位变化而变化。

这不，刘普从市里空降到镇里当书记，就因为欢迎宴会上没准备面条而让精心张罗了很久，想在新书记面前好好表现的镇办公室主任自责不已。

"菜是好菜，酒是好酒，就是吃不饱。"上完最后一道菜，书记问办公室主任有什么主食，办公室主任答复，准备了特色美食八宝饭，书记看着杯盘狼藉的饭桌说："让厨房给我煮碗面条吧。"

"书记，这八宝饭可是咱镇里的招牌，您尝一尝？"镇长赶紧给书记刘普介绍八宝饭，说镇里温泉多，农民用冷却了的温泉水种植水稻。富含各种矿物质的温泉水种出来的水稻，产量少，品质却极好，远远胜过网上热炒的东北五常大米。镇机关饭堂就是用温泉水种出来的水稻，外加本地产的花生、大豆、黑米、红枣、枸杞，再配上鲜肉、瑶柱、虾米，焖足两小时，才做成本地招牌美食——八宝饭，"大凡来镇里出差的，必吃上一碗八宝饭。吃了八宝饭，回去必细细回味，三月不知饭味"。

书记刘普瞅了一眼面前的八宝饭，没吭声，也没动筷子。办公室主任看了看镇长，又看了看书记，赶紧到机关饭堂后厨交代厨师煮面条。

满满一碗面条一端出来，瞬间就被书记刘普吃了个底朝天。

书记不喜欢八宝饭，偏爱面条，自此尽人皆知。

欢迎宴后，只要书记在机关饭堂吃饭，饭堂必备面条。刚开始，饭堂只上一小盆面条，书记一个人吃。

"一人独乐不乐，一人独吃不香。"书记吃了几天面条后，办公室主任跟着吃面条。

慢慢地，吃多了八宝饭的副镇长、副书记也改改口味尝试着吃起了面条。一段时间后，镇长也开始吃起了面条。

其实，面条也挺好吃。吃过面条的镇领导们纷纷感叹。

领导是潮流的引领者。镇领导开始一日三餐吃面条后，很多机关干部也逐渐喜欢上了面条。谁曾想到，曾风靡一时的八宝饭在机关很少人问津了——在以大米为主食的地区，面条居然在镇机关饭堂流行了起来。

当然了，机关饭堂的师傅精益求精，不断推陈出新，让机关饭堂的面条由开始的单一水煮，发展变化出生炒、凉拌、油捞、焗烤等。

面条在机关饭堂流行了一段时间后，流传到乡镇下面各个村。很多村干部来镇里开会吃过机关饭堂的面条后，派人悄悄来取经学做面条。

村里有了面条吃，书记刘普下乡调研不用赶回镇机关饭堂，走到哪，面条吃到哪。在村里吃完面条，刘普常常鼓励村干部："面条做得好，工作也不能赖！"

镇各级干部面条吃得火热，在书记刘普的带领下，镇里各项工作也干得热火朝天。

热火朝天地干了几年，镇里各项工作成效显著，一改经济落后、治安不稳、环境恶劣的局面，受到了县里、市里的表彰。

隆重的表彰大会过后，书记刘普高升了——回市里一个局当副手。

局机关人少，没饭堂。刘普早晚两餐在家吃老婆煮的面条——尽管和先前乡镇里的面条比起来，有时感觉少盐寡味，但刘普倒上大半碗醋，呼哧呼哧一下子把一盆面条吃完。老婆上班，中午没人煮面，刘普就固定到离单位不远的一家面馆，点上一份半汤面，连汤带面吃个干干净净，然后腆着肚子，悠闲地回办公室休息。

有面条吃的日子很滋润。刘普常常感叹。

悠悠闲闲、滋滋润润地过了几年，一纸文件下来，刘普被派到市里最穷的县当县长。

在县里，书记是想事情睡不着，县长是干事情没空睡。书记早年就在县里当县长，当县长干到头上的头发越来越稀少时当了书记，"我刚当县长时的头发和你现在一样乌黑浓密。"在欢迎刘普的晚宴上，书记摸摸自己地中海式的头发，和刘普开玩笑，"咱县基础差，工作辛苦，你要尽快融入，也要做好把头发也变成地中海的准备！"

到最穷的县里当县长，刘普有大干苦干，掉一层皮的心理准备。工作苦，刘普不怕。没面条吃，刘普才觉得苦——在第一天的欢迎宴上，尽管菜式不奢华，却也体现了县里的最高水平。狂轰滥炸的敬酒过后，欢迎宴进入尾声，机关饭堂的服务员给每位领导端上一碗菜心粒粥："这是今晚的主食。"

刘普后来才听说，这熬得烂烂的菜心粒粥是来自南方的书记的最爱，就像来自西北的刘普最爱面条。

"这粥解酒、提神、降火，是好东西。"书记热情地向刘普推荐。

初来乍到的刘普看着书记和众人津津有味地喝粥，想叫碗面条的话到了嘴边，咽了回去——上什么山，唱什么歌，尽快融入吧。

刘普尝试着喝粥，可烂烂的、无筋无道、不咸不酸的粥进了嘴，心里一阵恶心。刘普用汤匙把一大碗菜心粒粥搅了半天，粥都化成了水，还在。不想扫大家的兴，趁人不注意，刘普让服务员把粥端走了。

半夜饿了的刘普只好让司机到外面面馆打包了一盆面条，回房间吃。

当过县长的书记对县里情况熟，喜欢在机关小饭堂餐前开党政领导工作碰头会，研究解决问题，指导政府工作。书记一来小饭堂，每回必上菜心粒粥，这让刘普很是苦恼。

饭后让司机到外面打包了很多次面条后，刘普实在忍不住了，有一天便问机关事务局局长："饭堂有没有面条？给我来一大碗。"

局长看了看书记和喝粥喝得津津有味的众领导，应了一句："我去问问。"

一会儿，局长端着一碗面条进来。

尽管面条没放醋，还很咸，但刘普三下五除二就把面条吃完了，一脸满足，讪笑着说："吃惯了面条，改不了。"

一桌子人，只顾埋头喝粥，没人抬头搭理刘普。

"县长喜欢面条，以后饭堂要给县长备碗面条嘛！"良久，书记喝完了粥，半是质问机关事务局局长，半是自嘲，"县长的口味和我的不一样。"

不光是口味，在很多事情上，县长和书记的处理方法不一样，刘普心里十分清楚书记所指。

既然挑明了，就不用再藏着掖着。往后的餐前碰头会后，刘普不再装模作样喝熬得烂烂的菜心粒粥，大碗吃起面条——当然了，一桌子领导，除了刘普外，都和书记一样在津津有味地喝粥，不，应该是在品粥。

一个人吃面条的刘普，显得有点孤单，有点不自在。

自不自在，孤不孤单，面条还得吃。工作再辛苦，刘普也得努力推动。

在特别孤单的日子里，刘普一度想改变自己，再尝试和大家一起喝菜心粒粥——可那粥对刘普来说，的确难以下咽。

刘普只好作罢，一个人孤单就孤单吧！

一个人孤单单地吃了几年面条，县里因经济发展不力，社会问题突出，书记被调走了，刘普接任书记。

接任书记的刘普第一时间取消了餐前碰头会这一持续多年的例会，让大家甩开膀子，撸起袖子，大干快干。

碰头会是取消了，但党政班子成员还是习惯在那个熟悉的钟点到机关小饭堂吃饭——大家碰面，不再专门研究工作，但大家在一起边吃边说

流行

笑，气氛很好。当然了，机关小饭堂在机关事务局局长的亲自指导下，做出来的面条质量有了质的飞越，很多以前喝惯了粥的领导，尝试过面条后，慢慢地爱上了。

随着机关爱吃面条的干部持续增多，机关小饭堂辞退了两位专门熬菜心粒粥的师傅——机关喝粥的人越来越少，专门从北方引进了两位面条名师。有了名师的加盟，机关小饭堂的面条不仅花样不断翻新，而且品质越来越上乘，终成县机关饭堂的一道招牌美食。

面条在县机关小饭堂广泛流行。

后来，不仅在机关，乡镇机关饭堂也流行面条。

流行的面条改变了很多人的口味，也改变了很多人。

科室之间

科室就一间办公室，不大，十来平方米坐三个人。科长姓赵，坐在最里面。往外依次是科室老臣小钱和刚毕业来的小孙。

科室管办文和存档，办公室的一面墙摆了一列灰白色的铁皮文件柜。不知从什么时候起，文件柜上又叠上半个柜，把办公室的一面墙包得严严实实。

科长五十开外，每天戴一副宽边黑眼镜，衣服穿得齐齐整整，头发梳得一丝不苟，人又长得胖墩墩的，一看就十分严谨和沉稳。科长是老师出身，对手下，喜欢像当年对待学生一样，苦口婆心，循循善诱，"保密工作无小事"。科室里保管的保密件，全部是自己经手，"多个人知道，多份危险"！所有保密件，自他当科长以来，一律改放到文件墙的上半柜，"人家要窃密，也没那么容易！"

小钱来科室的头三年，老科长平时言简意赅，安排工作以人为本，很合小钱的脾气，小钱干得很欢快。老科长提拔走了，小钱还很不舍得。老科长安慰小钱，铁打的科室，流水的人，你也会成长会走的。没料到，小钱一干又干了五年，成了科室老臣子。这五年里，小钱无时无刻不把现在的科长和高升了的老科长做比较，越比心里越不是劲，越比心里越鄙视婆婆妈妈、谨小慎微的科长。

科长心里明镜似的，却不计较这些，该讲时，滔滔不绝说，该批评时，可着劲批，"小钱，你说起来一套套，干起来无门道这怎么行？"科长还借批评小钱，告诫新来的大学生小孙，"千万不要眼高手低，当嘴上的巨人，行动的矮子"。

科长用行动告诉小孙保密工作的严谨和重要。单位里有同事来查阅保密件，科长三看四审查阅人持有的领导批示，完了搬过自己坐的椅子，再垫上几本厚厚的书，自己小心翼翼地爬上椅子，再试着踩上厚厚的书，站起来，开柜，按文号取保密件。许是科长的椅子被踩久了，科长踩上去不仅椅子吱吱响，垫着的书也摇摇晃晃，人站着，像在跳舞，摇摇欲坠。

一次，科长在文件墙的上半柜里取一份放得较高的保密件，手伸了几次，没够着，只好踮起脚。没想到，科长一踮起脚，原本摇摇晃晃的他晃得更厉害了，幸好科长及时跳下来，要不，科长将从厚厚的书上摔下来。

下来休息了一小会儿，科长再爬上去取件，小孙站起来想过去扶椅子。科长却对着欲笑不笑的小钱喊："小钱，你来扶一下椅子。"

小钱只好懒洋洋地站起来，走过去一脚顶着椅子的一条腿，一手压着椅子的后背。科长再爬上椅子，踩着厚厚的书，人不摇晃了，轻松地踮起脚尖，拿到了要拿的保密件。

科长下来时，一手扶着小钱的肩，一手拿着的文件在小钱眼前晃过。小钱无意识地瞄了一眼文件，什么也没看着。

"喂，喂，喂，不该看的不要看！"科长注意到了小钱刚才的眼神，迅速把文件卷起来，大声提醒小钱。

小钱嘴张了张，没说话。这时，一只迎面飞来的蚊子，不偏不倚飞进了小钱张着的嘴。既难受又恶心的小钱只好跑到办公室外死命地咳，想把蚊子咳出来。

办公室外的小钱每咳一声，办公室里的科长就抬一下头，厌烦地朝办公室外望一眼。

从此，科长上去取保密件，只要小孙在，就让小孙扶椅子，绝对不叫小钱。

小钱乐得轻松，心里却更鄙视科长了。

初来乍到的小孙对科长的"好说"却一点也不厌烦,还常常向科长请教很多问题。科长不仅十分耐心地解答,还给小孙讲了单位里的很多奇闻逸事,完了提醒小孙:"在机关,一是要会做人,二是要会做事,一个年轻人,连壶水都不会烧,连杯茶都不懂泡,能干成什么大事?"

小孙连连点头。

从第二天起,小孙每天第一个到办公室,烧水煮茶,给科长一杯,小钱一杯,自己一杯。日复一日,这成了小孙的早课。

那日,小钱看着科长又给他和小孙"上"了半天课,冷不丁地说,"昨天听说了一个笑话,讲给大家乐乐":

一天晚上,一个大款牵着狗在小区遛圈。突然,一个杀手从草丛里窜出来,"啪啪"两枪把狗打死了。大款大怒:"你杀我的狗干什么?!"杀手冷哼一声:"有人花500万,让我取了你的狗命!"大款愣了片刻,感激涕零地说:"好汉等等,拿走100万,50万给你,50万给你的语文老师。"

第二天晚上,大款一个人拿着手机出门遛圈。突然,杀手又从草丛里窜出来,一把夺走了大款的手机。大款怒骂:"你抢我的手机干什么?!"杀手又冷哼一声:"有人花1000万,让我取了你的首级(手机)!"大款又愣了片刻,泪水四溢地说:"好汉再等等,拿走200万,100万给你,100万给你的语文老师。"

第三天晚上下雨,大款打着伞出来。刚出门,杀手又从草丛里窜出来,夺过大款的雨伞,头也不回地跑了。大款回过神来,看到地上落了一张字条:"今晚务必要他的命(伞)!"大款再愣了片刻,跪下喊叫:"老师,你是我的恩人啊!"

小钱讲完,小孙忍着没笑,科长却脸色很难看。

科室事情其实很多,不像外面认为的一杯茶一张报纸看半天。忙碌的办公室里,小钱一如既往地鄙视科长,小孙却是每天科长、钱哥叫得欢,叫得亲切!

为迎接上面的保密大检查，科室三个人累脱了一层皮。

"我说吧，保密工作重在平时。"检查合格，科长心情很好，在办公室里喝着小孙泡的自己从家里带来的好茶，高兴地总结，"小钱，文件规范把关不错，受到检查组表扬；小孙，保密定级不松不紧，恰到好处……"

小钱没吭声，头也没抬。

"科长领导有方！钱哥指导得也好！"小孙看着科长和小钱，嘴上如抹了蜜。

小钱抬了抬头，微微笑了。

"科长辛苦了，再喝点茶！"小孙接过科长的茶杯，倒掉剩茶，重新冲上热茶，然后端着走到科长的位置。

办公室里茶香四溢。

"科长，喝茶！"小孙恭恭敬敬地把茶杯递给科长。

科长接过了茶杯，想喝一口，茶太烫，手没拿稳，"啪——"的一声，洁白的陶瓷杯掉地上，碎了，水溅了一地。

"科长，烫着没有？"刚刚转身准备走的小孙又转回身子，一脸紧张，自我检讨，"不好意思，杯子我没递好！"

科长看了小孙一眼，轻轻地又是意味深长地说："没事，您没事吧？"

"科长没事就好。我去局办公室给您弄个杯子来！"小孙显然被科长的"您"字惊了一下，脑子短路了几秒才赶紧说。

转眼，小孙到科室就干了一年。一年里，小孙处处抢着干活。科长平时对小孙尽管不再说"您"字，却是另眼相看。一年来，在小孙的建议下，科室购买了一把铝合金梯子代替科长每回拿保密件时爬的椅子。当然了，科长爬梯子去拿保密件时，只要小孙在办公室，小孙一定放下手里的活，站起来为科长扶梯子。

科长拿保密件，小孙扶梯子，一个在梯子上，一个在梯子下，一老一少，一问一答，慢慢地成了办公室里一道亮丽的风景线。

那天，小钱不在办公室。科长和小孙又是一个在梯子上取件，一个在梯子下扶梯，两人边取件边聊天，科长用爱怜般的眼光和小孙讲了他看到的漫画：

> 画很简洁，就两幅。上幅，一个大学化学实验室里用的烧杯，杯里装了大半瓶水，一只脑袋大、身子小的蝌蚪在瓶子里快乐地游弋。下幅，还是原来的烧杯瓶，还是大半瓶水，瓶里的蝌蚪却变成了一只硕大的青蛙。青蛙蹲在瓶底，可怜地昂着头，神情悲戚……

"年轻时看到这漫画，很震撼。现在老了，没感觉了。"科长俯下身，和蔼地看着小孙讲。

"啪——啪——啪——"文件柜里的保密件被科长的手不小心碰了一下，文件纷纷掉落。

"科长，小心！"小孙喊了一句。

科长赶紧下梯收拾文件。

"科长，对不起，我没扶好梯子！"小孙愧疚地说。

"帮忙收拾吧。"科长又意味深长地看着小孙，一脸和蔼地说。

"这是保密件！"小孙不敢碰地上的保密件。这是科长立下的规矩，科室其他人不得随意动保密件。

"没事，您一起收拾吧。"科长不经意又是一个"您"字。

小孙紧张地看着科长，几乎是闭着眼睛收拾地上的保密件。

科长和小孙共事了三年。三年后，小孙调去当了局长秘书，后来又当了科长、副局长。当科长、副局长的小孙一有空就回老科室看看。

不大的办公室还是坐三个人，坐在最里面的是赵科长，往外依次是科室老臣小钱和接替小孙的小李。

再后来，小孙调走了，当了更大的领导，小孙再也没回老办公室看看。但他听说，不大的办公室还是坐三个人，坐在最里面的还是当年带自己的赵科长，往外依次是科室老臣小钱——早变成了老钱和早年接替自己的小李。

沙子正好

上面通知，周三领导要来检查工作，我对着电话嘟囔了一句："来就来呗。"

我们这个地方，来的领导可多了。接待的领导，早已像镇上这片沙漠里的沙，多一把不多，少一把不少，根本不当一回事。我自己常嘀咕，在我们镇上，不要说我这个镇长，就连镇上的流浪猫啊狗啊，领导见多了，热闹见多了，再大的领导来，既不会像乡下人一样躲躲藏藏，也不会激动紧张。

我们镇是小镇——这个小，指的是人口少，经济总量少，地盘却不小，那一望无垠的沙漠，抵得上东部沿海多少个市县的地盘。

我们这里的沙漠，像极了中国四大沙漠之一的腾格里沙漠，虽没腾格里的浩瀚却也壮丽无比。这片沙漠也是我们镇上的天——腾格里蒙语是天的意思，我们自诩为小腾格里，也是天。

领导们来，都是冲着这片天来的。

"你不要自以为领导见多了，不把领导当回事儿！"旗长骂我是个"官油子"。

"知道了，旗长。领导也是人，饿了也找吃，急了也要尿，硬了也想上……来就来呗。"我和旗长私交不错，旗长啥都好，我看不惯的一点就是旗长太把领导当一回事。

"这回可不一样！这是个学者型的领导，不仅学识渊博，博古通今，无不知晓，而且作风扎实，检查深入，一丝不苟，马虎不得啊！"旗长很是婆妈，"还有，领导这次来更重要的是来考察咱旗，要在这里建设一个大项目。这项目领导要批下来，你们今后就不用吃沙子了。"

"那吃啥？"

"吃银子呗！"

"知道了。"果真能让我们今后吃银子，我一定接待好，当孙子也行。

领导坐飞机转高铁倒汽车，如期到镇上。

领导果然与我以往接待过的领导不一样：从中巴上下来的领导，不是西装领带，而是一身运动服。领导衣服合身得体，头发齐整，目光如炬，精神抖擞。领导一下车，我就隐约感到，平日里见多识广，大摇大摆在镇政府墙边，懒洋洋晒太阳的流浪狗阿花，此刻把瘦弱的身子刻意往墙根缩——好像恨不得墙根有个洞，能钻进去。

"这可是个美妙的地方啊！大漠孤烟直，长河落日圆，唐代大诗人王维的《使至塞上》，虽然写的是腾格里沙漠，但咱们脚下这片沙漠，我百度过了，一点也不亚于腾格里，沙丘、湖盆、山坡、平地交错并行，该有的都有，虽小却很精致，更妙的是纯天然，未开发。"

车窗外，一望无垠的沙漠，阳光下金光闪闪，一座山丘，如雕刻般，千姿百态，又都一样被磨光了边角，圆润光滑。大小不一的湖泊，红日下，倒影婆娑，烟霞氤氲，与金色的沙海融为一体，柔媚至极……

"大诗人王维当年是以监察御史的身份，奉唐太宗之命出塞慰问，体察军情。他们当时从长安出发，途经咱们脚下这片沙漠后，北上过黄河，直奔武威而去。"领导凝视前方细软的沙丘，犹如见到了骑马的王维正在踽踽前行。

"丝绸之路经过这里，你们可知道？"领导自问自答，"古丝绸之路主要线路分三道，其中一路从中原出发进入宁夏，经中卫过甘肃。这一路便经过我们脚下这片沙漠。"

说起丝绸之路，领导的话题自然离不开"一带一路"："这'一带一路'借用的是古丝绸之路的历史符号,积极发展与沿线国家和地区的经济合作,共同打造政治互信、经济融合、文化包容的利益共同体、命运共同体和责任共同体。短短几年,'一带一路'合作取得巨大成就,中国的很多建设项目上了'一带一路'沿线国家和地区的钱币上。"

汽车行驶在沙漠深处,除了一路漫天的黄沙之外,还有点点绿色点缀在路的两旁——那是号称生而不倒一千年,倒后不死一千年,死后不朽一千年的沙漠守卫者,大漠胡杨。屹立着的胡杨树,深深地扎根沙漠中,述说着沧海桑田的变化,诠释着坚毅与不屈。

"旗长,'一带一路'是国家倡议,沿线国家和地区在主动配融合,我们也要主动对接。"车子走了一阵子,领导的随从人员都像晕船般,提不起精神,唯独领导神采奕奕,介绍说,他今天来考察的项目,就是对接"一带一路"建设的大项目,"一定要确保项目落得了地,建得起来,更重要的是出得效益,实实在在造福一方老百姓。"

说到老百姓,领导突然转身问我:"'两不愁三保障'抓得怎样?"

按旗长的部署,我原准备在路上向领导汇报项目建设的好处和群众的期盼,可一路上领导的话稠得就像沙子,我连开口的机会都没捡到,冷不丁有机会了,却是问我"两不愁三保障"。之前旗长交代领导是来考察项目,我只准备了项目上的说项。我哪知"两不愁三保障"是啥玩意?平时里也算见多识广的我卡壳了,只好借着车子下坡,把头埋下去,还刻意咳个不停,"龟孙子旗长,你得赶紧给我补台啊!"

我边咳边拿眼瞄旗长。旗长也紧张得脸红——旗长的脸本身就黑红黑红的,不容易被察觉,我却看到了旗长和我一样的窘迫。

"老百姓就是我们的天,就像这片沙漠,是我们旗上镇上的天。心中有天,天地宽广!"领导满怀深情,"基层组织一定要让贫困群众不愁吃不愁穿,旗里镇里也一定要保障好群众的义务教育、基本医疗和住房安全!"

"报告领导,旗里十分重视群众的困难,我们不仅要做好'两不愁三保障',项目如果批准上马了,我们还要力争使群众有技能、有就业、有钱花。"旗长黑红的大脑转得快。

"很好嘛,群众的事都是大事,要把大事办好,好事办实。"领导点了点头。

你不就是来审批个项目嘛,整得真像个中央大领导一样,又是讲历史地理,又是说国内国际,还要指示国计民生,有这么大牌吗?我在心里骂,嘴里却连连说:"一定按照领导的要求抓好落实!"

汽车爬过一个沙丘后朝谷底开了一会儿,项目现场到了。领导一行下车,在坡下抬头仰望,只见沙山悬若飞瀑,偶尔一两个人乘沙流,飞流而下,有如从天而降,人过之处,却是无染无尘。

"坡陡沙好景美,养在深闺人未识,的确是个好项目!"领导由衷赞叹。

"我们一定按领导的要求,建好建出效益。"旗长似乎已拿到领导的审批文件,憧憬未来,"这个滑沙场,建成后将是全国最好的滑沙场!"

"走,到坡头看看。"领导兴趣盎然。

爬山难,爬沙山更难。领导尽管早有准备,也爬得狼狈不堪,可再狼狈,领导还不忘讲述"沙经":

"世界上最著名的十个滑沙场,排第一的非德国的希尔绍沙盘莫属,那里,由白沙制成的沙丘,让人体验到奢华与速度;纳米比亚沙漠的沙丘是世界上最活跃的沙丘,那里有世界上最高的索斯苏蕾沙丘,刺激和有趣是那里的特色……"

"我国最大的天然滑沙场,当属沙坡头。坡陡又长,滑沙能体验到飞流直下三千尺的感觉;敦煌鸣沙山滑沙场能听到各种奇妙的声音;古柏渡飞黄滑沙场,落差一百一十米……"

从坡下往坡头爬,爬爬停停,领导如数家珍般把中外滑沙场逐一介绍个遍。

"领导是专家!"旗长装得像小学生一样,脸上写满崇拜。

好不容易上到坡头,大家都散了架般坐在沙地上。此时,金闪闪的阳光下,坡上坡下,遍地流金。风过处,沙子沙沙作响。

"沙子正好。"领导捧起一手沙,细,白,软。领导看着手里的沙,给大家讲人类史上最伟大的发明之"从沙子到CPU":

"CPU是电子设备的大脑,你们可知道,CPU就是我手上的这捧沙子变成的!"沙子和CPU,风马牛不相及。要是我们的沙子能变成CPU,我们还用得着守着这无边无际的沙漠饿肚子吗?我心里很不以为然。

"当然啦,从沙子变成CPU是要经过很多步骤的,比如,制造硅锭、形成晶圆、涂光刻胶、光刻、刻蚀、离子注入、电镀抛光、线路形成等十几个程序。"

"领导真乃大才也,样样知晓,样样精通。"这会,我没听出旗长的话外音,旗长看来被领导唬住了,说的是真心话。

"哪里哪里,略知一二而已。"

"领导,现场体验一下滑沙?"为了让领导来考察有的看,有的玩,我们镇上在项目现场弄了一个简易滑沙道,专候领导来体验。每回接待领导,都得认认真真整饬一下,还得叫上镇里的几个干部,充当游客,现场滑沙。这回也不例外。旗长向领导建议:"沙道虽简陋,但胜在坡陡道长和沙好无尘,更胜在沙场与自然浑然天成。"

"来了一定要现场体验一下。"领导十分高兴。

临时滑沙场工作人员赶紧把滑沙板递给领导。

"滑沙起源于非洲,最早的滑沙运动便是在西南非洲一个叫纳比的地方兴起的。"领导兴致高涨,摸着滑沙板又说,"滑板用木质、竹子、塑料等材料制成,这种塑料滑沙板,底部更平滑,速度更快,体验起来更刺激。"

"领导明察秋毫。"旗长频频点头。

"沙子温度也正好。"领导俯下身摸了摸沙子,"午后沙子温度高,容易烫伤。"

的确,时近中午,虽是秋天,凉风阵阵,但沙地里已感受到了热浪。

"滑沙还要讲究'三好'技巧。"领导把湖蓝色的滑沙板轻轻放在沙地上,讲起了滑沙技巧,"首先是要把握好重心,其次是控制好速度,最后是调节好方向。"

"领导是教授级专家。"旗长由衷地说,"领导讲得我们这些土包子都不敢,也不会滑沙了。"

"你们都是滑沙的好手。"领导朗声大笑,"但是,干啥一定要知其然,更要知其所以然,这样才能做得更好。"

"真是听君一席话,胜读十年书,领导给我们上了很好的一节课,我们都得付费啊!"旗长跟着领导一起朗声大笑。

沙坡头上,众人皆笑,笑声随风飘扬。沙漠里的沙似乎也感染了众人的笑声,沙沙响个不停。

"我滑沙了啊。"领导喝了口身边工作人员递过来的水,俯下身,调整滑沙板位置和方向,起身做深呼吸,随后双脚果断地站到滑沙板上……

"领导你要趴下——"我的"趴"字还没有说出口,嘴张得大大的,领导已经出发。

阳光下,湖蓝色的滑沙板在沙坡里上下翻飞,朝坡下飞奔而去……

阳光下,一袭黄白相间运动服的领导,黄的更黄,白的更白,如白鹿似黄羊飞奔,如木桩似硕石从天滚落,如雪崩似风暴瞬间飞逝……

"愣着干什么?还不快点滑下去!"关键时刻还是旗长反应快,他抢过工作人员手里的滑沙板,趴上去,向坡下滑去。

满头满脸满身满嘴尽是沙的领导,躺在坡下。

"领导没事吧?"我和旗长飞奔到领导身边,小心翼翼地问。

"坡太陡,不适宜。"领导没事,脸色却极不好看,只说了一句。

回镇里的路上,汽车在沙浪里一冲一俯,颠颠簸簸,一车人晕晕沉沉的。领导似乎也感染了晕沉,不再像来时一样,一路做指示,直到离开了这里。

"我们这里的滑沙场……"我小心翼翼地问。

领导没吭声,上车,走了。

瓷娃娃的礼物

对这场比赛,说真的,那天进赛场之前,我心里一直在发怵——对手实在太强了,世界排名第一。和他三年五次交锋,我从未尝过胜果,而且每次都以大比分惨败。何况,为闯进决赛,半决赛我还受了伤。

"赛场上,只要敢拼,一切皆有可能!"教练一次次给我卸包袱,给我鼓气。

一脚踏进羽毛球比赛场馆,远远地,我就见到了先我一步进场馆、霸气十足的对手。站在亮如白昼的场馆中央的对手,像株参天大树般屹立着。他不时张开双臂,接受球迷热情的欢呼。

我的出场变得十分低调——这是事后媒体评价说的,一个人背着比赛用包,低着头,好像球场有坑洼一样,小心地走到场馆中央。

即便是站在赛场上,我还是低着头——事后媒体说我在苦思良策,直到广播响亮地播报我的名字,我才抬起头来,礼貌性地向场馆四周的观众招手示意。

儿子?难道是球队背着我带儿子来看比赛?在向观众致意时,我突然发现左边看台上坐着儿子。我生怕看错了,赶紧捋了捋和儿子一样剃着小平头的寸发,定睛细看:那是一个长着圆脸、高鼻,皮肤粉嫩粉嫩,和我儿子几乎一模一样瓷娃娃般可爱的小男孩。

略微有些失望的我想起了儿子。

为了这次大赛，我一直在封闭训练，很久没见到四岁的儿子了。比赛出发前，妻子给了我惊喜，带着儿子来送行。见到我，儿子那双水晶葡萄般的眼睛一直在滴溜溜地转，一会儿看我硕大的行李包，一会儿看我精致的比赛用包，末了歪着脑袋问："爸爸，还有十天是我生日，你送我什么礼物啊？"

我将儿子一把揽到怀里，抚摸着他毛茸茸的短发："儿子，你想要什么礼物？爸爸给你买！"

儿子抬起头，两颗水晶葡萄般的眼睛忽闪忽闪，充满期盼："我要金牌！"

说实话，这次比赛，由于实力悬殊，按照队里的要求，能进四强，就超额完成了任务，我哪敢奢望拿金牌？

我抱紧了儿子，亲吻他粉嫩粉嫩的脸蛋，没作声。

我虽然没有亲口答应儿子，但到了赛场上，我却一遍一遍地提醒自己，要为儿子的金牌礼物而战。

正是这个信念，让我永不放弃，一路挺了过来：小组赛，放手一搏，出线晋级；八分之一赛，涉险过关；四分之一赛，扛住压力，死磕对手；半决赛，绝处逢生，上演惊天大逆转。

如今，站在决赛场上，我是多么想把金牌摘下来送给儿子做生日礼物！

我目不转睛地盯着看台上和我儿子长得一模一样的瓷娃娃。我发现，瓷娃娃那双明亮的眼睛也在看着赛场，看着我。

我怔了一下。

比赛开始，三盘两胜。第一局，对手稳打稳扎，发挥出技战术水平。我呢，尽管运气不错，该得的分得了，运气球也全占了，但终是技不如人。对手不仅掌控着比赛节奏和局面，还在中段逐渐把比分拉开。很快，对手以21∶15先拔头筹。

易地再战，对手似乎比第一局更放松，开场连连得分，打了我个

10∶2。关键时刻,教练果断叫了暂停。暂停过后,我逐渐稳住阵脚,一分一分地追,一分一分地咬,居然连追了6分,并在后段追平了比分。这时,我挑战对手一个运气球失败后,对手领先一分。随着我一个回球失误,对手领先两分,拿到了冠军点!

我走到场边抹汗,让自己冷静下来。在抹汗的间隙,我目光在看台上寻找和我儿子长得一模一样的瓷娃娃。

瓷娃娃站在座位上,挥舞着一双胖嘟嘟的小手,嘴里大喊大叫着。

感谢你,感谢和我儿子长得一模一样的瓷娃娃为我加油鼓劲!我用手又捋了捋和儿子一样的小平头,走进赛场,握紧拳头,喊了一声——谁也不知道我喊的啥,只有我自己知道,我喊的是两个字"金牌"!

为了儿子的生日礼物——金牌,我不能放弃!

接球,回球,后场,前场,几个来回的试探后,急于拿下比赛的对手网前出现了破绽,我及时抓住,化解了对手一个赛点。发球再战,有如神助的我,一个后场压线球,把比分追成21平。

这是一场无比艰辛的比赛。21平之后,我们两人比分交替着一分一分往上蹿,我和对手的赛(局)点一次次被对方化解。每一次平局,场上都掌声如潮;每一次赛(局)点,全场都鸦雀无声。

我又一次拿到了局点。

开球前,累得气喘吁吁的我又瞄了瞄看台——瓷娃娃不再站在座位上挥舞双手,而是全神贯注地观看比赛。我似乎看到了儿子忽闪忽闪充满期盼的眼神。

球开了,三个回合下来,我一记炮弹级的重扣,把对手打趴在地板上。我终于扳回一局!

决胜局比赛重回起点。经过前两局的厮杀,我们两个都变得小心谨慎。比分到中段,形成胶着之势,你一分我一分,一次次平手。

顶着伤痛的我,比对手领先一分,拿到了赛点。

瓷娃娃,感谢你!

儿子,我们离金牌很近了!

逆转和被逆转,心态完全不同了,我看到了金牌在向我招手。我有意让自己平静下来，换球，抹汗，示意工作人员抹汗湿的地板。

重新走回球场，我突然看到了赛场电视大屏幕里，瓷娃娃泪流满面。巨幅屏幕上，瓷娃娃的脸显得更圆、鼻梁更高、皮肤更嫩，那晶莹的泪珠，拳头般大，夸张地、肆无忌惮地流着。

瓷娃娃痛不欲生的哭让人心怜。

我又怔了一下。

球已到了我跟前，我勉强回个前场球，高了，对手毫不犹豫地扣杀。

比分变成了21平，我浪费了一个赛点。

瓷娃娃，莫哭莫哭！我心里说着。

对手的球发出来了，是底线球。准备不足的我快速后退，回球。对手接了我的回球后，放了一个前场球，我快步趋前接起，回了一个后场球。我的回球质量不高，被对手抓住机会反击成功。对手反超拿到赛点。

等待对手发球的间隙，我瞄了一眼大屏幕，不见了瓷娃娃。瓷娃娃站在看台座位上，止住了哭。

对手发球。几个来回推拉，我回了一个后场球。只见白色的球高高飞起，似乎要在底线外面落下。对手退到后场，犹豫了一下，发现球很可能要落在线内，才匆忙起拍。对手的这一犹豫，让我抓住了机会。

又平局。

发球前，我又看到了大屏幕上瓷娃娃拳头般大的泪珠在流。

瓷娃娃又哭了，哭得伤心欲绝。

我发现，我一赢，瓷娃娃就哭，哭得让人心碎。

我再次怔了一下。

瓷娃娃不哭。我真的不想让你这么伤心地哭！我几乎要放弃比赛了。

球发出去后，一长一短，一真一假，一虚一实对打，对手一个质量不高的回球，我一记十拿九稳的扣杀，却因眼前尽是瓷娃娃拳头般大的泪珠，出界了！

对手的赛点。

对手一个底线回球不到位，被我抓住机会，扳平比分。

我又一次借抹汗的机会，捋了捋和儿子一样的小平头。

我想起了和瓷娃娃长得一模一样的儿子充满期盼的眼光，冷静了下来。

对不起了，瓷娃娃。我虽然不敢答应给儿子带块金牌做生日礼物——一诺千金，可我多么想给儿子惊喜！对不起了，瓷娃娃，你那拳头般大的泪珠，也是我儿子的泪。

走回球场，吊、扣、回、推、拉、搓，我心无旁骛，不给对手机会。

对手搓球高了，我截杀成功。

又到了我的赛点。

我大吼一声后，开出了一个质量十分高的前场球，对手回球失误。

赢了！我扔了球拍，伏地痛哭。

和对手握手后，我身披国旗绕场一周。我发现，对手落寞地坐在场边，久久不肯离去。

这时，瓷娃娃从看台上边哭边冲下来，到了场边，抱着对手哭。

"不哭，不哭！"看着这心酸的一幕，我情不自禁地走过去安慰瓷娃娃。

"不，你抢了我爸爸的金牌！"和他爸爸一样黄皮肤、黑头发，讲着流利中文的瓷娃娃哭声更响亮，"这是我的生日礼物！"

我悄悄离开哭泣着的瓷娃娃。

领完奖，我把金灿灿的金牌挂到了瓷娃娃的脖子上，告诉瓷娃娃，让爸爸带着他来中国一起过生日，"中国是最好的礼物！"

瓷娃娃脸上的泪珠不见了，笑了，笑得一脸灿烂。

青藏线上的偶遇

常年在外奔走，我最喜欢的交通工具是火车，坐着不仅舒服，而且看着车窗外飞驰而过或缓缓后退的风景，感觉是一种享受。

完成了在西宁的工作，我辞别众人，一个人登上了西宁开往拉萨的火车。车上人不多，正是欣赏沿途风景的好时机。车缓缓驶出西宁站，车窗外湛蓝湛蓝的天空像水洗了一般，让人陶醉，也让人把心洗得一尘不染。

"老板，到哪个站下车啊？"

"拉萨。"我这才注意到，坐在我对面铺位的是一位穿着皮衣的中年男子，说着我熟悉的乡音。

"从青藏线进藏，风景在路上。"黑黑瘦瘦的皮衣男子长着一对小眼睛，眨巴眨巴地会说话。

一格车厢六个铺位，就我和皮衣男子两人。皮衣男子绘声绘色地介绍沿途的风景：八月的青海湖，热烈的阳光下，盛开的金黄油茶花和深蓝的湖水交相辉映，宛如油画；雄峻的玉珠峰，远眺如玉龙腾飞；可怕的唐古拉山离天近，伸手把天抓；无人烟的可可西里，藏羚羊在自由自在地奔跑……

"那是一条神奇的天路，带我们走进人间天堂……"说到兴奋处，皮衣男子站起来，挥舞着粗壮的右手，用十分粗哑的声音激情歌唱。

"喝水吧。"列车已离开西宁，海拔越来越高，车窗外，植被越来越少，人烟越来越稀，我担心男子高声歌唱，身体受不了。

"谢谢！"皮衣男子仿佛看穿了我的用意，"我经常跑青藏线，没事！"

皮衣男子嘴上虽是这么说，却坐下来喝水，"您到西藏公干？"皮衣男子坐下，嘴却停不住。

"随便走走。"我把目光从窗外收回，看着皮衣男子，应了一句，心想他怎么看出来我是去西藏公干呢？

"走走。"皮衣男子显然看出我在敷衍他，"我在北上广深和西藏都有生意，也是常年到处走走。"

"生意不小啊！"我点了点头，算是对他的肯定。

"现在实业不好做，贸易还行。"皮衣男子得到我的肯定，很高兴，"做生意一定要判断准时势。"

皮衣男子判断，国内经济目前尽管进入新常态，增长放缓，但形势依旧喜人，"中国的发展那是一日千里，中国的崛起也是势不可挡"。

至于外面的形势，皮衣男子说美国的特朗普不靠谱，一个不靠谱的人一定会把一个国家带进不靠谱的境地，"美国嘛，迟早会对中国服输，中国才是中央之国！"

台湾局势，皮衣男子断言，那个空心菜迟早被美日那两只大肥猪拱了，"中国就像一个厨师，台湾问题就像厨师手里的鸡蛋，捏在手里，随时可做熟吃了，至于是煎、煮、炒，那由不得鸡蛋"。

挺有意思的一个人，我看着皮衣男子，笑笑。

列车穿过金银滩草原，车窗外，蓝天白云，牛羊成群，成片的白花和成片的黄花竞相盛开。

"在那遥远的地方，有位好姑娘，人们走过了她的帐房，都要回头留恋地张望，她那粉红的小脸，好像红太阳……"皮衣男子又站起来唱。

这回我陶醉于窗外美景，没有打断皮衣男子歌唱。

"写这首歌的王洛宾在金银滩放过电影。"歌毕，皮衣男子舔了舔干燥的嘴唇，跟我介绍，"他在这里有一段情。"

皮衣男子是个商人吗？我心里在嘀咕。

列车过了海拔近三千七百米的关角山隧道，荒芜的戈壁来了。

"要说做生意，时势判断是一方面，拥有关系最重要。"皮衣男子只休息了一小会儿，又开始说话了，"关系是生产力啊！"

皮衣男子说，他生意之所以能做这么大，全靠有铁的关系："不要说镇里、县里、市里、省里和京城，我关系都好着呢！"

皮衣男子说，他们那个地方人杰地灵，要什么关系有什么关系："我们那里还有好几个在北京当官呢！"

我微微笑着。

"告诉你，在北京当最大官的是我铁兄弟，跟我从小一起光屁股长大。"皮衣男子自豪地说。

我还是笑笑没接话。

"这些年，我这兄弟老家有什么事要办，全是我张罗。我呢，生意上碰到什么困难，第一个找他，而且准能办成。"皮衣男子看我对这些不感兴趣，换了话题，"听你口音来自北京？"

我想摇头，却是点了点头。少小离家，进京三十几年，北京水喝多了，竟有了京腔。我其实想告诉他，我和他有一样的口音。

"你在北京要遇见什么难事，说一声，我兄弟热心着呢，能量也大着呢。"皮衣男子一脸豪气。

我笑着"嗯嗯"两声，算是领了皮衣男子的好意。

列车继续前行，披着金色落日余晖，一望无际的茫茫戈壁消失后，车窗外依稀看到了连绵不断的茫茫昆仑雪山。

"你知道我兄弟为什么这么帮我？从小光屁股长大，见一回醉一回，一年在一起醉个十回八回，这只是一回事。"皮衣男子把脖子朝我这边伸了伸，压低了声音说，"实话告诉你，我和他还一起泡过妞，一起打过炮！你说，那是什么交情？"

我看见了皮衣男子一脸的狡黠。

天完全暗了下来，车窗外，黑乎乎一片。兴奋地讲了大半个下午的皮衣男子，兴许累了，躺在铺位上，沉沉入睡，呼噜声一起一伏。

没有了风景，我略感惆怅，也收拾休息。

半夜醒来，口干舌燥，脑门阵阵发痛，我悄悄坐起来喝水。

"没事儿吧？"看我蹙着眉在喝水，皮衣男子也坐起来，从包里掏出一瓶药片递给我，"进藏的列车到了唐古拉，多数人都会出现头痛症状，吃点药吧！"

"没事，谢谢！"我摆了摆手，"喝点水，睡着就好。"

"别紧张，多休息，少说话，动作慢。"皮衣男子提醒。

我朝皮衣男子感激地点了点头。

迷迷糊糊睡了一觉，天已大亮，醒来人晕乎乎的。

看我精神状态不好，昨天停不下嘴的皮衣男子这回和我一样，一直安安静静地坐着。

一过世界海拔最高的隧道——羊八井隧道，窗外的峡谷渐渐开阔，刷着白粉的石头房上，五色经幡随风摇曳。

"你这次进藏待多久？"渐渐适应后，看着和我一样安静的皮衣男子，我有点过意不去，主动问他。

"说不定呢。"皮衣男子看来着实憋了很久，见我说话，很高兴。

"老家哪里的？"皮衣男子熟悉的乡音让我备感亲切，我又问。

"漳州，出水仙的地方。到过吗？"皮衣男子问我。

"到过。漳州哪里？"果然和我是一个地方的，我继续问。

"云霄。我那里靠海，不出水仙。"皮衣男子似乎有点不好意思。

"你北京的兄弟叫什么？"居然还跟我一个县的，我追问。

"陈大庆，官当大着呢，人也好着呢！"一说皮衣男子在北京的兄弟，他一下来了精神。

"陈大庆？"我怔了一下，把皮衣男子仔仔细细打量了一遍。

"是陈大庆！"皮衣男子见我疑惑，赶紧掏出手机，打开通讯录给我看。

陈大庆，139××××××××

"这是他电话！"皮衣男子说。

看着熟悉的名字和熟悉的旧电话号码，我没吭声。

"不信？我现在就打给他！"皮衣男子见我不吭声，拿起电话，准备打。

"不用打，我信。"我轻轻应了一句。

皮衣男子笑了，狡黠地笑了。

列车过了堆龙德庆，宽阔的拉萨河谷在面前铺展开来，红白黄黑的雄伟布达拉宫在阳光下向我们招手。

"到北京，有难事，找兄弟！"下车时，皮衣男子豪迈地说。

"谢谢！"我礼貌地应着。

迎着灿烂的阳光，望着幽蓝的天空，在众人的簇拥下，我想告诉皮衣男子，我就是陈大庆啊！

皮衣男子已和几个穿着铁路工服的人有说有笑地消失在站台远处。

品　烟

老李这几天心情不错，走路都哼曲子——老李一高兴，就哼曲子，局里的人都知道。

老李心情好不是因为他遇上了什么好事，而是单位换新局长了；新局长也不是与老李早就相识或有什么因缘，只听说新局长好烟。

老李也好烟。

老李刚大学毕业还是小李时，不仅不抽烟，闻都闻不得。那时，单位里抽烟的人多。老局长烟瘾尤其大，饭可一天不吃，烟却不能不抽，上衣和裤子的四个袋子都装有烟。从起床到睡觉，他一根接一根，四包烟抽完了，一天才算完。见到他的人，看他永远在吞云吐雾。

好烟的老局长走到哪，烟叼到哪，大伙的烟也敬到哪。

单位里一群同样好烟的常常和老局长在一起品烟。

"名人都是香烟点亮的！"老局长蜡黄的食指和中指夹着烟往嘴里送，"马克思一生酷爱吸烟，《资本论》是烟熏出来的；斯大林抽烟斗指挥斯大林格勒战役，扭转二战局面；毛泽东烟不离手，打赢三大战役，解放全中国；鲁迅的'生命'是写作，香烟陪伴他走到了生命的终点；邓小平倡导的改革开放是与熊猫香烟联系在一起，与中外朋友见面，他经常是从抽烟开始的……"

老局长的"名人与烟论"说得单位里喜欢抽烟的人心里乐呵呵的。

老局长也不避讳，那些经常和自己在一起抽烟的，该用该提拔的，刻不容缓。

"英国首相丘吉尔是二十世纪初的世界三巨头之一，他视雪茄烟如命。手下任何时候看到他，他不是手指上夹着一支雪茄，就是嘴巴上叼着一支雪茄。1955年，他辞去首相职务走出唐宁街10号首相府邸时，尽管他背驼了，还拄拐杖，却优哉游哉地叼着雪茄烟……同是世界三巨头之一的美国总统罗斯福，也是个大烟鬼，他惯用的是长杆烟嘴，经典动作就是噙着这种烟嘴，以露齿的笑容咬住烟嘴向上翘。他临终前，还一面和女友说笑，一面把一支烟装在烟嘴里，点燃，吸上……"

老局长再次讲他的"名人与烟论"，讲完，嘴上的烟刚好抽完，便拆开桌上的一包香烟，优雅地一一抛给屋子里的各位部下。

老局长向来烟酒不分家！

来听"名人与烟论"的小李也接到了老局长的烟。

小李愣了一下，便用食指和大拇指紧紧地捏着烟，拙笨地点火往嘴里送。

激动人心的"名人与烟论"听多了，焦煳的烟味经意不经意闻久了，小李不仅不再抗拒香烟，而且还慢慢地学会了抽烟。

那时的办公室没空调，大家抽烟要多潇洒有多潇洒。后来，好烟的老局长调走了，办公室又装了空调，舒服是舒服了，但在办公室抽烟，门窗紧闭，不抽烟的人便觉得乌烟瘴气，诸多怨言。于是，原先热热闹闹的抽烟队伍日渐式微，能不抽的先后不抽了，能戒的也渐渐戒了。老李却认认真真抽上了，怎么戒也戒不了。戒不了烟的老李和其他烟民一样，实在忍不住，就偷偷跑到洗手间或楼层的天台上去抽，甚是凄惶。

在洗手间抽了几年烟后，老李当上了副局长，有自己独立的办公室，不用像先前一样跑洗手间抽烟。

烟抽多了，副局长当久了，老李慢慢养成了说一不二的习惯。

那天，女局长上任后召开第一次局办公会。

女局长年轻，又是空降兵，在老李心目中属于嘴上没毛的一类。

那次办公会议题多，大家讨论又热烈，会议开了两个钟头，议题还没过半。

刚开始，老李忍着一直没抽烟，也没出去抽。中途有个议题很棘手，争论不下。老李托着下巴，冥思苦想。想着想着，老李习惯性地把手伸进了裤袋——思考问题，老李必抽烟，美美地吸上两口，再透过缥缈的烟雾，抓住稍纵即逝的灵感，解决问题。

手一触香烟，老李又习惯性地把烟掏出来，叼上，点火，美美吸上一口，长长舒出一口气。

真是赛过活神仙！

"我宣布，现在休会！请抽烟的出去抽完了，再回来继续开会。"女局长忽然打断正在发言的另一副局长，蹙着眉，重重合上笔记本。

一屋子的人都愣了。

一屋子的目光又都齐刷刷看着老李。

"不好意思。不抽了！不抽了！"老李蒙了，反应过后赶紧掐灭烟头。

女局长看了一眼窘态百出的老李说："小谢，开开窗，透透气。"

办公室主任小谢赶紧把会议室所有的窗户都打开了。

一阵冷风吹进来，老李打了个寒战。

"继续开会吧！"女局长环顾众人，打开本子。

会议顺利进行。

会后，局里的人都知道了女局长讨厌抽烟，抽烟的人一下锐减。

"千山鸟飞绝，万径人踪灭。吞云吐雾中，物物皆湮灭。"

"无烟世界，清新一片。"

"烟缈缈兮肺心寒，尼古丁一进不复还。"

…………

办公室主任让人张贴的禁烟广告更是让单位里少数的抽烟死硬分子成了过街老鼠。

老李虽还在自己的办公室抽烟，但说一不二的习惯却慢慢不见了。

花开花谢，叶落叶长。年轻的女局长也变成了老局长，调走了，新局长来了。

这不，一听说新局长也喜欢抽烟，赶上和领导有共同的爱好，老李竟有种莫名的兴奋，走路都哼曲子。

新局长到位，老李应约第一次到新局长办公室谈工作。刚坐下没多久，新局长问："我抽烟，不介意吧？"

"我是老烟枪。"对新局长的客气，老李心里十分熨帖，赶紧伸手进裤袋，想掏烟敬新局长。

新局长却敏捷地掏出烟，潇洒地把火点上——新局长其实就随口问问。

老李却僵住了——刚刚走得急，忘了带烟，裤袋里空空如也。

老李望着坐在对面的新局长一吞一吐，闻着迎面飘来焦香扑鼻的熟悉味道，心里爬满了蚂蚁。

老李多想也抽上一根烟！

新局长却只顾和老李谈话，全然没让根烟的意思。

谈着谈着，新局长又掏烟。

这回，老李眼睛一眨不眨地看着新局长从口袋里掏出的扁平小铁盒。盒子很精致，盒里装着满满一盒烟，烟没有印任何商标，像是自家卷的。

新局长又把烟叼上了。

老李又习惯性地把手伸进裤袋，然后讪讪地笑着说："走得急，忘了带烟！"

新局长没接话也没让烟。新局长像老李平时抽烟，透过缥缈的烟雾审视别人一样审视着老李。

领导喜下棋，自然多些棋友；领导爱打球，业余球赛方兴未艾；领导好喝酒，很多部下酒量大增……知道新局长抽烟，烟民们不再是过街老鼠，单位里的烟民如雨后春笋般冒出。

"不好意思啊！"新局长和副手们都谈完话后召开第一次局办公会，开着开着，新局长掏出烟，叼上，点火，对大家歉意地笑笑。

闻到了熟悉的焦香味道，老李也掏出烟，把烟叼上。

就连平时不大抽烟的老张老赵也跟着新局长夹着烟，享受缥缈的感觉。

屋子里充满了焦香味。

一个棘手的问题讨论了许久，新局长伸手准备再掏烟。

坐在新局长边上的老李眼明手快，迅速掏出烟，递一根给新局长："局长，新品，试试。"

"谢谢！"新局长没接老李递过去的烟，掏出自己精致的铁盒子，夹起一根，叼上，点火，侧身对老李表示歉意，笑笑："我习惯抽这！"

"嗯。好。"老李不自然地笑了笑。

会议继续进行。

会后，局里的人都知道新局长抽烟只抽自带的烟，很多想给局长递烟送烟的便逐渐打消了念头。

老李该抽烟时还抽烟，但老李在单位从此不接人家敬烟也不收人家送的烟。

花开花又落。新局长领了几年风骚又变成老局长调走了，老李成了局长。

成了局长的老李在办公室足足抽了三根烟才起身，大步朝会议室走去。

老李主持的第一次局办公会召开了。

龙须巷

巷是古巷，又宽又深，路面清一色的油麻石，光脚走着，哪哪响。

往里走，巷像大树，不断分杈，主巷分岔出小巷，小巷又分岔出若干小巷。

据说，一日来了个先生，先生在巷里走，走着走着，就走迷糊了。先生一出来便问："这叫什么巷？"

"树巷。"族长解释，"因像大树一样分杈。"

先生沉吟不语。

族长递烟上茶。

"此地为龙地，龙地树巷，树阻龙腾，可惜了！"先生捻须道。

"何解？"族长追问。

先生只捻须，又不语。

族长递上银子。

"叫龙须巷吧！"先生解释，此地衙门所在，衙门对面有一大照壁，左右各有冷巷一条。衙门为龙，二冷巷即为龙须。

"龙须巷？"族长醍醐灌顶，"须树音通，须前加龙，好！"

"龙须龙须，飞龙在兮！"先生赶紧收了银子。

叫了许多年的树巷从此改名龙须巷。

改名的巷虽然数百年出不了龙,却因县衙所在,永不贫瘠。龙须巷里的人也多得教化,民风淳朴。

衙门新中国成立后改成了县政府。县政府在我很小的时候就搬走了。搬走后的衙门里面是公社,外面是派出所,一般人轻易不会到。1960年的夏天,我和几个小朋友却齐齐进了衙门里的派出所。

1960年的龙须巷,路面还是清一色油麻石,走在上面哪哪响。但那时,更响的是肚子,一天到晚,我们肚子咕咕响。见了路上像番薯一样的石块,眼睛都发直。

可石头就是石头,填不了肚子。巷子里的大人开始有人脚浮肿如水桶,我们小孩子个个皮包骨,面黄肌瘦。

"我找到吃的啦!"那天,高个子猴神秘兮兮地把我们几个叫在一起。

猴是我们这群孩子的头,能吃饱肚子的时候带着我们在龙须巷里"抓特务"。后来,没东西吃了,便带着我们到乡下山里摘野果找东西填肚子,到路上捡龙眼核带回家磨成粉蒸成粿——尽管很涩很涩,难以下咽,可还能填肚子。再后来,实在找不到东西吃了……

"在哪?"我们都伸出了手,搜猴的身。

"搜啥?找到了,关键还要看你们配不配合。"猴急了。

"配合!"只要有吃的,谁傻得不配合,大家异口同声。

猴告诉我们,每三天有个外地人挑着两筐东西经过龙须巷,"我侦察过了,他挑的可是豆箍,能吃!"

猴讲的豆箍,是我们这里把花生压榨炼油后遗下的花生渣,箍成一个个圆饼状,晒干,用来当肥料或猪饲料。

"怎么才能弄到他的豆箍?他可警醒了。"猴这一提醒,大家都记起了这么一个人,可挑担的是个机灵的壮小伙,不好下手。

"大家听我的。"猴成竹在胸,咬着大伙的耳朵详说。

煎熬的两天后,是挑担人经过龙须巷的日子。我们按照猴的部署,早早到位。

大约后晌,挑担人挑着担子来了。当他进入我们的预定区域后,猴给山羊使了个眼色。

山羊是我们这群人里跑得最快，也最能跑的一个。按照猴的计划，山羊在这时要及时出现，跟在挑担人的后面，找到机会，从挑担人筐里抽出一柄豆箍，然后狂奔——利用让外面的人走迷糊的龙须巷，甩开挑担人。万一挑担人追得紧，山羊则扔下得手的豆箍，趁挑担人捡回豆箍时脱身……在挑担人追赶山羊的时候，其他人一哄而上，每人拿走一柄豆箍，分散跑开……

不得不说，猴的计划是一个完美的计划。我们埋伏在不同的巷子，等待山羊得手，挑担人中计。

山羊得手了，挑担人果然中计，放下担子，狂追山羊。

我们一哄而上，拿了东西又一哄而散。

我们得手了，山羊却未能脱身：挑担人一路追赶山羊，你左转他转左，你右拐他拐右……被追得紧的山羊只好扔下豆箍，以求脱身。挑担人却不按常理出牌，不去捡山羊扔下的豆箍，只追赶山羊。

山羊被"俘"了——被挑担人送到龙须巷派出所。

失手的山羊，供出猴的全盘计划和全部参与人。

我们全都落在了迷瞪眼的手里。

迷瞪眼是派出所的一名胖警察，话不多，长着个刀疤脸，据说是打日本鬼子时落下的伤疤。迷瞪眼是个有名的狠角色，他的狠招，龙须巷里传得很神：抓住了人，先是一瞪。迷瞪眼的一瞪，眼里放青光，就像一把利刃，能把被抓的人剜得心虚发毛。再是一吼，"老实从宽，抗拒从严！"这八个字，从迷瞪眼的嘴里吼出，字字如炮弹，打得屋里的蜘蛛网都会乱颤。当然了，被吼的人，很多腿脚也颤抖。一瞪一吼还解决不了问题，那就一拍。迷瞪眼拍烂过好多桌子，后来桌子都封上了铁皮，迷瞪眼一拍，简直是地动山摇，胆子小的当即尿裤子。这三招都还不行，那就用最后一招——上手段。龙须巷里传他的手段很多，但谁也不知道迷瞪眼上的什么手段——没人经历过。

狠角色迷瞪眼，不仅小偷小摸犯罪分子怕他，龙须巷里的小孩子也惧怕他。小孩子半夜久哭不睡，大人们常常用"迷瞪眼来了"这话吓小孩。

许是有狠角色迷瞪眼在，许是龙须巷本就民风淳朴，迷瞪眼一年到头没多少案子可办。

落到了迷瞪眼手里，我们料想一定没有好果子吃，吓得面如死灰。

"把拿走的豆箍都交回来！"迷瞪眼一瞪，我们个个都把头垂到了裤裆里。

"同志，他们是抢不是拿！"挑担人纠正迷瞪眼。

"是你办案还是我办案？"迷瞪眼瞪了挑担人一眼。

挑担人嘴张了张没再说，脸却憋得通红。

"听到没有？赶紧把拿走的豆箍交回来，"迷瞪眼不看挑担人，朝我们吼，"再等待处理。"

除了山羊，我们赶紧离开派出所，去找刚刚藏起来的战利品。

六柄黑黑硬硬的豆箍完完整整交回派出所。

"还有这个。"迷瞪眼指着挑担人刚才连人带赃带回的一柄豆箍，"点点数，齐了没有？"

"齐啦。"

"齐了还不走？"迷瞪眼吼叫挑担人。

"他们，他们……"看着吓人的迷瞪眼，挑担人欲言又止。

"他们会得到处理的，"迷瞪眼不耐烦了，转过身对着站了一墙的我们，"罚你们一周劳动改造。一周后回来派出所报到！"

挑担人满意地挑着担子走了。

一墙的芦柴棍齐刷刷低垂着头。

1960年的夏天，这是我第一次进衙门里的派出所，第一次和小伙伴们接受劳动改造。这一年，我六岁。

迷瞪眼给我们安排的劳动改造是，到一片旱地，帮派出所拔花生。

那是一周幸福的劳动改造，尽管头上烈日炎炎，每个人都汗流浃背，衣服湿了干，干了湿，但我们像掉进油缸里的老鼠，每天花生吃得饱饱的——当然了，花生壳都就地埋了，美其名曰积肥。

一周后花生拔完了，我们的劳动改造也到期了。我们齐齐到派出所，向迷瞪眼报到。

"滚!"迷瞪眼好像忘了我们的事,迷瞪着眼,大声喊着,赶我们走。

清一色的油麻石,哪哪声四起。

"您还记得我们当年偷豆籈的事吗?"多年后,我退休回到龙须巷,专门去看迷瞪眼。

衙门里面的公社改成了镇政府,派出所还在外面。古巷却依旧,走在清一色的油麻石路面,哪哪响。

"是拿。"迷瞪眼很老了,眼睛更加迷瞪,人却异常清醒,一会反问我,"花生好吃吗?"

我双手紧紧握着迷瞪眼的手,一个劲点头:"是您老当年可怜我们饿肚子,刻意安排幸福的劳动改造?"

"龙须巷民风淳朴!"迷瞪眼答非所问。

温煦的阳光照进古朴的龙须巷,斑驳迷离,我瞬间泪眼蒙眬。

一群小孩远远从阳光中走来,龙须巷里哪哪的响声十分清脆。

橘子真甜

从卧室到大门是十步。

从大门到卧室是十步。

一早起来,对昨天的决定,老葛又犹豫了。

去,还是不去?从卧室到门的十步,每走一步,去的念头就消减一分,到了门口,已然消失殆尽。从大门到卧室的十步,每走一步,去的念头又增加一分,直到走进方方的卧室里,在方方的床上,老葛把自己躺成一个大大的"因"字。

一切皆有因。

反复了无数次,口袋里的手机响了无数回。最终,老葛多走了一步,出门。

"怎么这么久?电话不接,信息不回,你坐不坐车?"司机显然等了一肚子火,一见面,就不依不饶地质问,"半夜三更约车,人家觉都没睡好,一大早跑来傻等。"

做出决定真难!老葛低着头,没接茬。走近车子,轻轻拉开车门,落座,小声说:"走吧!"

司机的愤怒就像子弹碰到了软软的棉花,没回应。司机大力拉开车门,闪进驾驶室,重重地关门,狠狠地扭车匙点火,猛踩一脚油门。

车子如脱缰的野马向前飞奔。没一点防备的老葛顿时身体向前倾，头碰到了前排座位。

重新坐稳扶好后，老葛打量了一眼司机：一头短发，根根倒竖，像马路上布下的钉子，随时扎人；一件T恤，圆领，纯黑，衬得司机坑坑洼洼的脸更黑更糙；一双扶在方向盘上的手，又黑又粗壮，却又布满伤痕……

老葛发现，司机也借着观后镜在观察自己。司机黑黑的下巴和青蛙一样鼓着，满脸敌视。

既然决定了，就不要再犹豫，更不要节外生枝！老葛在心里对自己说。

老葛摸了摸撞痛了的头，没吭声。

车子很快驶出市区，上了高速。

往事如烟，一直在老葛脑海里闪。那件事情，如果……老葛摇了摇头，生活没有如果。

车子不知走了多久，下高速，转进乡间小道。

四月的乡村，桃红柳绿，碧水长流，满山叠翠，如诗如画，生机勃勃。

风景在路。老葛眼里却没有风景，任由一幅幅美景在车窗外闪去。

"下车，加油！"一路无话的司机把车子开进加油站。

老葛下车，伸展手脚，深深呼吸了一口，发现平日里很讨厌的汽油味，此刻闻起来却很是舒服。

想通了，真舒服！老葛在心里对自己说。

老葛瞅了瞅司机，发现司机哈欠连连，疲态毕现。

"小伙子，开了大半天，辛苦了！要不，我替你开一回？"老葛率先打破了沉默。

司机的下巴一鼓一鼓，没应。

继续赶路，车子转了个弯，又驶回高速公路。

"开车辛苦，年轻时，我开了很多年车。"老葛打开随身带的黑布包，取出一个橘子，一掰为二，一半递给司机，"解解渴，提提神！"

司机瞪了一眼老葛，没接。

"那个时候，我给老板开货车。货车司机苦并快乐着。"老葛边吃边说，"苦嘛，上班没准点，一天二十四小时，随时待命，货主随叫随到。一年三百六十五天，没有节假日，天南地北跑，吃住在车上，饿了就是一

橘子真甜 | 255

包方便面。没结婚时,没牵挂,一次为送鲜货,四十八小时没合过眼。货送到时,没顾上验货,就在车上睡着了。结婚后,想女人,想温馨的家……"

老葛把一个橘子都吃了。

"那种苦,一辈子也忘不了。可要只是苦,年轻嘛,顶顶就过去了。最难受的是委屈受气:超载了,交警罚款扣车——可不超载行吗?不超载老板能赚到钱吗?货送迟了,货主不仅给白眼,还要扣钱——可谁不想早交货,早跑下一趟,多挣钱啦?出了事故,就是大事了,一年可能就白辛苦啦……"

说起艰辛,老葛发现,司机几次从观后镜看他,目光柔和了些许。

"当然啦,如果光是苦,那就没人干了。当货车司机也有乐啊!那时,一个月到手四五千,比别人多上好多。每月带着厚厚的工资回家,妻儿高兴,父母欢笑……"

老葛又掏出一个橘子,还是一掰为二,递一半给司机:"吃吧。我母亲说,出门带橘,平安大吉。多年了,我养成了习惯。"

这回,司机看了看老葛,接了。

酸酸甜甜的橘子,很提神。

"想不到你是前辈!"吃了橘子,司机鼓鼓的下巴瘪了。

"嗯。哦。"老葛没想到司机答话,没反应过来。

"你现在还开货车吗?"司机用手背擦了擦嘴,问。

"不开了,多年不开了。"老葛回过神来,继续唠。

"开车辛苦又受气,要有本事,我也不开!"司机告诉老葛,自己因为长得黑,像个非洲人,老遭人嘲笑和嫌弃,常常忍不了一些客人的异样眼光,对客人不礼貌而被投诉,"哎!客人一投诉,公司就处罚!"

"黑?人类有黑黄白棕四类肤色,少了一种,世界就不是五颜六色了!"老葛说得一脸认真,"你肤色黑,是健康、强壮的象征!"

"你真会说话!"司机笑了,露出一口洁白的牙齿。

"不过呢,开车不能当'路怒族',和气生财,平安最重要。"老葛刻意说得风轻云淡。

"其实我也想这样，可做不到。"司机借着观后镜又看了看老葛，"你不会投诉我吧？"

"你说呢？"老葛发现，司机其实是个挺单纯的年轻人。

"我呢，光头不怕虱子多。"司机说得无所谓，心里却恨恨的，"这周被投诉了两次，再有一次就得走人。害怕被投诉，今天特意起了个大早，却是你迟到。"

"对不起啊！"老葛真心说。

"客户是上帝，其实我不该对你发脾气。"司机没了敌意，显得有点腼腆。

车子继续朝前开。中午时分，出高速，转进一段山路。路小人稀，路两边的景致却让人陶醉，满山满坡的野花睁开了眼，一朵，两朵，一丛，两丛，连成片汇成海，在车窗外飞闪，不断变化着不同的绚丽。

"累了，歇歇吧？"司机试探着问。

"好。"

车转过一个弯，司机在一空旷地停车。走出车子，暖暖的阳光照得人特别舒坦。在路边一块石头上坐下，老葛递了支烟给司机，自己也叼上。

路的左边，峰峦重叠，草木青翠，绿林扬风。远处，如火的凤凰树花开正盛，火红一片。路的右边，悬崖峭壁。崖下，白水激涧，飞瀑流水……

"阳光真好！山里真美！"老葛感叹。

"嗯，嗯！"司机应着，站起来把烟头扔地上，用鞋把烟头踩灭。

老葛又递了支烟给司机。

"不了，赶路吧！"司机客气地拒绝了老葛，走到车尾，打开尾厢，取出一团麻绳，用力朝悬崖甩去。

麻绳拍打悬崖的声音淹没在瀑布声中。老葛却看得真真切切，听得真真切切。

休息后，车子欢快地朝目的地出发。

办了老葛认为很重要很重要的事后，老葛和司机回城。进了城里，已近午夜。

"谢谢你！"老葛付车费。

"谢谢您！"司机收钱，下车，目送老葛进小区，才开车离开。

老葛真心感谢司机送他去办了件对他来讲十分重要的事。办完了这件事，他就解脱了——他将用后半生的牢狱生活，来换心灵的解脱。

让老葛没想到的是，就在老葛入狱半年后，司机居然来看他。司机说，他真心感谢老葛，挽救了他的家庭。他说，得不到尊重，老和客人吵架。那一周，他被投诉了两次，反正迟早得走人，他想，只要客人又无端让他委屈受气，就修理他："工具都带上了，可又扔了！"

司机给老葛带来了一大袋子橘子。

"橘子真甜！"司机离开时说。

老葛嘴张了张没告诉司机，他这辈子，没开过货车，在自己还没记事时，母亲就走了。多年前的那一次遭遇，老葛要是也遇上带橘子的人，也许……

铁门重重地关上。